わたしがヒロインになる方法

Wakaba & Yuma

有涼 汐

Seki Uryo

EB

エタニティ文庫

目次

わたしがヒロインになる方法

プロローグ

たとえ友人関係だったとしても、時折その友人をお姉ちゃんみたい、妹みたい、などと思うことがある。

特に男性が好きなのは、妹系の可愛い女の子が多いと鏑木若葉《かぶらぎわかば》は思っている。そして物語のヒロインというのは、大体そういった妹系の女の子なのだ。

何故そんなことを思ったかというと、今目の前にいる若葉の友人、宮野朱利《みやのじゅり》がその妹系の女の子だからだ。

ふわふわと緩《ゆる》いパーマのかかった茶色のロングヘアー、猫のように大きな瞳、ぷっくりとした唇。胸がないのが悩みだとはいうが、全体的にバランスの取れたスタイルで、着ている服もお洒落《しゃれ》ときた。

性格は明るく気さくで、同性からも好かれるタイプ。若葉もそんな朱利のことがとても好きで、会社の面接時に出会ってからこの四年間、ずっと一緒にいる。

一方若葉は、天然パーマのセミロングだが、髪質が黒くて重い。後ろ髪がギリギリゆるふわパーマに見えるのだけが救いだが、前髪は定期的に縮毛矯正《しゅくもうきょうせい》をかけなければ野暮《やぼ》ったくなってしまい、鏡を見るのも嫌になるほどだ。

体型もファッションセンスも普通。性格は悪くないとは思うが、特段いいわけでもない。朱利が物語のヒロインならば、自分はモブキャラか、良くてヒロインの友人あたりだろう。

女子力を高めるべく頑張っていた時期もあったが、現在は二十六歳にして色恋沙汰《いろこいざた》からは干され気味だ。

入社したばかりの頃は、若葉と朱利は研修の班が同じで常に一緒にいたため、よく比較された。当然若葉は朱利の引き立て役だ。

とはいえ朱利を嫌いになったことは一度もない。比較される度に若葉ではなく、朱利が噛み付く勢いで怒ってくれたからだ。だから共に仕事をするのも、ご飯を食べに行くのも楽しかった。

あれは入社して一月《ひとつき》も経たない頃。その日も若葉と朱利は、一緒に会社を出て夕食を食べに行くことにしていた。が、そんな新入社員二人……というより、朱利を待ち伏せしていた数人の男性社員からのお誘いを受け、彼らと飲みに行くことになった。

お店に行ってみると、少人数での飲み会ではなく、随分と大勢の人が集まっていた。

聞けばどこかの課の打ち上げに乗じて、社内の色んな課から参加者が集まったらしい。男性の比率がやや高いものの、女性もそれなりにいた。

一時間ほどして皆にお酒が回り始めた頃、朱利を待ち伏せしていた男性社員の一人がにやにやと笑いながら、若葉に向かって言った。

「鏑木って、朱利ちゃんの引き立て役みたいだよなー」

「おい、お前飲みすぎだろー！　かわいそうだってー！」

あなたも大概飲みすぎでしょうと突っ込みたくなるような、フォローにもならないフォローを入れる別の男性社員。

朱利の隣にいれば、こんな風に言われることはよくある。若葉は笑って流そうとしたが、その前に朱利が立ち上がり、男性社員達を見下ろして――

「若葉のいいところがわっかんないような男に、ちゃん付けで呼ばれたくないんですけど！　そんな男に口説かれても靡《なび》きませんよ!!」

と啖呵《たんか》を切る。当然、場は一気に静かになってしまった。皆見た目の可愛らしい朱利がこんな怒り方をするとは思っていなかったようで、唖然としている。

「ちょぉおっ、朱利!?　朱利もお酒回ってない!?」

「若葉も！　こんなことで傷ついちゃダメだよ!!　若葉は可愛いんだから!!」

「いいって、わかったから。ほら、落ち着きなさいって」

「いいえ！　朱利ちゃんの言う通りよ！　可愛い子が入社して浮かれているのかもしれないけどね、それで女性を比較して誰かを馬鹿にするような男はクズでしかないわ」

そう言って立ち上がり説教を始めたのは、秘書課の野々宮凛子《ののみやりんこ》だ。有能で面倒見が良く、おまけに美人。多くの女性社員から慕《した》われる存在だ。

「あんた達、今後同じようなことがあれば、女性社員全員を敵に回すと思いなさい！」

つまり、大勢の女性社員に慕われる凛子が敵とみなした者は、女子の敵！　ということらしい。それを聞いた男性社員二人は顔を青くしている。

若葉とて、まさか自分のことでこんな騒ぎになるとは思っていなかった。守ってもらったにもかかわらず、つい慌てふためいてしまう。

「相変わらずたっけぇ声で話すな、野々宮は」

そこに割って入ってきたのは、低い、だがよく通る男性の声だった。

その声に、若葉はドキッとする。耳に馴染《なじ》むように心地いい声なのに、何故かむずむずして、つい耳をさすってしまった。

と同時に、周りにいた数人の女性社員の口から黄色い声が上がった。

声の主は、高身長でスポーツマン体型、切れ長の目に鼻筋の通った、端整な顔立ちのワイルド系の男性だった。口調の荒さからは、いかにも〝俺様〟といった印象を受ける。

凛子は男性の姿を認めると、腰に手を当てながら言い放つ。

「あ、御影《みかげ》に羽倉《はねくら》じゃない。何よ、悪いのはこいつらよ！　こいつら！」

するとワイルド系の男性——御影の後ろから、爽《さわ》やかな声の、これまた爽やかな笑顔をした正統派イケメン——羽倉も入ってきた。

「聞いてたよ。まぁ、春だし少しみんな浮かれ気味みたいだね。この二人には俺からよく言っておくから」

そう言って羽倉は凛子を宥《なだ》める。

二人は営業課の御影悠麻《ゆうま》と、人事課の羽倉葵《あおい》。ともに三十歳。若くして管理職に就《つ》くのではないかと噂されているこの二人は、見た目も社内ツートップなら、仕事の実力もツートップと言われており、女性社員の間で知らない者はいないほどの有名人らしい。

近くにいた先輩女性社員がそう教えてくれた。

そんな二人の登場に、問題の男性社員二人は居心地が悪そうにしている。続いて御影は、朱利と若葉にも目を向けた。

「……ったく、怒んのもわかるが、こいつらも一応は先輩社員なんだから、むやみに怒鳴るな。あと、そこのお前。お前は自分のこと言われたんだろ？　なら、自分で怒れ」

髪の毛をかき上げ眉間に皺《しわ》を寄せながら、呆れたように苦言を呈《てい》する。

「……失礼いたしました」

若葉と朱利は二人揃って頭を下げた。凛子は謝る必要なんてないとぷりぷりしていたが、御影が言っていることは間違っていない。自分達は入社したばかりの新人だし、こんな風に毎回朱利に怒ってもらっていては、朱利が悪者になってしまう。自分でどうにかしなければ。

「御影さんひどいっす。一応って、一応って……」

「あぁ？　お前らは、隅《すみ》で反省してろ」

御影は、不満げな男性社員二人を足蹴《あしげ》にしてどかせ、そこに羽倉と一緒に座った。

二人とも頼んだビールを飲みながら、他愛のない話を始める。ビールを飲んで落ち着いたからか、御影は眉間の皺も取れて、表情が少し柔らかくなった気がした。

若葉は先ほどのことを思い出す。彼のように面と向かって正しい言葉をくれる人はあまりいない。こんな男性もいるのだなと、若葉は思った。

それに御影の声は何故か、不思議と耳に馴染《なじ》む。若葉は無意識にまた耳をさするのだった。

飲み会はその後つつがなく終わったが、これがきっかけで若葉と朱利を比較するような声はなくなった。また、朱利を怒らせると怖いという噂も広まった。

だからといって若葉の価値が認められたわけでもなく――

それどころか、二人の同期である山中《やまなか》がその時放った不用意な言葉によって、若葉の立ち位置が決まってしまった。彼は、みんなの注文を取ったり、会計時にお金を集めたりしている若葉に一言。

「鏑木ってお母さんみたいだよなー。〝おかん〟って感じ」

即座に「同い年の子どもを持った覚えなんかないんですが？」と返したものの、以来〝若葉イコールお母さん〟というイメージが社内で定着してしまった。

〝お姉さん〟ならともかく、若葉は〝お母さん〟と呼ばれるのが好きではない。つまりは女子として見られていないということだからだ。特に男性にモテたいと思っていたわけではないが、入社したての若い娘にとっては不本意なあだ名だ。

ともあれこれが、若葉を〝恋愛干されＯＬ〟にした一つのきっかけだった。

第一章　ポートワインの意味するものは

入社して四年、社会人としての生活もすっかり身体に馴染《なじ》んだ頃。

いつもは定時に仕事を終わらせて帰るのだが、三月上旬のこの日、若葉は後輩のミスをフォローするため、残業をしていた。定時を一時間ほど過ぎ、残務の目処《めど》もたったので後輩を先に帰らせる。

それから一息つこうと、自販機に飲み物を買いに行くことにした。廊下を歩いていき、自販機の手前にある角を曲がろうとした時、男性社員二人の声が聞こえてふと足を止める。

「宮野さんって、羽倉さんと付き合ってんのかな？　最近よく一緒にいるよな」

「さぁ？　どうだろうな。でも、羽倉さんなら宮野さんも落ちるだろ」

この頃、朱利と人事課長である羽倉のことが周りでよく話題になる。まだ付き合ってはいないようだが、確かに最近朱利の口からは度々羽倉の名が出てくる。彼のことが気になっているのかな、と若葉は思っている。が、若葉にそれを言いふらす気はない。聞かれてもいつものようにかわすだけだ。そう思い足を進めようとしたが、続く会話にまた足が止まる。

「なら、あの子は？　宮野さんといつも一緒にいる子。あの子、いい子って聞いた」

「あー、〝お母さん〟か。そりゃいい子だろ、〝お母さん〟って言われてんだから。まー、でも恋愛対象ではないいな」

「そうなのか？」

若葉はため息をついて、どうしようかと考える。あんな話をしている中にのこのこ出ていく度胸はさすがになかった。

〝いい子〟と褒められてはいる。けれどそれは人としてであって、女としてではない。

〝お母さん〟なんてあだ名、何故ついたのか。確かに面倒見はいいかもしれないが〝お母さん〟は普通ないだろう。

男性社員は近くに本人がいるとも知らずに、若葉がいかにお母さんっぽいかを話している。

飲み物は諦めようと元来た方向を振り返ると、いつの間にか営業課の御影が後ろに立っていた。若葉はぎょっとして思わず身体を後ろに傾ける。

御影は切れ長な目を細めて小さく微笑《ほほえ》んだかと思うと、すれ違いざま若葉の頭をぐしゃりと撫《な》でる。そしてそのまま角を曲がっていった。

「あ、御影さんお疲れさまーっす」

「おー……」

男性社員と御影の会話が聞こえてくる。

「なんか御影さん、不機嫌じゃないですか？」

「別に。ただこんなところでそんな話してると、女子から総スカン喰らうぞ」

「え⁉　マジっすか⁉　こんぐらいで⁉」

「お前らにとったら『こんぐらい』でも、女子にとったら違うだろ？　つーか、お前が恋愛対象どうこう言える立場かよ」

「辛辣《しんらつ》っすよー！　御影さーん！」

（助けてくれ、た……？）

若葉は首を傾《かし》げる。このまま立ち去って良いものか迷っていると、御影が戻ってきた。

「ほら」

「え、あ、……ありがとうございます」

通りすがりに手渡された、ペットボトルのアップルティー。若葉がよく飲んでいるものだ。それを御影が知っていたとは思わないが、素直に嬉しい。

四年前、飲み会の席で若葉を窘《たしな》めた御影は、あの時の噂通り営業課の課長になっていた。

三十四歳、イケメン、課長。そして独身とくれば女子が黙っていない高スペック。口は悪いが、仕事に対する姿勢は真っ直ぐで、他人に厳しいけれど自分にはより厳しい人。

先ほど撫《な》でられた時に感じた骨張った指の感触、相変わらず耳に心地よく馴染《なじ》む声。それらを思い出すと顔が火照《ほて》りそうになった。貰ったばかりのアップルティーで頬を冷やしながら自分のデスクに戻り、残っていた仕事を終わらせる。

会社を出てスーパーで買い物をし、一人暮らしをしているアパートへと帰る。会社から二駅、駅から徒歩十五分ほどの小さなアパート。オートロックではないので防犯面は少々心もとないが、今まで問題はなかったから大丈夫だろう。

三階建ての、三階角部屋２Ｋなので日当たりがよく開放感があり、結構気に入っている。

ご当地のゆるキャラキーホルダーのついた鍵を取り出して、家の中に入った。

通勤用の服を脱いで部屋着に着替え、それから夕飯と明日の朝のおかずを作る。夕飯を終え、洗い物をしてお風呂に入ったら、あとはテレビを見たり本を読んだり。一人暮らしの女子の生活なんてこんなもの。そしていつもの時間に起き、朝の支度をして家を出るのだ。代わり映えのしない日々。

若葉は今日の御影との出来事を思い出しながら、空《から》になったアップルティーのペットボトルを机に置いて指先でつつく。コロンと転がったそれを、すぐに捨てることはできなかった。

翌朝、七時半ごろ。今日もいつもと同じように会社へと向かう。途中、会社の最寄り駅にあるカフェで紅茶を注文し、持参したタンブラーに入れてもらうのが若葉の日課だ。

「若葉、おはよう」

「あ、朱利おはよ」

この時間になると、カフェの近くでよく朱利と顔を合わせる。現在若葉は総務課の一般事務、朱利は受付に配属されているが、今もプライベートでは一緒に出かけたり、互いの家に泊まり合ったりする仲だ。

「そういえば、そろそろだよね？」

並んで会社に向かう途中、朱利がふと尋ねてくる。

「……何かあったっけ？」

「忘れてる……、そろそろ異動時期だよー。私は一応、部署希望は秘書課で出してるけど……」

若葉の会社では、毎年この時期になると異動希望申告書というものを提出する。個々の社員が自分の雇用状況やキャリアについて考え、希望の部署を申告することができるのだ。もちろん通るかどうかは会社の判断に任せられるが。

ちなみに朱利は毎年凛子のいる秘書課を希望している。凛子とは四年前の飲み会以来、若葉も朱利も仲良くしているが、朱利としては一緒に働くのが夢らしい。

「うちの受付の花が消えたら、嘆《なげ》かれそう」

「顔しか見ないヤツは興味ありませーん。だいたいどいつもこいつも、〝黙ってれば可愛いのに〟って何？　しゃべるなって？　息するなって？　私はお人形さんじゃないわよ」

「あー、はいはい。わかったわかった。朝からそんなに怒らないの」

朱利は、見た目と中身のギャップを普段から指摘されているらしく、ぷりぷりしている。

（それにしても、異動か……）

特にこれといって目指すもののない若葉は、これまで同様、一般事務で出している。

しばらくして会社に着き、朱利とは別れて自分の部署へと向かった。自席に座り身体を伸ばしてから、今日も頑張りますか！　と、心の中で呟《つぶや》いて仕事を始める。

と、昨日貰ったアップルティーの代金を御影に払っていないことに今更ながら気付く。本来ならば後で小銭を返しに行くか、代わりに缶コーヒーでも買って渡したいところだ。小銭だと、それぐらいいらないと言われる可能性があるので、缶コーヒーの方がいいかもしれない。

けれどわざわざ営業課に行って渡すとなると、多くの女性社員から敵とみなされる可能性がある。

何しろ御影はモテる。個人的な繋がりを持っているというだけで嫉妬《しっと》されてしまうのだ。女子の嫉妬は買わないに越したことはない。

そんなことを考えながら若葉は自分に言い聞かせる。


勘違いはしない。

期待なんてしない。

彼は自分のことなんて何とも想っていない。

御影が自分を気にかけているなんて、ありえないとわかっていても勘違いしたくなるのが女子の心情。

若葉が御影を目で追うようになったのは、果たしていつからだったか。最初は口調も態度も乱暴で苦手なタイプだと思っていたけど、親しい友人だという羽倉と話す時は表情が柔らかくなるので、そのギャップにいつも驚かされる。

それに、入社して二年目ぐらいだったろうか——何故か突然御影は、廊下で会うたびに若葉に構ってくるようになった。

綺麗な女性社員が寄っていってものらりくらりとかわすくせに、唯一若葉にだけは用もないのに話しかける。会話をしなくても、必ず獲物を狙うような目でこちらを見て、笑みを浮かべ、すれ違い様に頭を撫《な》でてくる。気のせいかもしれないけど、昨日のようにさりげなく助けてくれたりもする。

少しずつ、少しずつ、時間をかけて惹かれていった。

この感情が何という言葉で表されるものか、頭のどこかで気付いてはいる。

けれど、心はそれを認めることを頑《かたく》なに拒否していた。


その週の金曜日は、朱利と食事をしようと約束していた。先にあがった若葉は、会社のロビーで朱利を待ちながらスマホを操作する。お店はすでに予約しているのであとは向こうに行くだけ。地図の画面を出したところで、ふと、すっかり暗くなった空を見上げる。

「星、全然見えないなー……」

都会ではこんなものだろう。北海道など星が綺麗に見えるところに行って、夜空を満喫してみたい。そんなことを考えていたら、朱利の声が聞こえた。

「若葉！　お待たせ！」

「あ、大丈夫だ……よ……？」

振り返ると、イケメン二人が朱利を挟むように立っていた。御影と羽倉だ。物語によくある、イケメン二人が可愛いヒロインを取り合うパターン。そんなことを考えたが、それはともかく何故この二人がここにいるのだろうか。

首を傾《かし》げると、朱利は気まずそうな笑みを浮かべて謝罪してくる。

「ごめん、帰りに羽倉さんに捕まって」

「鏑木ちゃんとご飯行くって聞いたから、良かったら俺もって思って。んで、こいつも誘ったの」

羽倉はにこにこと笑いながら御影を指さす。

「たく、いきなり人のこと捕まえて飯行くぞって……。俺の予定は無視か」

「どうせ予定ないくせに、何言ってんだよ」

まさか脇役である若葉が、こんな主役級の三人と食事に行くことになるとは思いもしなかった。

「ちょっと待ってね。お店に人数変更の電話するけど。最初決めていたところで平気？」

「平気、平気ー。あと羽倉さんと御影さんの奢《おご》りだからー」

朱利の発言に何も言わないところを見ると、二人ともそのつもりなのかもしれない……。いや、若葉とすればきちんと払うつもりではいるけれど。

幸い〝四人でも大丈夫〟との返事をお店から貰い、連れ立って歩き出す。

途中、通りすがりの人達が、若葉達——ではなく、若葉以外の三人を振り返っていく。

脇役の若葉としてはいたたまれない。

「あ、御影さん」

「ん？　なに？」

ふと立ち止まり、隣を歩いている御影に声をかける。一応ヒールを履いているのに、身長差ゆえに見上げなければならない。

「先日は飲み物ありがとうございました。これ、お礼です」

そう言って鞄《かばん》から取り出した缶コーヒーを差し出す。

「……は？」

「えっと、アップルティーのお礼です。缶コーヒー……」

今から食事に行って帰宅するというタイミングで渡すのは憚《はばか》られるが、これを逃せばもう渡せる気がしない。

「ああ……って、今渡すか？　月曜日に会社で渡せよ」

「あの、その、飲み物貰った次の日から鞄に忍ばせてたんですけど！　渡すタイミングが見当たらなくて……、すみません」

若葉としても、朝出社した時か休憩時間に渡すのが一番だとわかっている。

部署やフロアが同じならばそれもできただろうが、朝は出社時間が違うし、休憩時間は人の目があるので渡しづらい。結果こちらの都合を押し通す形になり、申し訳ない気持ちになってしまう。

「……しょうがない。ま、好きなメーカーのやつだしいいか」

その辺りはあまり突っ込んで考えないでほしかった。よく飲むメーカーを知っているなんて、御影のことをしっかり見ているというアピールのようで。そう思いながらも平常心を保つ。

「ていうかお前、これずっと持ってたのかよ……」

「はい！　あ、賞味期限は大丈夫ですよ！　余裕です、余裕！」

「いや、そんなことはどうでもいいんだが。まぁ、ありがとな」

御影はそう言ってかすかな笑みを零《こぼ》し、若葉の頭をくしゃっと撫《な》でた。

その仕草があまりにも自然で優しくて――また、したくもない勘違いをしそうになる。

「おーい、二人とも何してんの？　遅いよ」

「うるさいな、お前らが速いんじゃないのか？」

気が付くと、前を歩く羽倉達との間に随分距離ができていた。急いで追いかけようとするが、隣を歩く御影にその様子はない。

結局御影の速度で共に歩く。傍《はた》から見れば羽倉と朱利、御影と若葉という二組のカップルが歩いている状態。そのまま二人でぽつぽつ会話をして、あとは心地のいい沈黙の中を歩いた。

こうしていれば、恋人同士に見えるだろうか。一瞬そんなことを考えるが、すぐに打ち消す。

もう、恋なんてしたくない。二度と、あんな思いを味わいたくはない。

(傷つくのが怖くて怖くて堪《たま》らない……)

こんなことされると、まるで自分が特別扱いされている気分になるけど、その度に過去の恋愛が頭を過《よ》ぎり、心が逃げてしまう。きっと御影は自分のことを妹のように思っているだけだ。それ以外に、構ってくる理由なんて見つからない。

今までの経験上、女として見られていると自信を持って言うことができない。自分なんて、と自分を卑下《ひげ》する言葉が当たり前のように出てくる。

そんな自分が嫌になるものの、染み付いてしまった癖《くせ》はなかなか抜けない。

「あ、あった」

「地下か?」

繁華街とは逆方向の、やや人気《ひとけ》の少ない通り。そこで光る、淡い色の看板。ドアを開くと地下へと続く階段があった。先頭の御影に続いて若葉達も階段を下りる。途中、朱利が注意を呼びかける。

「若葉、落ちないでね」

「落ちないよ、私は子どもか」

「だって、若葉いつも足元不安定だから。階段上れば靴引っかけるし、下りれば落ちそうになるし……」

「……否定、できません。すみません」

「くくっ、鏑木ちゃん面白すぎ……！」

羽倉は何がツボだったのか、一番後ろで口元を覆いながら笑っている。

店に入ると、落ち着いたオレンジ色の空間に、趣味のいい洋楽が静かに流れていた。

「予約してた鏑木だ」

「鏑木様ですね、こちらへどうぞ」

若葉が返答する前に、御影が先に名乗ってしまう。大したことではないんだろうけど、自分の苗字を名乗られたことに何故か照れてしまった。

店内は南国を思わせる落ち着いたリゾート風のインテリアで、案内された席は半個室型。入り口にはアジアンテイストのレースカーテンがかかっている。これを下ろしてしまえば顔は見えなくなるから、人に注目されることはないだろう。

男性陣に促《うなが》されるまま奥に座ると、隣に御影が腰を下ろす。向かいには朱利が、そしてその隣には羽倉が座った。少し隙間があるとはいえ、隣に御影が座っていると思うと少々緊張してしまう。

若葉はメニューを開き、ドリンクのページが全員に見えるようにして置く。

「何飲む？」

「生ビール」

「御影さん……せっかく来たんですから、お店オリジナルのとか飲みません？」

朱利が呆れたような声でリゾート系のドリンクを薦《すす》めるが、御影の意志は変わらないようだ。諦めて他の三人だけで、お店お薦めのオリジナルドリンクを注文をする。羽倉が頼んだムーンナイトはジンとソーダのカクテル、朱利が頼んだシーサイドはライムとグレープ、そして若葉が頼んだサンフレッシュは白ワインとカシスをソーダで割ったものだ。

カクテルと一緒に、本日のお薦めである有機野菜のミックスサラダやブツ切りのタコマリネ、海老《えび》とアスパラガスのピザなど適当に頼んだ。なんでも、提携している農家から毎朝採《と》れたての野菜を届けてもらっているそうだ。確かに、野菜ってこんな美味《おい》しかったただろうかと思えるほど、甘みがあって瑞々《みずみず》しい。

「美味しいご飯に美味しいカクテルをいただきながらゆっくりできて、私は幸せです」

「お前は確かに幸せそうに物食うよな」

「幸せですもん。それに私、ご飯は美味しく、幸せな気持ちで食べるって決めてるんです」

御影がおかしそうな顔をしているので、思わず力説してしまう。

「と、いうと？」

羽倉も話に乗ってきたので、若葉はとうとうと説明する。

——単純に気持ちの問題ではあるのだが、どんよりした気持ちや不貞腐《ふてくさ》れた気持ちでご飯を食べると消化に悪い。だから、美味しく幸せな気持ちで食べると決めている——とはいえ、本当に美味しいものを食べれば幸せな気分になるので、必然的にそうなる。

すると朱利も口を挟んでくる。

「若葉の手料理、美味しいんですよー。また、ハンバーグ食べたいなぁ。人参《にんじん》のグラッセとかマッシュポテトとかも作ってくれるんです」

「へぇ、結構本格的？」

「え？　全然そんなことありませんよ？　普通……かと。一人の時は、グラッセもマッシュポテトも作りませんし」

謙遜《けんそん》ではない。若葉の作るハンバーグは特にこれといって隠し味もない普通のハンバーグである。

「また食べたいなー」

「今度泊まりに来たらね」

朱利は嬉しそうに「やったぁ！」と声を上げる。いつもより笑い上戸《じょうご》になっているところを見ると、これは結構酔いが回ってきている。

気が付けば、入ってからすでに二時間は経過していた。そろそろお開《ひら》きとのことで、一旦化粧室に行って戻ってくると、すでに他の三人は店を出る格好になっていた。若葉も慌ててジャケットを羽織り、御影達のあとについていく。お会計は、と思ったけれど、店員が愛想よく「ありがとうございました」と頭を下げたところを見ると、もう御影と羽倉が払ってしまったのだろう。

階段を上り、大通りまで来たところで御影がタクシーを止め、羽倉と朱利が乗り込む。現在二人がどういう関係かわからないので、慌てて自分が朱利を送ると申し出たが、少し酔いの覚めた朱利が「大丈夫、また来週」と笑っているので、そのまま送り出すことにした。

「羽倉さん、ちゃんと送ってあげてくださいね」

「はは、大丈夫。任せておいて」

羽倉は笑いながらそう告《つ》げると、タクシーを出発させた。

御影と二人きりになるのは、別に初めてではない。だがそれは会社の中、それもエレベーターの中で偶然そうなったなどという話であって、こうやってお酒が入った状態で二人きりという展開は初めてだ。会社の飲み会の時は、いろいろな女性が彼を狙って周りを囲んでいるし、ましてやプライベートな付き合いなんてほとんどない。

それにたとえ二人きりになったとしても、物語のヒーローである御影が脇役女子の若葉をどうこうしようなどと考えるわけがない。自分の身のほどぐらい、自分が一番理解している。

「あ、そうだ！　御影さん、さっきの食事代おいくらですか？　ちゃんと払います！」

「いや、いいよ。俺達の奢《おご》りだ」

「で、でも！」

鞄《かばん》から財布を取り出して握り締める。誕生日など何かのお祝いでもないのに、一銭も出さないわけにはいかない。

するとと御影は呆れたような顔で、若葉の額《ひたい》を指で軽く弾《はじ》いた。

「いいんだよ。そもそも、俺達がお前らの邪魔をしたようなもんだし。ありがたく奢られとけ」

「……はい、ありがとうございます。ご馳走様《ちそうさま》です」

そう言われると、こちらも頑《かたく》なに払うとは言えない。それならありがたく奢ってもらおう。もし今後、一緒に食事する機会があったら自分が奢ればいい。……そんな機会があればだけど。

気がつけば時刻は夜の十時近くになっていた。このまま駅へ行って解散かな、と思い、隣に立っている御影に声をかける。

「とりあえず、駅行きましょうか」

「ん？　あぁ……」

御影の反応が少し遅い。どうしたのかと身体を傾けて顔を覗《のぞ》き込んでみる——と、彼は突然、眉間に皺《しわ》を寄せて、若葉の額《ひたい》の部分を鷲掴《わしづか》みにした。一体自分が何をした⁉と言いたくなったが、とりあえず黙って元の姿勢に戻る。

「御影さん……大丈夫ですか？　酔ってます？」

「いや、全然。というか、お前も強いんだな、酒」

「そう、ですね。朱利とかに比べれば強い方だと思いますよ」

朱利と同じ量を飲んだというのに、若葉の方はまだ素面《しらふ》に近い。

二人で駅に続く静かな道を、少し距離を開けながら歩く。この距離が、今の若葉と御影の距離。

若葉はアルコールにそこそこ強いが、それでも飲めば多少箍《たが》が外れるらしく、普段より人に対して馴《な》れ馴れしくなる。この時も、隣を歩く御影に触れたいと素直に思った。脇役だとか、自分なんかとか、そういった言葉は全部どこかに追いやって。ただ、目の前にいるこの人に触れたい。

ふと過《よ》ぎった想いを、頭を振って散らす。駅に着いたので立ち止まり、御影に挨拶《あいさつ》しようと顔を上げる。と、彼がじっと若葉を見下ろしていた。なんだろうかと首を傾《かし》げると、御影が口を開く。

「お前、まだ時間平気？」

「……はい、大丈夫ですが」

「なら、もう一軒付き合え」

「え⁉　……あ、御影さん！」

今度は駅を挟んで反対側の繁華街へと歩き出す。どんどん歩いて繁華街を抜け、通りを行き交う人がまばらになってくると、御影は迷うことなくあるビルへと足を踏み入れた。そのまま若葉を連れてエレベーターに乗り込む。この間お互いずっと無言だったので、何となくいたたまれない。どうすればいいのか。

「いらっしゃい」

「どうも」

店に入ると、マスターが親しげに声をかけてくる。

「珍しいですね、女性を連れていらっしゃるなんて」

御影は〝うるさい〟と言いたげに顔を軽くしかめる。どうやらここの常連らしい。マスターは御影の態度を気にする様子もなく、奥の窓側の席を勧めてきた。

そこは窓に向かって横並びに座れる、シックなカップルシートだった。この席に座ると、当然真横に御影が座ることになる。

さっきの店でも隣同士だったが、あそこでは二人の間にある程度距離があった。が、この席ではどう見ても、二人の肩か膝《ひざ》が触れ合ってしまうだろう。本当にここに座るのかと御影を見上げるが、彼は気にする様子もなくさっさとそのソファーに腰を下ろす。

「何してんだ？」

「あ……いえ……」

御影はいたって平静だ。若葉は、自分の気にしすぎかと思い直し、彼の隣に腰を下ろす。やはりアルコールのせいで、箍《たが》が外れているのかもしれない。

案の定、二人の膝が触れ合うような近さ。どちらかが少しでも身体を寄せれば肩も触れるだろう。

もう二度とこんな近くに座ることなんてないかもしれない。それならば、この状況を楽しんだ方がいい。どうせ、何事もなく終わるのだから。そんな風にさえ思ってしまう。

「俺はいつもの、お前は……何か飲みたいのあるか？」

「じゃぁ……私は、ミモザで」

こういったバーは滅多《めった》に来ないが、とりあえず好きなカクテルを頼んでおく。

きっと〝よくわからないから、御影さん教えてください〟と言うのが、女子として正解なのかもしれない。そうすれば御影は女子に飲みやすいカクテルを注文してくれることだろう。

しばらく無言のまま、窓から見える夜景を二人で眺める。眼下ではたくさんのネオンがきらきらしている。

やがて御影にはバーボンのロックが、そして若葉にはシャンパンベースにオレンジジュースを注いだミモザが届く。ミモザは世界でもっとも美味《おい》しくて贅沢《ぜいたく》なオレンジジュースと言われているらしい。確かに、飲みやすいし美味しい。何杯でも飲めてしまう。

ドリンクと一緒に出されたのは、ドライフルーツとチーズの盛り合わせ。美味しいチーズに美味しいカクテルの組み合わせは格別だ。

カランと音を立てながらバーボンを口に運ぶ御影を見て思うのは、バーが本当に似合う人だということ。落ち着きのある店内、男の人を思わせる太い腕にごつっとした指、整った横顔。まるで雑誌に載っている一枚の写真のよう。

「御影さんって、お酒強いんですね」

「そうだな……。ザルとは言われているが」

「酔い潰《つぶ》れたことってないんですか？」

「ない……、な。俺が潰《つぶ》れる前に、だいたい他が潰れるからな」

なるほど、と若葉は頷《うなず》く。他の人より強いため、同じように飲んでいても相手が先に潰れてしまう。ただ、最近ではそこまで飲まずに退散することが多いらしい。

それから、若葉と御影は他愛もない会話をする。

「御影さんが一番よく飲むお酒ってなんですか？」

「だいたいはビールだな。後は、ウィスキー……他に焼酎とかも飲むが、お前は？」

「んー、そうですね。カクテルを中心にいろいろ試してます」

飲み始めてから、数杯目。さすがに酔いが回ってきた。せいぜいあと二杯が限度だろう。

若葉はいつの間にか御影に対しやや絡み酒になっていた。拗《す》ねたような口調で彼に問いかける。

「御影さんって、私のこと〝お前〟って言いますよねー。私の名前覚えてます？」

「……若葉」

もし覚えていても苗字の〝鏑木〟だけだと思っていたため、動揺してグラスを落としそうになった。思わず御影の顔を見つめると、彼は熱のこもった瞳で見つめ返してくる。

そして、火照《ほて》った若葉の頬を冷たい指先で撫《な》でてきた。

「んっ……」

「熱いな。瞳も潤《うる》んでるし、誘われてる気分になる」

「そ、んな……」

酔った身体を、御影の指と瞳が一層熱くしていく。まるで、御影という存在に酔わされている気分になってきた。御影は息だけでふっと笑い、そっと若葉の頬から手を離した。

「最後にもう一杯飲むか、何か飲みたいのあるか？」

心臓がバクバクと鳴っていて、飲みたいものが何も思い浮かばない。

「……お、すすめありますか？」

「そうだな……。なら、ポートワイン飲むか？」

ポートワイン。ポルトガルを象徴するワインで、最高の甘口ワインとして多くの人に愛されているお酒だ。普通のワインよりもアルコール度数が高く、食後酒としてよく飲まれている。

また、男性からこのポートワインを薦《すす》められるのには意味がある。果たしてこれを知っている女性はどれぐらいいるのだろうか。

お酒は好きだが詳しくはない若葉が、その意味を知ったのはいつだったか。確か大学時代に〝あいつ〟から聞いたような気がする。思い出したくなくて、若葉は記憶に蓋《ふた》をして答える。

「……ぜひ、それで」

御影はどうしてポートワインを薦《すす》めてきたのか。気まぐれか、本気か、それとも単なる偶然か。そして、若葉の返答をどう捉《とら》えたのか。御影の表情や態度は特に変わらない。もしかしたら、若葉がポートワインの意味を知っているかどうか、測りかねているのかもしれない。

渡されたポートワインをゆっくりと飲む。綺麗なルビー色と、フルーティーな味わい。美味《おい》しいな、と思いつつ、残りのチーズと一緒にいただいた。これだけ飲むと、さすがに少し眠気が襲ってきてうつらうつらしてくる。外に出た時に、冷たい空気で目が覚めるといいのだけど。

「若葉、行くぞ」

「へ？」

若葉が眠気と闘《たたか》っている間に、御影は支度を済ませてしまっていた。慌てて出る支度をすると、当たり前のように手を繋がれ、引っぱられる。

「ありがとうございました」

マスターが穏やかな笑顔で頭を下げる。若葉もつられるように頭を下げ、御影と共にエレベーターに乗り込んだ。

「お酒の代金……」

「気にすんな」

「でも……さっきも、奢《おご》ってもらったし……」

　あぁ、思考がうまく纏《まと》まってくれない。眠気がピークになりかけている。このままでは御影にもたれかかって寝てしまいそうだ。それはダメ。そんな迷惑はかけられない。

「むぅ、ちゃんと払いますー！　私大人ですー！」

　若葉は、眠気を振り払いつつ改めて主張する。

「知ってるよ、ちゃんと大人だって。俺が奢りたいだけだから」

「何ですかそれー、わけわかんないですー」

　酔いが回ってきたのか、口調がまるで子どものようになる。

　一方御影は、エレベーターの中で若葉の腰を抱き寄せ、熱を孕《はら》んだ瞳で見つめてくる。

　エレベーターが一階に着くと、ビルを出て大通りでタクシーを捕《つ》まえる。彼は若葉を車内に押し込むと、自身もそのまま乗り込み、運転手に行き先を告げた。若葉にはそれがうまく聞き取れない。御影は自分の家を知っていただろうか。

　若葉は完璧に酔っ払いと化していた。御影の肩に頭を乗せて寄りかかる。意識はあるが、身体はふわふわしていた。

「御影さん」

　返答はない。酔っ払いの相手ほど面倒くさいものはないだろう。どっかのビジネスホテルで降ろしてもらったって構わないのだけれど。そうは思っても、感情がうまくコントロールができない。

「私お酒強い方なんです……」

「そうだな。弱けりゃバーに行く前に潰《つぶ》れてるだろうしな」

「……だから、お持ち帰りってされたことないんです」

運転手がいることはわかっていたが、若葉は構わず自分を晒《さら》け出す。

大学時代からそれなりに飲み会に参加していたが、いつも潰れることなく帰宅していた。けれど同級生の中には、カクテル二、三杯で「酔っ払っちゃった」と可愛く言って、狙った男子を持ち帰る女の子もいた。持ち帰られると見せかけて、女子が持って帰っているというパターンもあるのだ。

その子達は揃いも揃って「若葉もお酒弱いふりしなきゃダメだよ!」なんて言ってきた。

だけど、最初の段階で酒に強いと知られてしまった以上、そんな真似をしたら狙いはバレバレだろう。それに、酔っぱらったふりをして結局何もなかった時のことを考えると、とてもじゃないが実行に移す気にはなれなかった。

自分がモテるどころか、女子として見られること自体少ないのは自覚している。そんな若葉が女子として恋のフラグを立たせるには、勇気が必要だった。それが酒の上での勇気だったとしても。

「私、ポートワインの意味……ちゃんと知ってますよ」

斜め上にある御影の顔を見つめる。御影は少し驚いた顔をしていた。

男が女にポートワインを薦《すす》める意味は〝今夜は帰したくない〟だ。女がそれを受け入れて飲む意味は、〝あなたにすべてを〟。もし断る場合はブルームーンを頼む。ブルームーンの意味は〝できない相談〟。相手を振るという意味になる。

御影の返答はない。やはり単なる気まぐれだったのか。それとも彼にしてみれば意味なんてなかったのか。結局お酒の力を借りた勇気は無駄に終わるのか。

泣きたくなる。悔しさからなのか、悲しさからなのかはわからない。もしかしたらどちらともか。

酔った頭で思うのは、この人が最初の人になってくれるといいのに、ということ。無愛想で口が悪くて――でも優しい人だから。

若葉は、二十六歳にしてまだ未経験だ。こんな自分でも、たった一夜なら大切に抱いてくれるかもしれない。愛し合っているような錯覚を味わわせてくれるかもしれない――

なんて自分勝手で卑怯な考え。我ながら呆れてしまう。けれどその想いは、湧き上がる泉のように心の奥底から溢れ出てくる。

彼はまだ何も言ってくれない。

そんなに自分には魅力がないのだろうか。そんなに〝女〟に見えないのだろうか。

どうしようもないほどに、惨《みじ》めだ。

もう考えたくはなかった。悲しいのも苦しいのも惨めなのも嫌だった。

〝お母さん〟だなんて言われて、いつも周りを宥《なだ》めて面倒を見て、何を言われても笑って受け流しながら、自分一人で傷ついている。

若葉はいつの間にか目を閉じて寝息を立てていた。ふと片目から一滴の水が零《こぼ》れる。

「……帰すわけないだろ……っ」

意識の沈んでしまった若葉は、御影が切なげに呟《つぶや》いた言葉を聞くことはなかった。


身体がふわふわと浮かんでいる気がした。お酒と煙草《たばこ》の匂いがかすかに鼻をくすぐる。煙草の匂いは少し苦手だけど、何故かあまり気にならない。

若葉は、そばにあった温もりにすり寄った。気持ちがいい。この温かいものは一体なんだろうか。

「起きたか」

ぼんやりと目を開けると、切れ長の黒い目が視界に入る。

「……う？」

「寝ぼけてんな……、まぁいい。おい、若葉」

「ん……」

「タクシーでのこと、了承と取るからな」

タクシーでのこととは一体なんだろうか。唸《うな》りながら思い出す。

（あぁ、多分ポートワインのくだり）

これはきっと夢だろう。だって御影が自分を女として抱くと言っているのだ。夢以外の何でもない。だけど、嬉しい。おぼろげな意識の中ではにかみながらも微笑《ほほえ》み、頷《うなず》いた。

「お前、煽《あお》りすぎだ……っ」

「んぁ……」

唇が塞《ふさ》がれる。最初は軽く触れるだけだったけれど、やがて啄《ついば》まれ、挟まれる。促《うなが》すように舐められて、震えながらもかすかに唇を開くと、口づけはさらに深くなる。

本来なら目を瞑《つむ》ってするだろうキス。けれど若葉と御影は、お互いを真っ直ぐ見つめたまま唇を合わせる。御影の瞳に自分が映っていることに、ぞわりとした。

そう言えば、これがファーストキス。二十六歳になるまでファーストキスすら済ませていなかったなんて、朱利にも言えない。もっと早くしていれば良かった。こんなに気持ち良いものだったなんて。でもそれは、きっと相手が御影だから。

彼の赤い舌が、若葉の口の中へとねじ込まれる。ぬるぬるとして熱いそれは、若葉の口蓋《こうがい》や頬の裏を丹念に、まるで確かめるように這《は》っていく。敏感な舌の上を擦《こす》られ、溢れる唾液を啜《すす》り上げられると、ぞくぞくとした痺《しび》れが身体を支配した。

「……んんっ……」

御影の手が若葉のシャツのボタンを性急に外していく。今にも引きちぎらんばかりのその手つきは少し怖いくらいなのに、絶え間なく与えられる口づけはどこまでも優しい。

シャツの前が開かれて、キャミソールをたくし上げられる。今日の下着は何色だったか、上下セットだったたか。そんなことが頭を過《よ》ぎるが今更だ。

ブラの上からもわかるほどに尖《とが》り出した頂《いただき》に、キスをされる。それだけで腰がびくんと震えてしまう。まだ始まったばかりなのに、これではどこまで持つのかわからない。

御影は若葉の反応を確かめながらブラを持ち上げ、胸の膨らみに舌を這わせると、痛いぐらいに吸い上げた。

「……っ」

「綺麗につくな。この痕《あと》を花だと例えるヤツがいたが、なるほどな……。こうして見ると確かに花が咲いたみたいだ」

そう言って舌舐めずりしながら、そこを指でさする。胸元に目をやると、赤い痕がくっきりとついているのが見えた。薄れる意識の中でこれがキスマークなんだと納得する。

「身体、少し浮かせろ」

「は……い……」

御影の声はまるで麻薬のようで、色気を含んだ低い音が耳を犯す。

腰を支えられながら身体を浮かせると、腕に引っかかっていたシャツを抜き取られ、キャミソールも脱がされる。ごつごつとした指で背中を撫《な》でられ、器用にブラのホックを外された。その手際の良さに、こういうことに慣れているのかな、とぼんやり思ったけれど、気付かないふりをする。気にしたら何も始まらない。

腕からブラを抜き取られ、初めて男性の目に自分の裸を晒《さら》す。恥ずかしさと熱に浮かされながら御影を見上げると、彼は目を細めて若葉の身体を愛撫《あいぶ》する。

「これは、堪《たま》らないな。吸い付くみたいに手に馴染《なじ》む」

胸の膨らみを下から持ち上げ、やわやわと揉み、痛いぐらいに尖った若葉の頂を人さし指で円を描くように撫でる。まるで焦《じ》らされているようで、もっと強くとねだりたくなる。

小さく息を吐きながらその弱い愛撫を受け入れていると、突然彼の手の動きが激しくなる。片方の頂をぐにぐにと指で挟んで揉んだかと思うと、もう片方を熱い舌で丹念に舐め始めた。

「ひあぁ、あっ……！　い、きな、り、っ」

思わず腰を浮かせる。その瞬間、そこを強く吸い上げられた。身体の芯に甘い疼《うず》きが駆け上がり、若葉はシーツを足で掻く。

続いて御影は首筋や鎖骨にも唇を這《は》わせ、服に隠れるか隠れないかという際どい部分にも痕《あと》をつけていく。まるで自分の所有物であると主張するかのように。それは胸の谷間や胸の下、お臍《へそ》にまで達し、若葉の身体の至るところに赤い花が散る。

ふと、スカート越しに臀部《でんぶ》を撫《な》でられ身体が震える。だが御影はお構いなしにファスナーを下ろしていく。

「若葉、腰……」

「うぁ……」

脳内を直接刺激するような色気のある声が耳元で囁《ささや》いてくる。

若葉が腰を浮かせると、ストッキングごとスカートをずり下ろされた。スカートはそのまま床に投げ落とされたが、ストッキングは中途半端に片足首に引っかかってしまう。

「全部脱がせるより、こっちのほうがエロいな」

「うー、いじわる、しないでください……っ」

「悪い悪い」

御影は楽しそうな笑みを零《こぼ》してストッキングを足首から抜き取ると、足首からふくらはぎを往復するように撫でた。若葉はまたビクンと震える。

「んんっ」

「お前はどこもかしこも性感帯みたいだな」

「わ、かんない……ですっ、あ、あっ」

御影は若葉の片脚を持ち上げ、膝《ひざ》の裏側をべろりと舐めてから、ちゅっちゅっと音を立ててキスをする。彼の唇はそのまま太ももを辿っていき、脚の付け根を強く吸った。

若葉は太ももを閉じようとしたが、間に入り込んできた御影の身体に阻《はば》まれてしまう。

彼の視線がどこに注がれているのか、経験の少ない若葉にもはっきりとわかる。

「そ、んなところ……っ、見ないで、ください……」

「それは聞けないな」

そう言いながら、御影は下着越しに若葉の秘所を何度も指で擦《こす》る。するとそこは次第にぐちゅりと湿った音を立て始めた。若葉は恥ずかしさにもがきたくなるが、火照《ほて》った身体はうまく動かない。そんな若葉に構わず、御影は下着の上から丁寧に秘所を解《ほぐ》す。

「ん、ん、っ」

唇から溢れそうになる甘い声。若葉は手の甲で唇を押さえ必死に我慢していたが、御影は眉間に皺《しわ》を寄せながら、その手を取ってシーツに縫いつける。

「あぁっ、や、こえ……でちゃうっ」

「いいから、ちゃんと感じてる声聞かせろ。俺しか聞いてない」

〝その御影さんに聞かれるのが恥ずかしいのだ〟と反論しようとしたが、未だ止まらない愛撫《あいぶ》のせいで言葉にならない。愛液でぐちゅぐちゅに濡れた下着に御影の指がかかり、若葉に見せつけるかのようにゆっくりと下ろしていく。その様《さま》はあまりにも卑猥《ひわい》で、若葉の身体は余計に熱くなる。

御影はここでようやく自身のシャツを脱ぎ捨てた。そしてまた身体を屈《かが》め、若葉の秘所に指を一本、埋め込んでいく。

「いっ……っ……」

「痛いのか？」

初めて受け入れた異物に若葉が呻《うめ》くと、御影は指を抜いて心配そうに尋ねる。

「だ、いじょうぶ……ですっ」

「若葉……、お前もしかして、初めてか？」

これ以上熱くならないと思っていたのに、御影の言葉を聞いて若葉の全身はさらにカッと熱くなった。それだけで御影は答えを察したのだろう。

「それなら、もっと解《ほぐ》さないとお前が辛いな」

御影の口調からは、若葉が処女であることを面倒くさがる様子も、特に喜ぶ様子も窺《うかが》えなかった。ただ、「解さないと」のあたりで声が少し弾《はず》んだように聞こえたのは、きっと気のせい。願望ゆえの空耳。

そう、これは若葉が見ている〝願望〟という名の夢の世界。

そうでなかったとしても、若葉の願望が現実に色をつけていることは間違いない。だって、若葉を見つめる御影の瞳がこんなにも優しく見える。

御影は若葉の太ももを抱きかかえると、またゆっくりと秘所に指を埋め込み、ゆるゆると馴染《なじ》ませるように膣壁を擦《こす》っていく。

若葉は、はっはっと短く息を吐きながら、優しい愛撫に身体がどんどん疼《うず》いてくるのを感じた。

「もう一本増やすぞ」

近くにいるはずの御影の声が、どこか遠くから聞こえてくる気がする。

穏やかな愛撫がもたらす優しい快感。それがむしろもどかしい。

もっと、強くしてほしい。もっと、激しくしてほしい。奪うぐらいで構わない。

だが御影の手は変わらず緩慢《かんまん》だった。増やされた指は膣内で蠢《うごめ》き、何度も抽挿《ちゅうそう》を繰り返す。やがて先ほどより解れただろうそこに、突然生暖かい風を感じた。

「ひぁっ、な、に……」

驚いて下腹部のあたりにいる御影に視線をやると、彼は秘所に顔を近付けていた。思わず身体を上にずらして逃げようとしたが、力強い腕に太ももを押さえられてしまう。

おまけに脚を頭の方へ持ち上げられ腰を浮かせたまま固定されてしまい、誰にも見られたことのないそこを御影に見せつけるような形になった。

「や、や、それっ、やぁ……っ」

「大丈夫だ、気持ち良くなるだけだから」

「あ、あ、あっ」

尖《とが》らせた舌が、入り口部分をねっとりと上下に往復する。それを何度も繰り返した末に、溢れ出してきた蜜をじゅるじゅるっと音を立てながら吸い上げられ、舌をねじ込まれる。

「ひあぁあっつ、あ、ついぃ」

どこもかしこも、熱すぎる。熱いのは御影の舌か、自分の身体か、それともその両方なのか。頭を振りながら若葉は快楽を逃がそうとするがうまくいかない。

御影の唇が花芯を優しく挟み込み、舌でちろちろと舐める。頭が真っ白になりそうな快楽が怖くて堪《たま》らない。この行為はどこまで自分の脳を溶かしていくのか。

「き、きちゃう……み、かげさん……なんかきちゃうっ」

足のつま先から何かが勢いよく駆け上がってくる。耐え切れそうにない何かに、翻弄《ほんろう》されている。

御影が息だけでふっと笑う。それが花芯にかかり、若葉の喉《のど》からは「ひっ」と小さな声があがる。

「イキそうなんだな、怖がらないでイっていい」

じゅぅっと大きな音をたてながら、強く花芯を吸い上げられた。

先ほどまでの優しい愛撫《あいぶ》とはうってかわって、御影の舌は容赦《ようしゃ》なくそこを嬲《なぶ》る。

「あっ、ひ、うぁあ、あ、あ……っ。あぁあああっ……」

若葉は腰を痙攣《けいれん》させて、ひときわ高い嬌声《きょうせい》を上げた。目の前がチカチカして、涙で御影の顔が歪《ゆが》んで見える。

一度達した若葉は、ぐったりと肢体を投げ出してゆっくりと息を整える。わずかに身体は動くが、とてもだるい。これがイクということなのか。

消えそうな意識の中で、かすかにガチャガチャという金属音や袋を破くような音が聞こえてくる。頭の隅《すみ》で何の音かと思ったけれど、それを確認するために上半身を起こす力はなかった。

重い片腕で目元を覆い、息を整えようと深く吸って吐いてを繰り返す。

何とか息が落ち着いてきたところでギシッと足元に重みが加わる。それから両腕を掴まれて、シーツの上に縫い付けられた。

目の前に現れたのは、赤い舌をチラリと見せた御影。彼は、今度は若葉の鼻を軽く舐める。

「解《ほぐ》れたし、そろそろ……いくぞ」

そう言うと、御影は滑りを良くするように肉茎を数回秘所に擦《こす》りつけ、未だ誰も受け入れたことのないそこに、先端を少し押し込める。

「あっ、ひぅっ……」

これから起こることへの恐怖に身体がわずかに強張《こわば》ってしまう。視線を彷徨《さまよ》わせると御影は蕩《とろ》けるような笑みを浮かべながら、触れるだけの口付けを落とす。

「俺を見ろ」

「みか、げさん……」

御影は恋人繋ぎのように指を交差させて若葉の手を握ると、腰を押し進めた。

「若葉……っ、くっ」

指とは比べ物にならないほど太いものが、若葉の膣内へと挿入されていく。どれほど解され濡れそぼったとしても、初めての痛みがなくなるわけではないらしい。若葉はあまりの痛さに息を詰め、涙を流しながらいやいやと首を振った。

やめてほしい、抜いてほしい。だけど御影のために耐えたいとも思う。相反する二つの気持ちが若葉の中でせめぎ合う。

「いっ、あ、あ、うっ」

「んっ……」

「若葉、息吐け、止めんな」

「む、りぃっ、いたいぃ」

まだ途中までしか入っていないのに、膣壁を押し拡《ひろ》げられる痛みと圧迫感で、お腹が苦しくて堪《たま》らない。両目を強く瞑《つむ》り、繋いでいる手を強く握り締めると御影の手の甲に爪が食い込む。

「見ろ、若葉。俺をちゃんと見ろ」

「うー、うーっ」

次から次へと涙が零《こぼ》れていき、うまく言葉が紡《つむ》げない。それでも言われた通り瞼《まぶた》を上げ、霞《かす》んだ目で御影を見つめた。

御影の顔がすぐ目の前にある。乱れた黒髪が頬に当たり、ぽたっと汗が一粒、若葉の顔に落ちてくる。優しい口付けが、額《ひたい》や鼻、頬と顔中に降ってくる。すると若葉の喉《のど》の力が少しずつ抜けていき、やっとまともに息ができるようになる。

「口開けろ……」

「は、い……」

唇を開くと、熱くて肉厚な舌が若葉の口腔《こうこう》へと侵入してくる。口蓋《こうがい》を丹念に舐め回し、舌を擦り合わせ、若葉の身体の力が抜け切ったところで一気に奥まで突き入れた。

「んーっ、ん、んっ、んー」

若葉はひときわ高く声を上げたが、それは全て御影の口の中へと吸い込まれていく。

「ん、はぁ……、全部入ったぞ」

脚の間に御影の腰が密着し、熱く脈打った肉茎が自分の中で蠢《うごめ》いている。痛みと苦しみ、恥ずかしさ。いろいろな感覚が一気に若葉に襲い掛かり、知らず身体が硬くなる。

「は、はっ、ん……くる、しい……」

唇が離れた瞬間、思わずそんな声を漏らす。と、絡めていた指が解《ほど》かれ、まるで子どもをあやすような優しい手つきで髪を梳《と》かれた。繋がった下腹部は動かさないまま、御影はまた触れるだけの口付けを頬や鼻、首筋にも落としていく。

辛抱強く続けられる穏やかな触れ合いに、硬くなった身体も次第に解《ほぐ》れていく。

繋がっている場所はまだじんじんと痛むが、先ほどよりはましになっていた。すると、若葉の意識は自然と膣内に収まる御影の肉棒に集中する。その熱さと硬さを改めて感じた途端、若葉の膣壁はぎゅっと締まった。

「くっ……、締めんな。結構こっちも我慢してんだから」

御影は眉間に皺《しわ》を寄せながら、深く息を吐いた。

「……我慢、してるんですか?」

「当たり前だろ。痛がってる相手にガツガツ突っ込むほど鬼畜《きちく》じゃない。それに、俺が初めての男なんだろ。優しくしたいし、気持ちよくしてやりたい」

その優しさに胸がいっぱいになって、若葉はまた涙を零《こぼ》しそうになる。

この人が初めての人で良かった。

そんな想いを込めて、眉間に皺を寄せて汗を落とす御影に微笑《ほほえ》んで見せる。

「……動いていいのか？」

「ん……」

若葉は小さく頷《うなず》いた。

それを見届けた御影は雄々《おお》しく勃《た》ち上がったそれをギリギリのところまで静かに引き抜き、ゆっくりと奥に挿入する。再び襲ってきた痛みと苦しみに、若葉は唇を噛んで耐える。

「く、そ、さすがにきっつい……。けど、堪《たま》んないな……」

御影はふっと笑うと、噛み締められている若葉の唇の隙間をぬるぬると舐めてくる。息苦しくなってうっすらと唇を開くと、容赦《ようしゃ》なく舌がねじ込まれた。舌を吸われ、唾液が口端から零れ落ちていく。その間も、御影の腰が止まることはない。

強弱をつけながら抽挿《ちゅうそう》を繰り返し、膣壁を拡《ひろ》げるようにぐるりと掻き回し、若葉の身体を揺する。若葉は御影から与えられる甘い痺《しび》れに身体を徐々に支配され、抗《あらが》うことができなくなっていく。

御影は若葉の腰を抱き寄せ、覆い被さりながら腰を揺らし続ける。若葉はそんな御影の背中に両腕を回し、必死に縋《すが》りながら嬌声《きょうせい》を上げた。

「あ、あ、あ……やぁ、も、いやぁっ」

「嫌じゃないだろ。こういう時はイイって言うんだよ」

若葉は必死に首を横に振るが、御影の動きは止まらない。ごりごりと硬い亀頭で奥を抉《えぐ》られ、そのたびに、若葉の膣内が収縮する。若葉は無意識のうちに両脚を御影の腰に絡め、リズムを合わせるように腰を動かし始めた。それに気付いた御影は笑みを浮かべると、若葉の耳朶《みみたぶ》を噛み、穴に舌を挿し込んでくる。

その間、御影の指が胸の頂《いただき》を擦《こす》り、腰のラインを辿って下腹部を軽く押してきた。その瞬間、自分の中に入っているものの感触を再確認させられ、若葉の頭はさらに熱くなる。そのまま指は秘所へと向かい、隠れた花芯を擦る。真っ白になるような快感がまた若葉の全身を支配していく。

「や、や、それ、や、だめっつ、イっちゃう、またイっちゃうから」

「いいから、イけって。怖くないから」

耳朶から首筋へと舌を這《は》わせていた御影は、そう言ってさらに激しく花芯を嬲《なぶ》る。

「あ、あぁ、あ、ひぃ、だめ、だめ、だめぇぇえっ」

両腕両脚を御影に絡めたまま、強く強く抱きつく。激しい快楽に若葉の身体はがくがくと痙攣《けいれん》し、頭はまるでのぼせているよう。酸素を取り込もうと息を吸い込むが、そんな若葉を見ても御影は腰を止めようとはしなかった。

「イッたか……。もう少し付き合え、な」

「やぁああ、あっ……！」

くたりとシーツに沈みそうになる若葉の身体を抱え直し、腰を掴みながらひくついた膣壁を容赦《ようしゃ》なく擦り、突き上げる。達したばかりの敏感な身体に、また激しい快楽が駆け上がってきて、若葉の意識は飛びそうになる。御影は若葉の様子を窺《うかが》いながらも、激しく腰を動かしていく。

ほとんど飛びかけた意識の中で奥をごりっと穿《うが》たれると、また若葉の頭が真っ白に弾《はじ》ける。膣内で膨れ上がった御影のものを無意識のうちにきつく締め上げれば、若葉を抱きしめる彼の身体が一瞬強張《こわば》り、二、三度大きく震えるのを感じた。

やがて御影が若葉の上に静かに倒れ込み、緩《ゆる》く抱きしめてくる。しばらくそのままお互い息を整え、けだるい空気の中を漂《ただよ》う。御影の身体は重くて熱い。が、それがむしろ心地よかった。

少し息の収まった御影は若葉の頬を撫《な》で、耳の付け根に口付けを落としてくる。初めて感じた人肌の感触は、普段持っている劣等感を消していってくれる。今腕の中にある温もりを忘れたくない。

この痛みと幸せをくれた御影には、「ありがとう」と伝えたかった。

身体が――というよりは背中と腰回りが熱い。そこに何か纏《まと》わりついている――そう気付いた若葉は、横向きに寝そべったまま、ずりずりと前に移動する。

だがその熱い何かはまた腰に絡みついてきて、しかも若葉の身体を元の位置に引き戻す。状況の掴めない若葉は、反射的にまた身体を前方へとずらした。

そこでふと、自分の部屋にあるベッドはこんなにも広かっただろうか、と気付く。

重い瞼《まぶた》を上げてみれば、カーテンの間から差し込む明るい日差しと、服が乱雑に落ちているフローリング、そしてゴミ箱周辺に散らばったティッシュや開封済みの小さなパッケージ。

その異様な光景にぽかんと口を開けて顔だけ振り返ってみると、知った顔が寝息を立てていた。

「――っ⁉　ぎゃぁっ」

驚いて、思わずさらに前方へと逃げてしまう。が、既にベッドの縁まで移動していたので、見事に床に落ちて思い切り膝《ひざ》をぶつけてしまった。

「いっ……っ……」

「……お前、朝から何してんだよ」

御影が今の音で目を覚ましたのか、上半身裸で頬杖をつきながら若葉を見下ろしていた。

「あ、いえ……えっと……おはようございます」

「はよ……つっても、もう昼間……だな。若葉、シャワー浴びるか？」

「え、あ、っと……。み、御影さんお先に……どうぞ……」

思考がまだ追いつかない状態で答えると、御影は笑いながらベッドを出る。そして若葉の頭を軽く撫《な》で、触れるだけのキスを落としてからシャワールームへと向かった。

ぼさぼさの頭に寝起きの顔を見られた。いや、そんなことはどうでもいい。

若葉は昨夜の記憶をたぐり寄せる。

こういう時ぐらい〝記憶が飛んじゃって覚えてないんです〟という常套句《じょうとうく》を使わせていただきたいが、これでもかというほどに記憶がある。今さらながら自分の酒の強さが恨めしい。

自分はタクシーの中で寝てしまい、そのままお持ち帰りされて同意のもとに御影に抱かれたのだ。下腹部の違和感と、今いる部屋の状況が完璧なる証拠である。

頭を抱えたいが、そんなことをしている場合ではない。とにかく服をかき集め、身に付ける。

恥ずかしさで死にそうだ。自分も自分だが、御影も御影だ。初心者相手に朝まで三回も盛《さか》るなんてどんな鬼畜《きちく》仕様だ。これが噂の絶倫か。

頭の中でいろいろなことを考えながら着替えを済ませると、鞄《かばん》に入れていた櫛《くし》で軽く髪を梳《と》かす。それからそろりと足を忍ばせ、玄関へと向かった。シャワールームからはまだ水の音が聞こえてくる。

このまま立ち去ることをお許しくださいと両手を合わせてお辞儀をした若葉は、静かに、けれど素早く御影のマンションから出た。書き置きぐらい残すべきだったかと思うが、もう遅い。

懸命に足を動かして駅へと向かうが、普段使わない場所をこれでもかと言わんばかりに使ったので、膝《ひざ》がガクガクして歩きにくい。まだ何かが入っているような感覚。昨夜のことがまた頭に蘇《よみがえ》り、若葉は無性に恥ずかしくて堪《たま》らなくなった。

第二章　間接キスはオムライスで

若葉はふらふらになりながらも自宅に帰りつくと、大きく安堵《あんど》の息を吐いた。一言メールぐらいしようかとも思ったのだが、そもそも御影の連絡先なんて知らなかったことを思い出す。

月曜日は会社に行きたくない。ベッドに倒れこみながらそんなことを思うが、社会人である以上そういうわけにもいかない。

御影とは部署も違う。顔を合わせる確率はさほど高くはないだろう。そう考えると、このまま知らないふりをして自然消滅――付き合っているわけじゃないけれど――を狙うのが一番か。そうすればいずれ、〝そんな一夜もありましたね〟なんて笑い話にすることもできるかもしれない。

しかしこれで終わりにするなら、お礼ぐらい言っておくべきだった。こんな自分の初めてを貰ってくれたのだ――これでもかというほどに優しく、激しく愛撫《あいぶ》して、頭も身体もどろどろに溶かして。神経が焼き切れて、脳が溶けてしまうような快楽。

昨夜のことをありありと思い出し、若葉は呟《つぶや》く。

「……何あの顔、色気ありすぎでしょ……意味わからん」

眉間に皺《しわ》を寄せながら笑みを浮かべ、汗をしたたらせる御影。あの時の顔が目に焼きついている。

モテる御影のことだ。あれを目にした女性は少なくないだろう。それでも、何故か自分が特別な人間になったような気持ちになる。

付き合いたいなどというおこがましい願いは持っていない。あんなハイスペックな人に初めてを貰ってもらって、それ以上何を望むというのか。今回のことはまさしく奇跡のような出来事なのだ。

あの御影に遠回しながらもお持ち帰りしてほしいと伝えられたのは、お酒の力だ。お酒すごい、けれど怖い。やはりいくら強いとはいえ、飲みすぎは良くない。これからはもっと気をつけないと。……といっても、あそこまで飲んだのは相手が御影だったからなのだが。

だるい身体を引きずってシャワーを浴び、部屋着に着替えて温かい緑茶を飲んで寛《くつろ》ぐ。

この土日には買い物に行こうと思っていたが、とにかく家にいよう。そう思い、頭の整理と体力の回復に全てを費やすことにした。

月曜日。いつものように支度をして会社に向かう。そして、いつものようにカフェで紅茶を注文して外を歩いていたら、これまたいつものように朱利と出くわした。

「おはよう、若葉。……顔、疲れてるよ？」

「……うん、ちょっといろいろありまして」

苦笑して見せれば、朱利はそれ以上突っ込むことなく「そっか」と言った。こういう時、何も聞かずにいてくれるのはありがたい。もし突っ込んで聞かれても、どう答えればいいのかわからない。

それから他愛のない話をしながら会社に入り、お互いの部署へと向かった。

自分のデスクに着き、パソコンを起動させる。紅茶を口に含み、一息ついた。ふと、御影から貰ったアップルティーのことを思い出す。途端に昨夜のことで頭が支配されそうになるのを、もう一口紅茶を飲むことで誤魔化《ごまか》した。頭を振り、徐々に仕事モードに切り替えていく。

それからいつものように自分の仕事に没頭していると、主任から声をかけられた。

「鏑木さーん」

「はい」

「この商品の過去五年間の売り上げデータの纏《まと》めをくれますか。木曜日の会議で使いたいんですよ」

「わかりました。確か三年分はデータ化されてますけど、それ以前の二年分はしてませんよね？」

「そうなんです」

主任はとても爽《さわ》やかな笑みを浮かべ、〝わかるでしょ？〟と言いたげな目で若葉を見る。

つまり、資料室に赴《おもむ》きその書類を探し出して、データ入力をしろということだ。ため息をつきたくなるのを我慢しながら、若葉は〝魔の資料室〟と呼ばれる奥の資料室へ向かう。

ここがそんな呼び方をされるのには理由がある。本来なら時系列で並んでいるはずの大量のファイルが、誰がどう整理したものかバラバラになっているのだ。さすがにここ三年分は整理してデータ化しているが、それ以前のものは使う機会も少ないため、まだ手がつけられていない。

若葉は資料室に入ると、ジャケットを脱ぎ腕まくりをして、必要な資料を探す。まずは入り口付近の棚を上から順番に見ていくことにする。どこにあるかわからない以上、これが一番確実だろう。

一時間が経った頃。お目当ての資料を全て見つけた若葉は、中央にある椅子に座り、机にべたっと顔をくっつけて一休みする。

「つっかれたー……。ここからデータ入力だなんて、本当、主任鬼畜《きちく》なんじゃないかな……」

　少しぐらいここで休んでも怒られはしないだろう。十分くらいしたら部署に戻ろう。そしてデータ入力もしなければ。定時にはまだ二時間ほどあるが、少し残業して切りのいいところまで終わらせてしまおう。それで明日には終わらせて、一度主任に確認してもらう必要がある。

　効率の良い仕事の流れを思い浮かべながら、そろそろ戻ろうとジャケットを羽織る。すると、資料室のドアが開いた。そちらに目をやった瞬間、若葉の身体はギシッときしみ、そのまま動けなくなった。

　そこにいたのは御影だった。彼は全身から不機嫌なオーラを放出しながら、若葉を見《み》据《す》えている。

「みぃっ、かげ……さん……」

　まさに蛇に睨《にら》まれた蛙《かえる》状態。何とか声を振り絞ってみるものの、最初の〝み〟が裏返ってしまう。

　一方御影は、つかつかと歩いてきて若葉の前に立ち、じっと見下ろしてきた。

　思わず『ひぃっ』と声を上げそうになるのを、必死に喉《のど》に力を入れて堪《こら》える。その切れ長の目でそんな高いところから見下ろされると、相当な迫力になって怖い。

　どう見ても怒っている。それもかなりのレベルで。

ているのか。

金曜のことはお互い同意のもとでいたした行為のはず。それなのに何故こんなに怒っ
混乱する頭の中で思い当たった答え。

恐らく御影がシャワーを浴びている間に、何も言わずさっさと帰ってしまったから。

それは、若葉程度の女に勝手に帰られたという意味でもあるし、口止めする前に帰られたという意味でもある。

きっと御影は、一回寝ただけの自分が彼女面《かのじょづら》してあの夜のことを言いふらし、面倒くさいことになるのを恐れたのだろう。だから口止めする必要があったのに、月曜の今日にいたるまでそれが叶わなかった。そう考えれば不機嫌になるのも理解できる。

そう確信した若葉は、口を開きかけた御影を遮《さえぎ》る。わかってはいても、本人にそれを突きつけられるのは怖くて堪《たま》らない。傷つきたくない。そう思い、一気にまくしたてた。

「こ、こ、この間は勝手に帰ってすいませんっ！　混乱して、とにかく頭の整理もしたくて帰りました！　記憶はあります！　それ、で、その！　そう！　一回寝たぐらいで彼女面なんてしませんから！　ご、ご安心くださいませ！　もちろん、今回のことは誰にも言いませんからぁああああ」

「は？　お、おい！　ちょっと待て……っ」

言いたいことを言い切り、資料を抱えて脱兎《だっと》のごとく逃げ出す。後ろから引き留める

声がしたが、聞こえないふりをした。他部署とはいえ課長に対して失礼だとは思ったが、そんなことも言っていられない。とにかく自分の部署に戻り、落ち着くことが先決だ。

自分の席に座り息を整えていると、ふと一つの疑問が浮かんだ。

何故、御影は資料室にやってきたのだろうか。あの資料室はあまり人の出入りがないところなのに。何か用事があったというのか。

若葉は首を傾《かし》げながらも、持ち出した資料の確認をし始めた。


やがて異動時期となり、朱利は要望通り秘書課へと配属が決まった。若葉といえば、総務課の一般事務を希望していたはずなのだが、廊下のボードに貼られた紙を見て絶句する。

「……なんで……」

〝辞令
総務課勤務　鏑木若葉殿
○年○月○日付をもって営業課勤務を命ずる。〟
会社が決めたことだ。それを覆《くつがえ》すことはまずできないというのはよくわかっている。

わかってはいるが、〝何故〟という気持ちが若葉の心を支配していく。

「なんでだろうね……」

朱利も驚きの表情で同意してくれるが、若葉としては今この場で頭を抱えて蹲《うずくま》りたい気分だ。今まで一般事務として頑張って働き、それが自分に合っているとも思っていたので、現在の部署への残留を希望していたというのに。

ため息をつきながら朱利と別れて総務課に戻る。すると主任がにこにこしながら声をかけてきた。

「今まで鏑木さんにはお世話になりましたね」

「……いえ、こちらこそお世話になりました」

「今日中に異動してもらうことになるから、片付けしてね。大丈夫、鏑木さんなら営業事務になってもうまくやっていけますよ」

「ありがとうございます。早速準備を始めます」

主任に頭を下げて自分のデスクに戻り、片付けを始める。貰ってきた段ボール箱に自分の物を入れ、これから働くことになる営業課へと移動した。

数分後、目的のドアの前まで来て、ため息をつく。

何故、営業事務になったのか理解できない。営業として配属されるよりはマシだけど。

少しの間考えていたが、ずっとここに立っていても仕方ない。重い箱を何とか片手で支え、ドアを開こうとする。と、勝手にドアが開き、中から男性が一人出てきた。自分と同じ年頃の、優しそうな男性だ。

「あ……」

出入りの邪魔をしてしまったことに、若葉は焦る。

「す、すみません！」

「いや、こちらこそ。えっと……もしかして異動でこっちに？　とりあえず入って」

「はい、ありがとうございます。鏑木と申します。本日からよろしくお願いします」

「鏑木さん……」

箱を両手で持ち直してから頭を下げ、ドアの中に入る。若葉はこの男性の声に聞き覚えがあったが、どこで聞いたのかが思い出せない。おまけに男性にじっと見られている気もする。若葉が首を傾《かし》げると、彼は誤魔化《ごまか》すように笑みを浮かべた。

「ごめんね。今からみんな出ちゃうからさ、バタバタしてるんだ。俺小山《こやま》、よろしくね。あ、課長は奥にいるから。それじゃね」

「はい、ありがとうございます」

若葉は頭を下げて小山を見送ると、邪魔にならないようドアの側《そば》から離れ、フロアを見渡す。

小山に続いて営業の人達が次々と出ていき、残っているのは営業事務と思《おぼ》しき女性が数人。奥には課長である御影が座っている。

――そう、営業課の課長は御影なのだ。

まさかこんな形で、顔を合わせるとは思いもしなかった。先日資料室で逃げ出して以来だ。またもいつぞやの情事の記憶が蘇《よみがえ》り心臓が早鐘《はやがね》を打つが懸命に頭の隅《すみ》に追いやり、深く息を吐いて平常心を保つ。

御影のデスクまで歩いていき、頭を下げる。パソコンに向かって仕事をしている姿は様《さま》になっていて、やはりかっこよかった。

「本日からこちらに配属されました。鏑木です」

「あぁ、聞いてる。鏑木の席は聖川《ひじりかわ》の隣になる。おい、聖川」

「はーい、こっちでーす」

見れば綺麗な女性が笑いながらひらひらと手を振っている。つやつやストレートの髪に、丁寧に施《ほどこ》されたナチュラルメイク。派手ではないのにお洒落《しゃれ》な服装。同性なのについ見とれてしまう。

「詳しいことはあいつに聞け」

「はい、ありがとうございます。よろしくお願いいたします」

聖川の隣の席に箱を下ろしつつ挨拶《あいさつ》すれば、聖川は楽しそうな笑みを若葉に向ける。

「ふふ、あなたが鏑木ちゃんかー」

「え……っと？」

「あぁ、私、御影とか凜子と同期でね。噂は凜子からかねがね聞いているわ。可愛い後輩が頼ってくれるって言ってたから、私のことも同じように頼ってくれたら嬉しいな」

「あ、ありがとうございます！　凜子さんにはお世話になっておりまして……！」

知らない部署に思わぬ繋がりがあったことに、若葉はほっとする。

「デスク片付けたら、仕事教えるわね」

「はい、よろしくお願いいたします！」

お辞儀をして頭を下げると、ふと聖川が若葉の肩越しにちらりと御影を見る。続いて彼女は楽しそうな笑みを零《こぼ》したが、若葉にはそれが何を意味しているのかわからない。首を傾《かし》げてみるものの、聖川は「なんでもないよ」と言うだけだった。

その日の午前中は、聖川から営業事務の仕事を教えてもらった。彼女から指示をもらいつつ実際に業務をこなし、仕事の内容を把握していく。

目まぐるしく時間は過ぎ、やがてお昼になる。すると他の営業事務の女性達も外に出ていき、フロアにはほとんど人がいなくなった。

「鏑木ちゃん、私達もご飯に行きましょう。付き合ってくれない？」

「ぜひお願いします！」

聖川の誘いに大きく頷《うなず》いた若葉は、お財布を持って彼女についていこうとする。と、まだフロアに残っていた御影に声をかけられた。

「鏑木、午後はやってもらう仕事がある」

それを聞いて、聖川が先に反応した。

「もしかして、ファイリング？」

「あぁ、そうだ」

何をファイリングするのかはわからないが、若葉は出来るだけ平静を装い答える。

「わかりました。戻りましたら、課長に声をおかけしますね」

「……」

何故か御影の眉間に皺《しわ》が寄る。思わず聖川の背中に隠れたくなったが、必死に足を床に縫いとめた。いったい何故、突然不機嫌になったのか。

御影はムスッとしたまま、仕事を再開する。若葉はぐったりとした気分で聖川と並んで歩き出した。

「ふふ、あいつ。課長って呼ばれるの好きじゃないみたいだから。御影って呼んでやって」

廊下に出ると、聖川が苦笑しながらそう教えてくれる。

「わかりました」

なるほど、課長と呼んだから不機嫌だったのか。理由はよくわからないが、嫌だというのならこれまで通り御影さんと呼ぶことにしよう。

そう決めて廊下を歩いていくと、今度は追ってきた女の子に声をかけられた。

「聖川さん！　鏑木さん！　私もお昼、ご一緒してもいいですか？」

「あら、沙織《さおり》ちゃん。もちろんよー」

沙織は同じく営業事務の子で、昨年入社したばかりだそうだ。ふわふわとしたロングヘアで、スタイルが良いのか、シンプルなオフィスカジュアルがとてもよく似合う可愛らしい子である。

三人で連れ立って、近くのカフェへと向かった。

ランチの時に、改めて自己紹介をして他愛のない話をした。聖川はもちろん、沙織もサバサバとした親しみやすい子で、若葉はさらに安心する。仕事をしていく中で、人間関係の良し悪しは結構重要な問題だ。異動当日に仲良くできる人達と出会えたのは、本当にありがたい。

ランチを終えて三人で会社に戻り、一息ついたところで一時間の休憩が終わる。

若葉はお昼に出る前に言った通り、御影のデスクに近付き声をかけた。

「御影さん、午後からファイリングとのことですが」

「あぁ、こっちだ」

御影が立ち上がり、デスクの後ろにある二つの会議室のうちの一室に入る。若葉もそれに続いた。

会議室の机の上には大量の資料とファイル、そして段ボール箱が置いてあった。

もしかしてファイリングとはこれ全部ということだろうか……今日の午後どころか一週間かかっても終わりそうもない量に目眩《めまい》がしてくる。

「ここにある資料を整理して日付順にファイリングしてくれ。ファイルにはすでにどの資料を入れるべきかラベルが貼ってある。ファイルが足りなかったら、こっちの段ボール箱から新しいのを出してくれ」

「はい、新しいファイルを使う場合はとりあえずメモか何か貼って、内容がわかるようにしておけば大丈夫でしょうか？」

「あぁ、それでいい。今日の午後はこれに集中してもらって構わないが、明日からは時間を見つけてやってくれ。今週中に終わらせてくれればいい」

「わかりました」

命令された以上、なんとしても今週中に終わらせなければならない。ただ、営業事務としての仕事もしなければならないので、残業確定である。

「で？　お前、なんでこの間逃げた」

「わっ」

どこから手をつけようかと資料を見ていたら、突然腕を取られ、御影の方を向かされた。

彼はそのまま、若葉を囲うように机に両手をつき、顔を覗《のぞ》き込んでくる。

「ちょっ、み、御影さん会社です！　ここ！　もし誰かに見られたら！」

「大丈夫だ。ブラインドは下げているし、ドアの鍵も締めた。ついでに、会議室は防音」

「うぐぅっ」

逃げ場がないことに唸《うな》ってしまう。もしかしてこの仕事を頼んだのは、こういう状況に持っていくためだったのか。いや、仕事の鬼である御影がそんなことするはずがない。

そうは思うものの、こうして追い詰められたせいで、先ほど頭の隅《すみ》に追いやったはずの情事の記憶が蘇《よみがえ》ってくる。女の若葉とは違う、男らしい腹筋や肩、太い腕。そして、かすかに香る煙草《たばこ》と御影の匂い。

「……お前、今思い出しただろ」

「なぁっ⁉　……に、を……です……」

声が裏返った上に、顔がどんどん赤くなってくるのがわかる。いくら防音だとはいえ、万が一聞こえてしまったらと思うと恥ずかしくて、思わず口を手で覆ってしまう。

その反応を見て、御影は意地の悪い笑みを浮かべる。そして若葉の耳元に唇を近付け、いつもより少し低い声で囁《ささや》いてきた。

「この間の、ベッドの中でのことだよ」

「……っ」

図星を指され、恥ずかしさで声が詰まる。

「本当、お前可愛いな」

「かっ、からかわないで……ください……。あ、あと私……こういうの慣れてないんですよ……。恥ずかしいし、どうすればいいのかわからないし……」

嘘は言っていない。これまでの人生、男性からこんな風にからかわれることすらなかったのだ。

若葉は、自分が女性としての魅力に欠けていることをよく理解している。ゆえに、何故御影がこうして構ってくるのかが理解できない。先日のことは誰にも言うつもりはないし、彼女面《かのじょづら》するつもりもないと伝えたはず。

御影は目を細め、若葉の額《ひたい》に乾いた唇を押し当てる。

「逃げたのは……まぁ、これで許してやる」

「……はぁ……」

「そのファイリング、今週中にちゃんと終わらせたら、ご褒美やるよ」

人間というのはあまりにも予想外なことが起こると、反応が遅れるようだ。それともこれは、若葉の経験値の少なさのせいか。

若葉は何も答えられないまま、さっさと会議室を出ていく御影の後ろ姿を見送る。

いったい何故額に口付けしたのか。ご褒美とはいったい何なのか。訳がわからないことだらけ。

何にせよ目の前にある資料のファイリングは、若葉に課せられた仕事である。

疑問を頭から追い払い、手元にあった資料から手をつける。大量の資料を分別し、淡々とファイリングしていく。

そのうちに若葉は、何故御影がこの資料をファイリングしろと言ってきたのかがわかってきた。

この資料からは、営業課の仕事の流れを読み取ることができる。どんな会社に営業をかけたのか、クライアントにどんな要望をされたのか、それをクリアするために何が必要だったたか、結果どれほどの利益を出したのかなど。いたる情報が若葉の目の前に置いてある。これを把握していなければ、営業事務なんてできないということなのか。

真意はわからないが、こういった情報は若葉にとってもありがたい。

自分は今日からここに配属となった、新人にも等しい人間だ。そんな自分が即戦力となれるか否《いな》かは、この膨大な情報をいかに多く頭に叩き込めるかにかかっている。

たとえ全部を叩き込めなかったとしても、何の資料がどのファイルに入っていて、どう纏《まと》めてあるのかさえ頭に入れておけば、必要な情報を手早く引き出すことができる。

情報は武器だ。若葉はそれを手に入れるため、全ての資料を斜め読みしながらファイリングしていく。御影がこれを一週間で終わらせろと言ったのは、一週間で最低限の情報を得て、使いこなせるようになれという意味だったのかもしれない。

切りのいいところまで作業を進め、気付けばすでに定時を一時間過ぎていた。集中していたので全く気付かなかった。

さすがにこれ以上やると明日に響く可能性があるので、片付けをして会議室を出る。フロアにはまだ仕事をしている人がちらほらいるが、営業事務の人達は全員上がった後だった。

「御影さん、切りのいいところまで終わらせましたので、今日はこれで上がらせていただきます」

「お疲れさん」

「お疲れ様です。お先に失礼いたします」

軽く頭を下げて、自分のデスクで片付けをしていると、今朝ドアのところで挨拶《あいさつ》した小山が、帰りがけに若葉を見て軽く頭を下げてきた。若葉も頭を下げて鞄《かばん》を肩にかける。

その時、小山を追ってきた若い男が若葉を見て目を見張る。

「お疲れーっす！　ん？　アレ？　君確か〝お母さん〟じゃん！　何？　異動？」

心の中でデリカシーなさすぎだなと呟《つぶや》きながら、若葉は顔に笑みを貼り付ける。

「お疲れ様です、鏑木です。本日から営業課に異動となりましたので、よろしくお願いいたします」

その男性にもそう挨拶し、さっさと会社を後にした。

駅に向かう途中、小山同様、先ほどのデリカシーのない男性の声もどこかで聞いたな、と気付く。

「……あの時の……」

あれは確か、以前自販機のところで若葉のことを噂していた声だ。その噂を聞いてやり切れずに立ち去ろうとした若葉を、御影が助けてくれたあの時。

思い出したくなかったことを思い出してしまった。この時点で先ほどの男は、若葉にとって苦手な人間として位置づけされた。あの時、彼と一緒にいたのは小山だったのだろう。どこかで聞いた声だと思ったのはこのせいかと納得した。小山が若葉をじっと見ていたのは、若葉が例の〝お母さん〟だということに気付いたからかもしれない。

若葉は気持ちが重くなるのを感じたが、あそこが自分の働く場所である以上、小山達ともある程度うまくやっていかなければならない。そういえば今日は営業課の人達にきちんと挨拶もせずに帰ってきてしまった。明日改めて挨拶をしないと。

そんな思いを胸に、いつものホーム、いつもの場所で電車を待って、いつものように帰宅をする。

疲れたような、疲れていないような、不思議な感覚が若葉の胸を支配していた。

翌日から聖川に仕事を教えてもらいながら、時間を見つけては会議室でファイリングをした。なかなか忙しく落ち着く暇もないが、それはそれで充実した気持ちになれるので特に苦ではなかった。

「鏑木さん、この資料どこにあるか確認してもらっていいかな？」

「はい、わかりました」

小山が手渡してきたメモを見て、データベースを確認する。幸いデータ化されている資料だったため、ファイルを開いて印刷し、ホチキスで纏《まと》めてから小山に渡した。

「ありがとう」

「いえ」

小山とは仕事がやりやすい――というより気持ちよく仕事をすることができる。小山は若葉に何か依頼する際、基本的に〝お願い〟する姿勢を崩さないし、その仕事を終えると必ず感謝の言葉をくれる。これは他の営業事務の人達に対してもそうだ。

ちなみに御影の場合、何か頼む時はいつも命令口調。仕事が終われば一応感謝の言葉をくれる……が、忙しい時は無言で片手を上げるぐらいだ。こちらも相手によって態度を変えるわけではないので、こういう人なのだと納得できる。

では誰だと気持ちよく仕事ができないのか。

それは小山の同期である、あのデリカシーのない男性——大川《おおかわ》だ。

小山と大川はお互いを〝相方〟と呼ぶほど仲がいいらしいが、性格はかなり違う。

大川は可愛い子、特に沙織には〝お願い〟する形で仕事を頼み、それが終わればお礼を言って、時には食事に誘ったりお菓子をあげたりしている。年上で気の強い聖川には少々頼みにくいらしく、お目当ての沙織がいなければ若葉へと声をかける。けれど無造作にメモを渡して「これよろしくー」と言うだけ。用意した資料を持っていっても「そこ置いといて」などと言って、他の人間と話をしたりしている。

仕事に支障が出るわけではないので特に咎《とが》めるつもりはないが、気持ちのいいものではない。聖川などは、あまりにもあからさまな彼の態度を見て、若葉以上に腹を立てている。

その日の昼休憩。大川がドアの付近で手招きしながら小山を呼んでいる。

「小山ー、飯行こうぜ飯！」

「今行くよ。それじゃこれ夕方までによろしく」

「はい、いってらっしゃい」

再び若葉に資料の出力を頼んでいた小山は、軽く手を上げて大川のもとへ歩いていく。

心なしかその顔が少し赤い。風邪でも引いているのだろうかと首を傾《かし》げつつ、若葉も外に出る準備を始めた。

「鏑木ちゃん、お昼は？」

聖川に問われたので、笑みを浮かべて答える。

「はい、行ってみたいお店があるので、そこに行ってみようかなって」

「行ってみたいお店？」

「はい！　あまり知られてないお店みたいなので、ちょっと偵察してこようかなって。もし美味《おい》しかったら、今度一緒に行きましょう！」

「ふふ、そうね。その時は凛子も呼んで一緒に行きましょうね」

そう言って微笑《ほほえ》む聖川に見送られて外に出た若葉は、会社の裏にある通りに入る。この会社の人間はだいたい表通りにあるレストランか、近くの広場のお弁当屋さんで昼食を調達するので、こちらの裏通りにはあまり来ない。

少し歩くと、隠れ家のようなカフェに辿り着く。カランとベルを鳴らしながらドアを開けると、入ってすぐのところにレジがあった。そこで先に注文をするらしい。

ランチのラインナップは、タコス、オムライス、カレー、サンドイッチといった女性向けのものから、若鶏《わかどり》のグリル、とんかつといった量重視の男性向けのものと幅広い。

オムライスを注文して、番号札を貰い二階へと上がる。すると——

「御影さん……」

「ん？　お前か」

窓に面したカウンター席に座る御影の姿。まさかいるとは思わず、驚いて心臓を鷲掴《わしづか》みされたような感覚さえおぼえる。どうするべきかと逡巡《しゅんじゅん》するが、変に身構えるのもおかしいので出来るだけ平静を装《よそお》って近付いていく。見れば、彼の手元にはとんかつが載っていたと思《おぼ》しきお皿があった。

「お疲れ様です。御影さんがいてびっくりしました」

「結構近くにあるし飯もうまいのに、あんまり混まないからよく来るんだ。……おい、なんでそっち座ろうとしてんだよ。こっち座れ」

「え、あ……はい」

若葉はカウンター近くのテーブル席に座ろうとしたが、御影に隣の席を示され、おずおずとそこに座る。そうなると視線をどこにやればいいのか、手をどこに置けばいいのか、それすらもわからなくなってしまう。そんな自分が少し情けなくて、御影に気付かれないよう小さくため息をつく。

その御影だが、彼は食事を終えた後に本を読んでいたらしい。カバーがかかっているので何の本かはわからない。

「気になるか？」

御影はからかうような笑みを浮かべながら問いかけてきた。その態度にちょっと引っかかったものの、若葉は素直に聞くことにする。

「気になります。どんな本を読んでいらっしゃったのか」

「官能小説」

「ぶはっ」

「冗談だよ……、噴き出すな」

「いやいや、なんてひどい冗談ですか……！　水飲んでたら確実に窓に飛び散ってましたよ」

「くくっ、ほら」

手で口を覆い肩を震わせながら、御影は持っていた小説を差し出してくる。若葉はムッとしつつもぺらりとページを捲《めく》った。

「……刑事ものですか」

「そう。その作者の作品が結構好きでな。だいたいは汚職とか警察官の不祥事の話がメインだ」

「ああ、そっち系ですか。一瞬、赤いなんちゃらシリーズみたいなサスペンス系を想像しました。でも私も前に、この作者の刑事系小説読んだことありますよ。あのドラマ化したやつ」

「あぁアレか。俺も読んだな。一作目と二作目で結構雰囲気が変わってて、そこが逆に面白かった」

「わかります！　一作目の冒頭が結構エグかったんですが、二作目はそうじゃなかったんですよね」

しばし好きな小説の話で盛り上がっていると、オムライスが運ばれてくる。両手を合わせていただきますと呟《つぶや》いてから、半熟卵で覆われたチキンライスをデミグラスソースに絡めて頬張った。

「んー、美味《おい》しい！」

あぁ、幸せだ。にこにこと顔が笑ってしまうのを止められない。

三分の一ほど食べ終えたところで、御影がこちらをじっと見ていることに気付く。食べることに夢中で、すっかり御影の存在を忘れてしまっていた。

「ん」

突然、御影がこちらに向かって、口を開けてきた。これは一口くれという意思表示なのだろうか。スプーンでオムライスをすくい御影の口元に運べば、それはパクリと口の中に収められた。

「確かにうまいな」

「デミグラスソースがまた美味しいです。家でオムライス作る時はケチャップですけど、今度デミグラスソースで作ってみようかなあ」

若葉はそう言って再び自分の口にオムライスを運ぶ。そして二口ほど食べたところで自分がしたことに気付き、急に恥ずかしくなってくる。

女の子同士なら直接食べさせたりすることもあるが、それと同じ感覚で御影に〝あーん〟をしてしまった。おまけに御影が口に含んだスプーンで、そのまま食事を再開している。

これは間接キスだ――と思いつつも、いやいや間接キスでドキドキするのなんて中高生ぐらい……下手したら小学生ぐらいだろうと自分に言い聞かせる。それでも相手が御影となると、羞恥心《しゅうちしん》が抑えられない。あの日の夜に間接キス以上のことは何度もしたというのに。

そこまで考えると否応《いやおう》なく身体が熱くなってしまうが、何とか平静を装《よそお》って食事を続けた。

「先に戻るが、遅れんなよ」

「はい」

オムライスを頬張る若葉の頭をくしゃっと撫《な》でて、御影は自分の分の食器を片手に一階へと降りていく。御影の背中が見えなくなった途端、身体の力が抜ける。どうやら緊張していたらしい。

それでも御影について新しいことを知ることができた。それがなんだか嬉しい。

若葉も自分のお皿を空《から》にして、少しゆっくりしてから会社へと戻った。

「おかえりー」

「ただいまでーす」

「どうだった？」

「んーそこそこって感じです！　なので今度別のお薦《すす》めのお店教えますので、一緒に行きましょう！」

「ふふ、そうね」

お店の雰囲気は良かったし、食事も美味《おい》しくて手ごろなお値段だった。

だけど、あのお店は御影がよく通っているお店だ。聖川や凛子が行っても御影は気にしないだろうが、若葉としては秘密にしておきたかった。

また、あのお店に一人で行ってみよう。今度はお薦めの小説を持って。

「お、終わったぁあ……」

会議室の机に突っ伏しながら、若葉は掠《かす》れた声で呟《つぶや》いた。時刻はすでに夜の七時を回っている。

月曜日に頼まれたファイリングが、金曜日のこの時間になってようやく終わりを告《つ》げた。あとは、フロアの棚に順番に並べておくだけ。

安堵《あんど》した若葉は、首を左右に動かし両腕を大きく上へと伸ばす。全身がすっかり凝《こ》ってしまっている。もう少しだと気合いを入れ直し、持てるだけのファイルを持ってフロアに続くドアへと向かう。その状態で何とかノブに触れた瞬間、ドアが勢いよく手前に開いた。

「わぁああ」

バランスを崩して転びそうになった若葉を、誰かの腕が支えてくれる。おかげでファイルが床にぶちまけられずに済んだ。

「おっと……、お前な。終わったならそう言え。ファイルを棚に入れるのぐらい俺も手伝ってやる」

「あ、ありがとうございます」

目の前にいたのは御影だった。助けてくれただけだとわかっているが、触れられた腕から熱が上がっていくような感覚がした。

御影は若葉が持っていた大量のファイルを受け取ると、重たげな様子も見せずに歩いていき、フロアの棚の前に無造作に置く。若葉も会議室に残っていたファイルを持ち、同じように棚の前に置いた。それから日付の古い順にファイルを棚に入れていく。

全て入れ終えたのは八時になった頃。御影に手伝ってもらった礼を言ってフロアを見渡せば、他には誰も残っていなかった。それもそのはず、今日は花の金曜日。皆誰かと食事をしたり、遊んだりしているのだろう。特に約束はないが、若葉も帰りにどこかで食事をして帰ろうかなと思う。

「準備できたか？」

帰り支度を終えたところで、御影が声をかけてくる。見れば彼はすでに帰り支度を整え、フロアの入り口前に立っていた。

「できました」

若葉はそう答えて小走りで近付いていき、タイムカードを押して一緒にフロアを出る。

「すみません。私待ちだったんですよね」

エレベーターを待つ間、御影に小さく謝罪する。

「いや、問題はない」

御影は珍しく優しく笑っていた。驚いてポケッと突っ立っていたら、エレベーターが着いたのにも気付かなかったらしく、御影から「早くしろ」と急《せ》かされてしまった。

そのまま一階に降りて会社を出ると、通りを歩き駅に着いたところでお互い立ち止まる。

それなりに大きな駅なので、複数の路線が通っている。若葉が別れの挨拶《あいさつ》をしようとすると、御影は若葉の手を取りさっさと駅構内に入ってしまった。

連れていかれたホームは、若葉が使っている路線のものではなかった。

「あ、あの。御影さん、私、線違うんですけど」

「あ？　お前忘れてんな……」

「えっと……何をでしょうか……」

動揺のせいか、本当に思い出せない。

「今週中に資料整理終えたら、ご褒美やるって言っただろ」

そう言えば、と今週初めに言われたことを思い出す。この一週間、新しい環境や仕事に慣れるのでいっぱいいっぱいで、そんな話は忘れていた。いったい御影は何をくれると言うのだろうか。

手を引かれるままに、満員に近い電車に乗り込む。すると御影はドア付近に若葉を導き、自分の身体で囲うように立ってくれた。おかげでこの人ごみの中でも、あまり苦しくない。

ここはやはり〝ありがとうございます〟と言うべきなのだろう。だが急に不安に駆られ、言葉がうまく出てこない。

若葉の悪い癖《くせ》だ。相手がどういうつもりなのかはともかく、自分がありがたいと思ったなら、素直にお礼を言えばいい。だけど邪険にされたら、という思いがそれを押しとどめる。

若葉は昔のことを思い出す。

――大学に入ったばかりの頃に、たまたま入った女子グループの子達と、男子数人を誘って合コンをした時のことだ。運ばれてきた飲み物を渡されたのでお礼を言ったら、無言を返された。

この時気付いたのだ。その顔が〝お前はついで〟と言っていることに。

加えてその合コンの終盤には、一人の男子に呼び止められ、話をしているうちに他の女子が皆いなくなっていた。その男子が、「もう解散みたいだし、駅まで送るよ」と言ってくれたので、素直に送ってもらい、お礼を言って帰宅したのだが。

次の日空き教室の前を通りかかった時、合コンに参加していた男子達の話が聞こえてきた。それは二次会のことで、彼らは若葉だけを帰し、他の女子を連れて一晩中カラオケをしていたらしい。

「お前、あの子を駅まで送ったんだろ？　どうすんだよ惚れられたら」

「少し優しくしただけで、惚れられても困るっつーの」

「だよなー！　あぁいうノリの悪い女、ちょーっと優しくされただけで、もしかしてーなんて勘違いすっからさー」

「気をつけとけよ」

「どうせ、次会っても話はしないだろうし。話しかけられても、お前誰？　って言うだけ」

そういう話は人に聞かれない場所でした方がいい、と思ったけれど、彼らもまさかこのタイミングで若葉が通るなんて予測していなかったのだろう。

その後同じグループの友達に会った時に聞いたのだが、どうやら若葉は体調が悪くなって帰ったことになっていたらしい。その友達は心配していたような素振りを見せたものの、心配したのならメールの一つぐらいよこしてもいいのでは？　と思わずにはいられなかった。

結局この友達の皮を被った女子達は、地味な若葉を引き立て役程度にしか思っていなかったのだ。それに気付いた若葉は、彼女達から距離を置いた。案の定女子達は、若葉が一緒に行動しなくなったからといってあえて連絡してくることはなかった。その程度の付き合いだったのだ。

そんなこともあったから、若葉は〝あいつ〟に簡単に騙《だま》された。優しくされて、甘い言葉を囁《ささや》かれ、辛かったね、お前は悪くないと言われて。

あの時は嬉しかった。救われた思いで涙が出てくるほどに、嬉しかった。今考えれば、本当に昔の自分は馬鹿だったなと思う。

電車の中、御影の前だというのに、若葉は無性に泣きたくなった。今もなお、傷は癒《い》えていないのだろう。下唇を噛み、顔を見られないように俯《うつむ》いた。昔のことなど思い出すべきではなかった。御影にブサイクな泣き顔なんて見られたくないし、泣いている理由も聞かれたくはない。同情されるのは嫌だ。

御影は若葉が泣きそうになっていることに気付いたのだろうか。揺れる電車の中で若葉の背中を優しく撫《な》でた。それでも何も聞こうとはしない。

若葉は思わずその大きな身体に抱きつきたくなった。そして温かい胸に顔を埋《うず》めて泣き喚《わめ》いてしまいたかった。

でも、出来なかった。

電車の中だからというだけではない。それをしてしまえば、もう二度と一人では立てなくなりそうだから。一人では歩けなくなってしまいそうだから。

一度そういう関係にはなったものの、彼が若葉の事情など知るはずもない。だけどこの御影という男は、それでもこんなに優しくしてくれる。困らせたくなどなかった。

第三章　燻製《くんせい》レストランで初デート

御影が若葉を連れてきたのは、会社の最寄り駅から電車で二十分ほどの駅にある、カジュアルレストランだった。御影の大学時代の友人がシェフをしていて、時々足を運んでいるらしい。

「手作り燻製の店で、なんでもかんでも燻製にしては俺ら友人に味見させたりすんだわ。んで、うまかったら店に出したりな」

「燻製がメインのお店って珍しいですね」

「大学時代に手作り燻製を食べてハマったらしくて、そこからのめり込んで今に至るってやつ」

御影がここに来る時は、毎回シェフのお薦《すす》めを頼むそうだ。すると、その料理に合わせたワインも出てくるという。本日最初に出てきたのは、お店で一番人気のチーズの燻製。ブロックで燻製されたチーズが切り分けられ、皿に盛られている。ワインは白だった。

チーズに刺さったつまようじを摘《つま》み、口へと運ぶ。燻製独特の香りが口の中に広がり、何ともいえない美味《おい》しさだった。

「んー、美味しいです！」

御影はただ笑って、チーズを口に運びワインを飲む。たったそれだけの行為が、何故そんなにかっこよく決まってしまうのか。周りにいる女性が御影に見とれてしまうのも無理はない。

それにしても、さすが燻製をメインにしているお店だ。定番のチーズやベーコンの他、焼き鳥の燻製や、サーモンや合鴨《あいがも》、旬魚の燻製カルパッチョまであった。それのどれもが、頬が落ちるほどの美味しさ。先ほど電車の中で泣きそうになったことなどどこかに行ってしまう。

美味しいものを食べるというのは、なんて幸せなことなのだろうか。若葉にとって食事は、自分を癒《い》やしてくれるものの一つ。美味しい料理をゆっくり食べるのも好きだし、食べ放題のお店でお腹いっぱい食べるのもいい。今以上に太らないよう注意しなければならないけれど。

「うまくて幸せーって顔してんな」

「はい！　素敵なご褒美いただきました！」

「そうか」

微笑《ほほえ》む御影を前に、若葉は燻製とワインを心ゆくまで堪能《たんのう》する。ご褒美ということで、今回も御影の奢《おご》りだった。前回も奢らせてしまったのでそれは駄目だと言ったのだが、やはり支払いはさせてもらえなかった。店の外に出ると、御影が家まで送ってくれると言い出した。

「え、大丈夫ですよー。まだ終電まで時間ありますし、友達とご飯行くと零時過ぎに帰る時だってあるんですから」

「いいから、行くぞ」

御影は若葉の言葉にわずかに眉をひそめると、強引に手を取り駅へと歩き出してしまう。何度も大丈夫だからと伝えるもののどうにも納得してもらえず、大人しく送ってもらうことにした。

若葉の家の最寄り駅まで辿り着くと、御影と手を繋ぎながら、あまり街灯のない道を歩く。その大きくてゴツゴツした男らしい手が、自分の手を握っていると思うだけで鼓動が速くなる。きっと顔も赤くなっているだろう。今が夜で本当に良かった。

「この道、暗いな」

「んー、こんなものじゃないですかね？」

確かに駅前やスーパー付近よりは街灯が少ない。けれど住宅街だし、特別暗いということはないだろう。それにアパートの近くにはコンビニがあるので、あまり怖いと思ったことはない。

やがて若葉の住んでいるアパートの前に着く。ここまでで、と思ったのだが部屋の前まで送ると言われてしまい、現在、三階の角にある自分の部屋の前には、御影がいる。終電も近いこの時間帯に、家に寄りますかなどと口にしても良いものか。終電を逃してしまったら、御影はタクシーを使って帰宅しなければならなくなる。余計な出費をさせるわけにはいかない。だからといって「ではさようなら」というのもいかがなものか。

玄関の鍵を開けて数秒悩んでいると、ふと御影が動く気配がした。

「若葉」

名前を呼ばれ振り返る。

「え、……んっ」

目の前に御影の顔。瞬間的にキスされると気付き、目を閉じた。

若葉は突然のキスを当たり前のように受け入れる。何故だと問われても答えなど出ない。拒絶するという選択肢が出てこなかった。

御影の手が若葉の後頭部と腰に添えられ、強く抱きしめられる。一度唇を離し、角度を変えてまた重ねられる。されるがままになっていると、下唇を甘噛みされた。

「ぁ……」

「ん、……」

小さく声を漏らした唇の間に、割り込むように御影の舌が入ってくる。思わず舌を引くものの追いかけられ、絡め取られる。吸い上げられ、舌を擦《こす》られ、頭が蕩《とろ》けそうになるほどに唇を貪《むさぼ》られる。キスだけで足にきてしまい、寄りかかるように御影の腕に縋《すが》る。

ちゅっ……と一瞬わかりやすい音を立ててから、御影の唇が離れていく。若葉は荒い呼吸をしながら御影の胸に顔を埋めた。今のキスで先日のことが頭に蘇《よみがえ》り、思わず太ももを擦り合わせる。

「若葉、週末の予定は？」

「……何も……ないです……」

「そうか、……珈琲《コーヒー》でも飲ませろ」

「……はい、そうしてください」

若葉は知らず、甘えるように御影の胸にすり寄っていた。が、すぐに我に返ると慌てて御影から離れ、できるだけ平静を装《よそお》って家の中へと招き入れた。

御影のマンションに比べれば、とても狭いアパートだ。ごちゃごちゃと物も置いてあって、お世辞にも綺麗とは言いがたい。

若葉は御影に「居間のテレビの前のラグにでも座っててください」と告《つ》げ、キッチンでお湯を沸かす。珈琲を淹《い》れると言っても、紅茶派の若葉の部屋にはインスタント珈琲しか置いていない。申し訳ないがこれで我慢してもらおう。自分には粉末ミルクティーを準備する。

お湯が沸いたので、それぞれの粉を入れたマグカップにお湯を注ぎ、テレビの前にある小さなテーブルの上に置いた。

見れば御影が、脱いだジャケットを床に無造作に置いている。若葉は慌ててジャケットを拾った。

なんてことだ、質の良いジャケットを掃除も満足にできていない床の上に放り投げるなど。

「ハンガーにかけておきますね」

「あぁ、悪い」

どこの夫婦だと突っ込みたくなる会話に苦笑してしまう。寝室からハンガーを持ってきて御影のジャケットを窓辺に引っかけると、自分も上着を脱いで寝室のクローゼットにしまう。それから一応、見られて困るものはないか確認する。別に御影を寝室にまで案内するつもりはないのだけど。

若葉は一つため息をつく。

今後御影との関係がどうなるかはわからない。好きだと言われたわけでも、付き合ってほしいと言われたわけでもない。男性には〝自分の気持ちなど、言わなくてもわかるはず〟と思っている人が多いとも聞くけれど、御影もそうなのだろうか。若葉にはさっぱりわからない。

ただ、今わかるのは、御影には終電で帰る気はないということ。この時点でジャケットを脱いでいるということは、それなりに長居をするつもりなのだろう。

若葉は自分の片腕をさすりながら、先ほどの口付けで火照《ほて》り始めた身体がどうにか落ち着くよう願った。


いい加減居間に戻ろうと頭を振って考えを散らした若葉の上に、大きな影が被さってくる。

「どうした」

「あっ、み、御影さん。……ちょ、どこ触って……っ」

「ん？　お前の首筋に唇押し当てて、腰に手を回してるとこだな」

突然身体を抱きよせ、愛撫《あいぶ》を始めた御影に、若葉は落ち着きを失う。

一人暮らしのせいで、寝室と居間との間のドアは開け放しにすることが多い。居間の明かりで事足りるかと思い寝室の電気を点《つ》けなかったのも、失敗だったかもしれない。

若葉の身体をまさぐる手は、止まることなく器用にシャツのボタンを外し、少しずつその下にある肌を露出する。唇は首筋から肩に吸いつき、舌は肌の表面を這《は》っていく。

「んんっ」

御影から与えられる甘い痺《しび》れに、酔いそうになる。

ふと、張り詰め始めた御影のモノがスカート越しに押し付けられた。若葉は一瞬びくりと震えたが、次第に身体が火照り、思考が途切れ途切れになっていくのを感じる。御影とはあの一夜限りなのに、身体が彼の指を覚えていた。荒々しいようでとても優しい愛撫に下腹部がきゅんと切なくなる。

スカートを強引に下ろされ、シャツの袖も腕から引き抜かれると、中に着ていたキャミソールがひらひらと揺れる。御影は若葉の肩を軽く噛んでから、強く吸い上げた。

「いっ……」

「独占欲とマーキングか……」

「え？」

「気にすんな」

突然の刺激に気を取られて、若葉には御影が何を言ったのかわからなかった。ただ御影のあまりの性急さに、少し恐怖を感じた。

ブラのホックを外されると、キャミソールの裾《すそ》から手が滑り込んできて、胸を支えるように持ち上げられた。それだけで触られた場所が熱くなってしまう。

漏れる息が艶《なま》めかしくなっていく。恥ずかしいのに止めることができない。

腕から器用に引き抜かれたブラが、パサッと床に落とされる。見れば、胸の頂《いただき》が期待するように尖《とが》り、キャミソールの布を押し上げていた。

御影が再びうなじや肩に吸いつきながら、キャミソールの上から頂《いただき》の周辺を撫《な》でてくる。そのまま手は腰へと這《は》っていき、下腹部へと辿り着いた。ストッキング越しに秘丘をふにふにと触られて、若葉は思わず背中を反《そ》らす。

後ろから抱き締めてくる御影の頭に手を回し、何とか崩れ落ちないようにその場に立った。けれど下着に手を差し込まれ花芯に軽く触れられると、身体から一気に力が抜けた。

「息、荒くなってるな」

「みっ、かげ……さんの、せいじゃないですか」

「確かにな」

意地悪く笑う息が耳にかかり、若葉は身じろぐ。すると御影は若葉を離して側《そば》にあったベッドに座らせた。そして若葉の前に屈《かが》んで両脚を開かせると、そのまま太ももに熱い掌《てのひら》を這わせる。

「御影さんっ、こ、これ、恥ずかしい……っ」

「慣れろ」

「な、慣れませんよぉお」

なんて鬼畜《きちく》と思わずにはいられない。こういった行為に慣れない恋愛初心者に無理にでも慣れろと言うのか。羞恥《しゅうち》のあまりどうにか両脚を閉じようと力を入れるが、大きな掌に妨《さまた》げられてそれも叶わなかった。やはり男の人の力には敵《かな》わない。

御影は若葉の動きを気にする様子もなく、ストッキング越しに秘所を撫で上げる。

「なぁ、若葉」

「……はい……」

「これ、破ってもいいか？」

「ダッ、ダメです！　絶対ダメです！　これ高かったんですから！」

ストッキングを摘《つま》んで真顔で言う御影を慌てて止めた。このストッキングは少し奮発して買ったものだ。目立ちはしないが、足首にラインストーンがついていて気に入っている。

御影が横を向いて舌打ちをした。そんなに破きたかったのか……。今度安いのを穿《は》いている時にでもと思ったが、声に出す寸前に呑み込んだ。今度とは、いつのことを言うのだ。それでは、また御影に抱かれたいと告《つ》げることになる。そんなこと言えるわけもない。

若葉は破かれる前に、座ったままゆるゆるとストッキングを脱ぎ始める。下着も脱いだ方がいいのかとも思うが、恥ずかしすぎるし、期待しているみたいなのでやめておく。

御影は若葉が脱ぐ姿をただじっと見つめている。その鋭い視線はまるで獲物を狙う獣のようで、瞳の奥に情欲が見え隠れしている。

片脚だけストッキングを抜き終えた途端、御影が太ももをさすってくる。彼はまだストッキングに包まれたままの脚を抱え、膝裏《ひざうら》に舌を這《は》わせる。そしてそこを強く吸いながらストッキングを一気に抜き取った。一瞬破れてないかとヒヤリとしたが、太ももの内側を執拗《しつよう》に舐め上げ、吸いながら脚の付け根まで上ってこられると全て忘れてしまい、抗議の声は甘い声へと変わった。

今度は下着越しに秘所を撫《な》でられる。するとぐちゅぐちゅと淫《みだ》らな音が聞こえてきた。

「下着の意味がないぐらい、濡れてんな」

「んんっ、……はぁ」

「着たままと脱ぐの、どっちが良いか、お前が決めろ」

「えっ⁉」

突然の質問に、パニックになる。まだ初心者の自分になんという質問をするのだ。

若葉の脚の間に屈《かが》んだまま、御影はにやにやしながらこちらを見つめている。彼から動く気配は一切ない。若葉が恥ずかしがるのを見て、楽しんでいる。この人はS《エス》なのだと判断せざるを得ない。

このまま何も言わなかったら、焦《じ》れて動いてくれるだろうか。もしかしてこのまま終わりになるのか。どちらかわからない。けれどすでに身体に熱が灯されてしまっている。これを収めずには眠ることもできそうにない。若葉は渇いた喉《のど》でどうにか言葉を絞り出した。

「……、ぬ……ぐ、から。みか、げ……っさんも、ぬいで……」

恥ずかしすぎて死んでしまいそう。心臓がバクバクと鳴り、のぼせたような感覚のまま若葉は御影から目を逸《そ》らした。

「くそっ……、やべぇな」

彼は吐き捨てるように呟《つぶや》いたかと思うと、頭をガシガシと乱暴に掻く。そして若葉の両手を上げてキャミソールを脱がせてから自身のネクタイを外し、シャツとインナーも脱いで床に投げ捨てた。

あまりの恥ずかしさに顔を覆ったものの、やはり気になってしまい指の隙間から御影の姿を見る。

御影はベルトを外してスラックスを脱いでいる。そこに膨れ上がったモノの存在を認め、若葉は頭を沸騰《ふっとう》させるのと同時に、どこか安堵《あんど》していた。

――御影が自分に欲情している。

それは彼にとって自分が女であるということの証明になる気がした。欲情すらされなかったら、もうどうしていいかわからなかっただろう。

……こんな時にまで出てきてしまう卑屈《ひくつ》さが我ながら哀《かな》しい。御影の熱で全て溶けてなくなってしまえばいいのに。

御影がまた若葉の脚の間に屈《かが》みこみ、まだ秘所を覆っていた下着を剥《は》ぎ取る。そしてひくひくと動くそこに躊躇《ちゅうちょ》なく顔を埋めた。そう言えばこの間も今もシャワーすら浴びていない。が、そう言って拒否する前に、熱い舌がぬるっと膣口を刺激する。

「んっ、あ、んん……」

「すげ、この前よりも濡れやすくなってんな」

「はぁっ、そ、んなこと、言わない、でっ」

御影は若葉の両脚を抱え込むとその舌で抽挿《ちゅうそう》を繰り返し、じゅるりと吸い上げる。その瞬間、嬌声《きょうせい》があがりそうになるのを必死に我慢した。けれどそんな若葉の努力を無駄にするかのように、御影は呑み干すような勢いで蜜を吸い上げていく。

「むせ返りそうなぐらい、甘い匂いがする」

脚の間から粘着質な音が聞こえ、頭が熱さでふわふわする。そんなところの匂いなど甘いわけがない。腰が逃げそうになったが、ぐっと押さえ込まれる。御影はわざとぬちゅぬちゅと淫猥《いんわい》な水音を立てながら、味わうように蜜を啜《すす》る。その快楽に耐え切れなくなってびくびくと若葉の身体が痙攣《けいれん》した。これが達するということなのだと、今の若葉にはよくわかる。

下腹部から顔を上げた御影の唇は蜜で光っていて、それを無造作に手の甲で拭《ぬぐ》う姿がやけに艶《つや》っぽい。彼は今度は花芯に軽く口付けをして、舌でくりくりと舐めてきた。

「ひぅっ、やぁ、それは、あぁあああ、あ、あっ」

先ほどの愛撫《あいぶ》とは異なる刺激。やはり花芯を弄《いじ》られれば鮮烈な快楽が身体中を走った。耐え切れず、次から次へと喘《あえ》ぎ声が溢れ出る。

「本当、ここ弄られると弱いな。蜜がどんどん溢れてくる」

「そ、んな……の、知らないっ……」

つま先が浮いて身体が後ろに倒れそうになるのを、両手を突っ張りながらどうにか支える。が、喘ぎ声がどんどん大きくなっているのに気付いて、慌てて片手で口元を押さえた。

そんな風に必死に快楽に耐える若葉を嘲《あざわら》うかのように、御影は花芯を唇で挟んでさらに激しい口淫を施《ほどこ》す。じゅっと吸われた瞬間、また身体がびくびくと震えた。それでも御影はまだ若葉に刺激を与えようとする。

若葉は、御影の頭に手を添えて、抱え込むように身体を曲げる。あまりの快楽に、もう許してほしくて堪《たま》らない。御影はそれを察したのか、顔を上げ若葉の唇に口付けをする。

それからゆっくりと立ち上がり、ベッドに転がっていた若葉愛用のペンギン抱き枕を、邪魔だという風に床へと落とす。そして若葉の手を引いて立たせると、今度は自分がベッドに腰を下ろした。

「若葉、乗れ」

「……、の、のる？」

いったい何を言っているのかわからず、若葉は首を傾《かし》げる。

「そ、こっちに背中向けて。ほら、腰下ろせ」

「わぁっ」

無理矢理背中を向けさせられて引き寄せられる。すると自然に御影の太ももに座る形になった。下りようにも、お腹部分をガッチリ押さえ込まれて動くことができない。

それどころか臀部《でんぶ》に御影のそそり立つ欲望が当たり、身体が強張《こわば》ってしまう。と同時にこれが今から挿《はい》るのかと思うと、また下腹部がきゅんと切なくなった。

御影は背中に何度も口付けをしながら、片手の指で胸の頂《いただき》を挟み、くりっと動かしたり軽くひっぱったりする。そしてもう片方の手で秘所を撫《な》で上げたかと思うと、ずぶずぶと指を膣内へと挿入させた。骨張った指で蜜にまみれた入り口を左右に拡《ひろ》げられる。するとと冷たい空気が熱い膣内に入り込んでいくような感覚がした。

「んんっ、あ、やぁ」

「嫌なのか？」

嫌と言ったら止めてくれるのだろうか。いや、きっとさらに激しく嬲《なぶ》られてしまうだろう。その証拠に御影の指は、相も変わらず濡れた壁をかき回している。粘着音が一層激しくなる。

「んー、ぞ、わぞわするっ」

首を横に振りながら若葉はその感覚に耐える。嫌だとか気持ち悪いとかいうわけではない。先ほど以上の快楽に意識が飛びそうになっているのが怖い。まだ二回目だというのにこんな快楽を教え込まれたら、御影がいなければ生きるのもままならない身体になりそうだ。

秘所を弄《いじ》られたまま御影に耳を甘噛みされる。と同時に耳の中に舌を入れられた若葉は、ついに耐え切れずまたも背中を反《そ》らして達してしまった。

なのに御影の指は抜かれることなく、さらに感じる場所を探して膣内を動き回る。

若葉は息を整えることもできず、汗ばんだ肌からはつぅーっと汗が伝い落ちていく。

御影の指が弱い場所を見つけて刺激し、胸をふるりと揺らす。その度に若葉の秘所は御影の指を締め付けた。

「んんっ……」

目の前が霞《かす》み意識が途切れそうになる。

その時、屹立《きつりつ》した彼のものが、淫猥《いんわい》な蜜で濡れそぼった入口に擦《こす》りつけられた。途端に身体の奥から愉悦《ゆえつ》が湧き上がり、下腹部が疼《うず》く。

「さっきから何でそんなに声、我慢してんだよ」

御影が掠《かす》れた声で囁《ささや》く。

「うぐ、……だ、だって……」

「だって、何？」

問いかける声は怪訝《けげん》そうだ。きっとまた眉間に皺《しわ》を寄せているのだろう。若葉は口をパクパクさせてから、小さな声でボソボソと伝えた。

「うちの、アパート……。壁薄いんです」

「あぁ、なるほど。隣に聞こえちまうかもって？」

その通りだと頷《うなず》く。夜も大分更《ふ》けたので、隣の人がすでに帰宅している確率は高い。ひょっとしたらもう甘い声を聞かれているかもしれないのだ。耳元で御影が「本当、可愛いなお前は」と笑う。褒められ慣れていない若葉としては、居心地悪いことこの上ない。

どこに隠し持っていたのか、背中の方から避妊具のパッケージを開ける音がした。床に放られた袋は先日と同じもの。この間の残りなのだろう。これからまたあの苦しくも目の眩《くら》みそうな快楽を味わうのか――などと考えていたら、御影のごつごつした指が目の前に差し出された。

「じゃ、舐めて」

「えっと……」

「ほら、声聞かれたくないんだろ？　なら口に入れろって」

そう言いながら林檎《りんご》のように赤い若葉の唇を、ふにふにと指の腹で押してくる。若葉は躊躇《ためら》ったが、自分の手で口を塞《ふさ》ぐだけで声を抑えられる自信はない。震える唇をゆっくりと開いて、試しにちろりとその指の先端を舐める。

すると指がやや強引に口の中に入り込んできた。噛まないように気をつけながら、それに舌を這《は》わせてみる。

「くっ……、はぁ……。そうだ、舐めて吸ってみろ。軽くなら噛んでも構わない」

「んんっ」

囁かれる声はどこまでも艶《つや》っぽい。それが自分の動きによって引き出されたものだと思うと、先ほどまであった躊躇いがどこかに消えていく。御影に少しでも気持ち良くなってもらえるのなら、自分も頑張りたい。神経を集中させて、一生懸命御影の指を吸い上げたり舐めたりする。そうするうちに、呑み切れなかった唾液が口の端から溢れ出してきた。

「挿《い》れるぞ」

「んんーっ」

太い肉棒の先端が蜜で濡れた入り口を数回擦《こす》ったかと思うと、膨れ上がった熱い肉棒がゆっくりと挿入される。

「は、やっぱまだキツイな」

最奥まで肉棒を収めると、御影はどこか楽しそうな声色で呟《つぶや》いてから、少し苦しげな息を吐いた。その息が耳の奥へと入り込み、若葉の身体が縮こまる。

御影は少しの間、動くことなく若葉の下腹部を優しく撫《な》でた。そうされると、そこに御影のものがあるのだと教えられているようで、無意識のうちに締め付けてしまう。背中から「うっ」と声が漏れた。御影は仕返しとばかりにうなじや背中に何度も口付けを落とし、軽く突き上げてくる。

「んぁっ、んんっ、ふぅ」

「あんま締めんなって。若葉の中が気持ち良すぎて、すぐもってかれそうになんだから」

そんなことを言われても、意図してやっていることではないので、どうすればいいのかわからない。御影は若葉の戸惑いなどお構いなしになおも腰をグラインドし、奥を刺激してくる。思わず声を上げそうになるけれど、彼の指を咥《くわ》えているので出るのは小さな呻《うめ》き声ばかり。

「この体位だと、この間と当たるとこ違うだろ」

「ん、んっ、」

若葉はこくこくと何度も頷《うなず》く。先日よりは辛くないが、膣壁を引っ張られ大きく拡《ひろ》げられる時の、痛いような、気持ち良いような感覚に翻弄《ほんろう》される。

腰を抱え込まれながら何度も穿《うが》たれ、奥を抉《えぐ》るようにぐりぐりと亀頭を押し付けられる。体勢を保てなくなった若葉はうっかり前に倒れそうになるが、すぐに御影に支えられた。

「あっぷねぇな。ほら、若葉」

「あぁっ」

じゅぽっと音を立てながら口から指が引き抜かれた。と同時に、身体の中にあった怒《ど》張《ちょう》も抜かれてしまい、若葉は無意識にそれらを追いかけそうになる。

腰を抱え込まれ、体勢を入れ替えられる。下半身は床に立ったままで上半身はうつ伏せにベッドに投げ出され、腰を高く上げられた。足に力が入らず今にも膝《ひざ》を突きそうになるが、力強い腕に腰を支えられ、後ろから突き入れられる。

「んんっ」

口を塞《ふさ》ぐ指を失った若葉は、今度はシーツを噛んで声を堪《こら》える。こうして声を我慢していると、何故かいけないことをしているような気持ちになる。

亀頭部分で膣壁を押し上げられ、ぐちゅぐちゅと音を立てながら緩急をつけて攻められる。若葉はその度に身体を痙攣《けいれん》させるものの、激しい快楽をどうにか受け入れる。

怖くて怖くて堪《たま》らなくなる。こんな風に快楽を教え込まれては、本当に御影なしではダメな人間になりそう。もしそうなったら、御影に飽きられた瞬間、自分は壊れてしまうのではないか。

嫌だ、壊れたくない。

だから、朦朧《もうろう》とする意識の中、これは戯《たわむ》れだ、御影が本当に自分を好きなわけはない、と予防線をいくつもいくつも張り直す。そうしないと心を保っていられない。

「若葉、どうした」

「あ、……き……、すしてください」

今考えていたことを伝えられるわけもなく、若葉は誤魔化《ごまか》すようにキスをねだった。

「何度でも」

顔だけを後ろに向けて、覆いかぶさってくる御影の口付けを受け入れる。その間も激しくなる抽挿《ちゅうそう》に、ぎしぎしとベッドが揺れる。舌を絡め合う濃厚な口付けと、ぐりぐりと奥を穿《うが》たれる官能に目の前がチカチカしてきた。

「んっ、んっ」

苦しいほどに身体が火照《ほて》り、ぞくぞくとした痺《しび》れが背中を駆け上がっていく。

御影の片手が臀部《でんぶ》から腰と伝い、乳房をぐにぐにと揉んでくる。指の腹で頂《いただき》を押しつぶし、空いている片手は花芯を擦《こす》り上げた。その間も御影の熱棒で膣内を擦り上げられる。良い場所を探り当てられ、先端で執拗《しつよう》に攻め立てられる。

「若葉、ん、イきそうか？　ひくついて、奥にくれって蠢《うごめ》いてるぞ」

「んぁ、ん、んっ」

唇を離し囁《ささや》かれた瞬間、ビクンと身体が震え、甘い嬌声《きょうせい》が出そうになる。急いでシーツを噛んだものの、御影の声も愛撫《あいぶ》も、突き上げてくる圧迫感も全てが相まって、若葉の脳を溶かしていく。

次の瞬間、最奥を穿たれると同時に花芯を摘《つま》まれ、目の前が白く弾《はじ》け飛んだ。

「んんんっ」

若葉は大きく仰《の》け反《ぞ》った。膣壁は大きく蠢き、中にある肉棒を強く締め付ける。にもかかわらず御影は再びそれを奥へとねじ込み、さらに激しく若葉の身体を揺らした。

やがて大きく数度、中を擦《こす》り上げたかと思うと、肉棒はびくびくと震え、耳元で低いうめき声が聞こえた。どうやら、御影も達したようだ。

そのまま一緒にベッドに倒れ込む。背中に感じる彼の重さが心地いい。肩口にキスをされると、達したばかりで敏感になっている身体がぴくりと震えた。

求められる喜びが心を満たしたものの、若葉はこの二度目の情事の意味をはかりかねていた。

しばらく休んだ後、御影はゆっくりと若葉の身体から自身を引き抜く。

「若葉、ティッシュどこ」

「え、あ……っと……えーっと……、ベッドサイドの……そこに」

朦朧《もうろう》としながらベッドサイドにある小さな机を指差すと、御影はティッシュを箱ごと持ってきて後処理をしてくれる。先日は抱きつぶされて意識を失ってしまったので、このあたりのことは覚えていない。だから、御影の行為が気恥ずかしくもどこか新鮮に感じられた。

「大丈夫か?」

「は、い……喉《のど》……渇きました」

「冷蔵庫開けるぞ」

「はい……」

御影は笑って若葉の頭を軽く撫《な》でると、全裸のまま冷蔵庫へと向かう。そしてお茶の入ったペットボトルを持ってくると、若葉の上半身を抱き起こし、それを口に含んで若葉の口内に流し込んだ。

「ん、んっ」

「まだ飲むか?」

「……もう、自分で飲めます」

「いいから」

ペットボトルを奪おうとするもあっさり避けられてしまう。諦めて大人しく口を差し出すと、軽くキスをされた。

「なっ、んんっ」

お茶をくれという意味だったのに、と抗議しようとしたが、その口を塞《ふさ》がれ、またお茶を流し込まれる。冷たいはずのお茶はぬるかった。

「少し待ってろ」

御影は何度かお茶を飲ませると、立ち上がって寝室を出ていく。水音が聞こえてきたところから察するに、シャワーでも浴びに行ったのかもしれない。自分も入りたいなと考えていると、御影が戻ってきた。思ったより早く戻ってきたことに驚いたが、見れば御影の髪は濡れていない。

不思議に思って見上げていると、御影が突然、若葉の背と膝裏《ひざうら》に手を差し入れて抱き上げる。

「わっ、み……かげさん？」

「悪い、勝手に風呂沸かしてる」

「あ、いえ……ありがとうございます」

御影はバスルームの中まで若葉を運んでくる。そのまま下ろしてくれると思ったのだが、何故かドアを閉められてしまった。若葉は御影を凝視《ぎょうし》する。

「なんだよ？」

「え、あの、一緒に……入る……んですか？」

「当たり前だろ？　ほら、湯が沸くまで身体洗ってやるよ」

「いいいいっ⁉　大丈夫です！　自分でできます！　できます！」

若葉の主張など無視して、御影は若葉の腰を抱えこみ、ボディーソープを手で泡立てながら身体の線を辿るように触る。

「んっ、やぁ……」

「どうしたんだよ。俺はただ普通に洗ってるだけだぞ」

「うぅっ、いじわるぅうう」

「ま、否定はしねぇよ」

しないのではなくできないのだろうと心の中で突っ込みをいれるが、それが声になることはなく――洗うという名目での愛撫《あいぶ》によって、甘い声がバスルームに響き始める。

このアパートのバスルームには窓がない。だから必死に声を我慢しなくても外には響かないだろうが、それでも恥ずかしい。

「念入りに洗わないとな」

と、胸の頂《いただき》を指で挟みながらぐりぐりと弄《いじ》られる。秘所にも御影の指が這《は》っていく。

収まっていたはずの身体の熱が、徐々に上がってくる。御影が手を止めたのは、若葉が何度か軽く達して、早く彼が欲しいと思うほどに身体の火照《ほて》りを高められた後だった。

御影はお湯の沸いた浴槽の中に若葉を浸《つか》からせると、自分の身体と頭を洗っていく。その間、すでに脚の間には逞《たくま》しいものがそそり立っていて、若葉はそれを直視することもできず、ぶくぶくと身体を湯に沈めた。

やがて御影が浴槽の中に入ってきて、若葉を背中から抱き込みながら自分も湯に浸かる。浴槽が狭いため、逃げることも離れることもできない。肩口に御影の唇が押し付けられ、秘所には膨れ上がった怒張が擦《こす》りつけられる。その肉棒の熱さと生々しさに思わず吐息を漏らす。

「……っ、若葉出るぞ」

「え⁉」

「このままだと、生《なま》で入れそうだわ」

さすがにそれは困ると、視線を彷徨《さまよ》わせる。すると御影は優しく笑い、若葉の頬、額《ひたい》、瞼《まぶた》、そして唇に口付けを落として、来た時同様に若葉を抱き上げて、浴室を出た。

脱衣所で下ろされ身体を拭いていると、すでに自分の身体を拭き終えた御影が若葉の髪をがしがしとタオルで拭いてくれた。

「いますぐベッドに戻りたいが、それだと風邪引くか。ドライヤー出せ」

「えっと、ここに」

　自分でやろうとしたが、御影は強引にドライヤーを奪い取り、若葉の髪の毛を乾かし始める。少し荒っぽい手つきなのに、気持ちが良い。若葉はタオルを身体に巻いて、その感覚に身を任せる。

　若葉の髪の毛を乾かしたあと、御影も自分の髪の毛を軽く乾かす。その間、身体の熱が少し収まりかけたが、彼の髪が乾いたところで即座に抱き上げられた。見れば彼のものは萎《な》えることなく、未だに角度を持って勃《た》ち上がっている。

　ベッドに連れ込まれ、巻いていたタオルを剥《は》ぎ取られる。次の瞬間、熱く荒い息と半乾きの御影の髪の毛が頬にかかり、唇を塞《ふさ》がれた。

「んぁっ」

「風呂上がりだから、身体が湿ってて滑るな」

　御影の言う通り、互いの肌は湿り気で滑りやすくなっていて、御影の大きく熱い掌《てのひら》は先ほど以上になめらかに若葉の身体を這《は》い回る。脇から胸の側面、腰から臀部《でんぶ》へと優しく撫《な》でられ、むずむずとする感覚に若葉の喉《のど》から甘い声が漏れる。

　だんだんと再燃していく身体。むしゃぶりつくように胸の頂《いただき》を吸われ、もう片方は形を確かめるように揉まれる。下腹部の奥からまた、じゅんっと蜜が溢れてきたのがわかる。

ぐしゃぐしゃのシーツをまた足で掻き、さらなる皺《しわ》を形作る。

ちゅぱっとわざと音を立てて、彼の唇が乳首から離れる。敏感になったそこを捏《こ》ねくり回され、ぐりぐりと押しつぶされる。するとと背中に堪《たま》らない疼《うず》きが駆け上がってきて、若葉は御影の背中に手を回して抱きついた。御影の顔が首筋に埋もれ、舌を這わされる。ぬるぬると動く舌が気持ちいい。

お風呂の中で愛撫《あいぶ》され続けた身体は、すでに御影を受け入れられる状態になっていた。じゅくじゅくと濡れた膣内に、御影の指がぬぷりと入ってくる。彼もそこが十分に解《ほぐ》れていることを知り、性急に避妊具をつけて熱い肉棒を押し込んでくる。

「あぁ……っ」

「は、可愛い、若葉、可愛いなお前は」

何度も名前と「可愛い」を連呼され、全身が沸騰《ふっとう》する。

御影にかき抱かれて、ぴったりとくっついた身体が心地いい。求められれば求められるほど、それに応《こた》えたくなってしまう。そう思い、甘えるように御影の肩に頬をすり寄せた。

すると御影は獣めいた呻《うめ》き声を上げて、壊れそうなほどに突き上げてくる。

「ん、んぁっ」

一際高く嬌声《きょうせい》を上げるも、唇を塞がれたことでそれは御影の口の中へと吸い込まれた。

息すら奪われる口付けと激しい腰使いによって、若葉の全身に愉悦《ゆえつ》が駆け巡る。

その数分後、若葉は御影と共に絶頂を迎えた。


目が覚めると、視界に入ったのは自分の部屋の、いつもの天井。けれど、身体に纏《まと》わりつく熱さは自分のものではない。

カーテンの隙間から差し込む光を見る限り、もう大分日が高いらしい。

昨夜、二人で共に果てた後、狭いベッドで御影に抱き込まれたまま眠った。その時の空気はまるで恋人同士のような甘さだったように思う。――その前に御影の手持ちのゴムがなくなってしまうほどに、身体を貪《むさぼ》られたのだが。前回と今回とで八個入りの箱が空《から》になってしまった。

まだ眠っている御影を起こさないように、よいしょと身体をズラしてベッドを下りる。が、すぐにぺたんと床に座り込んでしまった。

「あ、こ、し……いった……、足……やばい……」

足腰がぷるぷるする。前回以上に身体にきているようだ。今日が休みで本当に良かった。うまく動かない身体をどうにか奮い立たせながら、床に散らばった御影の服をたたみ始める。

そうして自分はクローゼットから新しい下着と、Tシャツ、短パンを取り出して着替える。色気のない格好だが、それ以外の部屋着を持っていないので仕方がない。

何とか立ち上がりベッドを見ると、眠っている御影の手が、先ほどまで若葉がいた場所を彷徨《さまよ》っている。どうやら若葉を探しているようだ。どうするべきか悩んだが、とりあえず愛用の抱き枕であるペンギンを差し出してみた。

昨夜、邪魔だと床に放り投げられてしまったかわいそうなペンギンである。御影がペンギンを抱きしめると、眉間の皺《しわ》が徐々に取れていった。何かを抱きしめないと眠れないタイプなのだろうか。

時刻は朝の十時過ぎ、思ったよりは遅くはなかったので安堵《あんど》した。冷蔵庫から出したお茶を飲みながら、テレビをつける。御影を起こさないよう音量は小さめにしておく。

朝、というよりは昼に近いが、ここはご飯を作るべきだろうか。それとも御影が起きるのを待って、相談して食べに行くか否《いな》かを決めるべきか。

冷蔵庫の中を眺めるが、昨日買い物に行っていないので、あまり材料がない。それでも焼き鮭の残りがあったので食事を作ろうと思い、残っていたねぎなどを冷蔵庫から取り出す。

ねぎを刻み、鰹節《かつおぶし》で出汁《だし》をとって、塩と醤油で軽く味を調《ととの》える。漬物もあるので、鮭の出汁茶漬けで朝ご飯としよう。さすがにこれだけでは寂しいので、出汁巻き卵も作っておく。

その間に感じた、足腰の痛みや下腹部の違和感には出来るだけ気付かないふりをした。

そろそろ御影を起こそうかと思っていたら、後ろから頭の上にのそっと何かが乗り、腰にも何かが纏《まと》わりついた。それらが何であるかは、振り向かなくてもわかる。

「起きたら若葉がペンギンになってたんだが」

「え、あっと……あー、おはよう、ございます?」

なんと説明するか悩んで、結局誤魔化《ごまか》すように挨拶《あいさつ》をした。

「はよ。すげぇ良い匂いする」

御影は若葉の髪に顔を擦《こす》りつけると、目の前にある出汁《だし》巻き卵をつまみ食いした。

「うまい」

「良かった。何もないので簡単出汁茶漬けです。……あの、せめてスラックスぐらい穿《は》いてください」

「はいはい」

気が付けば、御影はボクサーパンツ一枚という姿だった。彼は若葉の頬に口付けを落とすと、再び寝室へと向かう。心臓に悪いので、服は着てほしい。

数分するとスラックスを穿き、シャツを羽織った御影が戻ってきた。ご飯の上に鮭をのせて出汁を注いだ出汁茶漬けにお漬物、そして出汁巻き卵と冷たいお茶を小さなテーブルの上に置く。

「いただきます」

二人でゆったりとした時間を過ごす。御影は出汁茶漬けを完食し、おかわりもしてくれた。こうして綺麗に食べてもらえると、作った甲斐がある。

「うまかった、ごちそうさん」

「いえいえー、むしろこんな簡単な食事で申し訳ないです」

「んなことねぇよ」

そう言いながら御影は若葉の頭を優しく撫《な》でると、「あとは俺がやる」と言って食器をキッチンへと運ぶ。そのまま皿洗いまでして、あげくお前は疲れているんだからと労《いたわ》ってくれた。

それからまた、二人でしばらく家の中で過ごす。と言っても一緒にテレビを見たり、お互いスマホを弄《いじ》ったり本を読んだりするぐらい。けれどずっと後ろから御影に抱きしめられている状態だったので、若葉にしてみればどんな番組を見て、どんな本を読んだのかもあまり覚えていない。

夕方前になって、御影は「後でな」と謎の言葉を残して帰っていった。

「……なんで、〝後で〟？」

首を傾《かし》げながら、軽く部屋の片付けを済ませてスーパーに買い出しに向かう。

歩いているうちに、先ほどまで触れていた温もりを思い出す。元々なかったものだったのに一度受け入れてしまうと、離れた瞬間こんなに寂しくなるのか……
御影に握られた手をじっと見ていた若葉は、それをぎゅっと握り締めて頭を振った。

スーパーの中、籠《かご》を持ちながら何を買おうかと数日分の献立《こんだて》を考える。そしてふと、カレーが食べたいと思った。カレーなら二日くらい続けて食べられる。残っても冷凍が利くので便利なのだ。カレーの材料や特売品などを買い込み、エコバッグに詰めて自宅へと歩き出す。

若葉は基本的に自炊派である。ファミレスやファストフードもいいが、そういったものを食べていても結局自分で作る自分好みのご飯が一番美味《おい》しいと思うし、毎日外食では金銭的にも辛くなってくる。とはいえ一人暮らしの悲しさ。食材を腐らせないよう、必要最低限のものしか買わないようにしている。

なので今回のように突然人が泊まりに来ると、困ってしまうのだ。

そういえば普段から会社でも、冷蔵庫に何があるから今日はそれを使わなきゃとか、アレが足りないから帰りにスーパーで買って帰ろうかなどと考えている。それが雰囲気として出ていて、結果お母さんと呼ばれてしまうのか。

……考えても仕方ないことだ。エコバッグをもう一度肩にかけ直そうとするが、何故か肩に重みが加わらないので何事かと振り返る。するとエコバッグの持ち手を誰かが掴んでいた。

「お前、俺が戻ってくるまで買い物待てなかったのかよ」

「え⁉」

「えええ⁉」

二重の驚きである。そこにいたのは御影だった。

エコバッグが肩からずるりと落ちるが、逞《たくま》しい腕がさっと持ち上げる。何故この人がいるのか、そして何故エコバッグを持とうとしているのかと、口をぽかーんと開けて見つめてしまう。

「……キスしてほしいのか？」

「……っ、ち、違いますよ！　な、なんでいるんですか⁉　御影さん！」

「あぁ？　俺は出ていく時、〝後で〟って言っただろ」

確かにそんな謎の言葉を言われた。けれど戻ってくるという意味だとは思わなかった。

目の前に立っている御影は、ジーンズに黒いインナー、グレイのジャケットを纏《まと》ったプライベートスタイル。シンプルではあるが、服の質が良いのと、着ている人間のスタイルがいいこともあって、とてつもなく格好良く見えてしまう。

見れば御影は、若葉のエコバッグの他に大きめの鞄《かばん》を持っている。何が入っているのか聞こうとしたが、その前に彼は鞄とエコバッグを両方右肩にかけると、左手で若葉の手を取って歩き出す。

「あ、あの……エコバッグ持ちますよ」

「いいよ、別にさほど重くもねぇし、お前ん家も近いだろ」

こういう時はどうするべきなのか。そもそも御影は何故若葉の家に戻ろうとしているのか。全くもって理解不能だった。結局引きずられるようにして、若葉のアパートまで帰ってきてしまった。

「やっぱり、このアパート防犯緩《ゆる》いな。この時間でこんだけ人少ないし。お前が帰る頃、人いなくないか？」

「そ……うですね。でも近くにコンビニがありますし。ここに数年住んでますが、特に困ったことはありませんから問題はないかと」

御影の眉間の皺《しわ》がとても深くなってしまった。何か変なことを言っただろうか。

結局御影は、その日若葉と一緒にカレーを作り、昨日の金曜日に続き土、日と二晩泊まると、月曜日に若葉の家から先に出社していった。あの大きな鞄には着替えなどが入っていたらしい。

当たり前のように休みを一緒に過ごしたが、若葉自身に特に抵抗はなかった。ただ甘やかされることに慣れていないため、あんなに抱きしめられて撫《な》でられるとどうすればいいのかわからない。

今の御影との関係に当てはまる言葉は、いったい何なのだろう。

御影が泊まりに来た週末から半月ほど経った金曜日。若葉は会社帰りにセレクトショップに立ち寄っていた。春物の服を買いたいという朱利のお付き合いだ。朱利がよく買っているブランドの服を二人で眺める。

「これどうかな？」

「朱利には少し地味、かな？　それよりこっちの花柄のワンピースの方が似合う」

「やっぱりそっかぁ……。でもシンプルなものもあると良いかなって」

そう言いながら、朱利は淡い水色のウエストリボンワンピースを身体に当てて悩んでいる。

以前やっていた受付業務には会社規定の制服があったので、通勤時は好きな格好をしていたのだが、現在の秘書課では職務に見合った派手すぎない服装をしなければならないらしい。ちなみにずっと事務をしている若葉には制服などないから、いつもシンプルなオフィスカジュアルを選ぶ。

基本若葉は地味なのだ。シンプルなものを着れば余計地味さに拍車がかかるのだが、鮮やかな色や花柄のワンピースなどは自分には似合わないと思っている。だから買う服の色合いは、主に黒やベージュ、紺など。靴や鞄などは、差し色として白やピンクを選んでみたりするのだが。

髪の毛を下ろしたままにしているのも地味さの一因かもしれない。

結局朱利は、淡い水色のワンピースと、フレアスカート、ショートカーディガンを購入した。

その後、せっかくだからといろいろなお店を見て回っていく。そのうちの一軒で、朱利が手招きをして若葉を呼んだ。

「これ若葉に似合いそう」

「え……、わ、私には派手じゃない？」

「そんなことないって！」

朱利に渡されたのは、腰の部分に黒のリボンがあしらわれている、ベビーピンクのタイトスカート。似合わないと思うのだが、朱利は絶対に似合うと笑みを零《こぼ》す。

とりあえず着てみたら、と更衣室へと押し込まれ、諦めて試着してみる。鏡に映る姿を眺めてみても、見慣れない姿であるため何ともいえない。

「う、うーん。やっぱり派手じゃないかな？」

そう呟《つぶや》くと、試着室を覗《のぞ》き込んだ朱利が反論する。

「派手じゃないって、見慣れてないだけ。鏡を三秒見て」

言われた通り、三秒じっと鏡を見つめる。するとだんだん悪くないんじゃないかと思えてきた。

「このスカートなら、あの踵《かかと》にリボンが付いてるエナメルパンプスとか合うよ。若葉が前に買ったやつ」

確かに、あのパンプスとバランスが取れる。

それから黒襟にビジューがついた白のカットソーも薦《すす》められ、次々と試着してみる。さすが朱利のセレクトというべきか。若葉が普段選ばない服にもかかわらず、どれもとても若葉に似合っていた。散々悩んだが、結局一式購入してしまった。

その後も雑貨屋で新しいビジューのピアスや、使いやすい陶器や白いリボンをあしらったバレッタも買った。春や夏に向けてバレッタがあると便利だろう。

こうして買い物をしているうちに、若葉は女子としてのお洒落《しゃれ》する楽しみを思い出していた。ここ数年、恋愛から干され気味だったので、少しばかり忘れかけていたのだ。

「どっかでご飯して帰る？」

「そうだねー、もう夜の八時だし。ご飯食べよっか」

朱利の提案に乗り、近くのカフェレストランに入ることにした。

「何食べようかな」

「プライムメニューにしようかな。AにしようかBにしようか」

「タルト有りなしね……。悩みどころだよねー！」

二人で悩みに悩んだが、タルトが付けられるプライムメニューBを頼むことにした。プライムメニューはサラダが付いて、メインディッシュやタルトなどを自分でセレクトするタイプのもの。カフェ系のお店ではよくある形態だろう。

運ばれてきた料理をお互い一口ずつ食べさせたりしながら、話に花を咲かせる。デザートのタルトが運ばれた頃には、話題はお互いの恋愛話となっていた。

「若葉さ、最近御影さんと仲良いみたいだよね？」

「う、うーん……そう、なのかな。ちょいちょいご飯したりしてるけど」

まさか、以前四人でご飯を食べた時にお持ち帰りしてもらい、初めてを貰ってもらった挙句、その半月ほど後には三日間も一緒に過ごしていたとは言いにくい。

今では、週に何度か食事に行ったりしている。泊まりも一度くらい。とはいえ先日食事の席で、「最近忙しいから、しばらくお前の家に行くのは難しそうだ」と言われてしまったのだが。

「もし御影さんが若葉に本気なら、私、御影さんって凄い見る目あると思う」

「……え、……えー？」

若葉に本気。果たしてそれが見る目があるということになるのか。万が一御影と若葉が付き合うことになった場合、ありえないと叫ぶ女性はたくさんいるだろう。別にスタイルがいいわけでも、顔が可愛いわけでもない。その辺にごろごろといそうな地味な女よりも、自分の方が御影の隣に相応《ふさわ》しいと名乗り出る女性はたくさんいるはず。そして、その主張はきっと正しい。

「御影さんが私なんかを本気で相手にするわけないでしょ」

「若葉」

朱利が真顔で若葉の名を呼んだ。これは、少し怒っている証拠。朱利は、若葉が自分を卑下《ひげ》することを嫌う。けれど、これは昔から染みついた癖《くせ》に近い。薄くはなっても消えることはない、服の染みのようなものだ。

「……ごめん、でもそれが現実だよ。私は御影さんにとってただの妹みたいなものだし」

「そうかなぁ……」

朱利が怪訝《けげん》そうな顔をするが、これでこの話は終わりと話題を変えることにした。

「そんなことより、朱利の方は？」

確か四人で飲んだ時に羽倉と一緒に帰っていたはずだが、それ以来どうなったのかは聞いていない。朱利が自分で話すまで待とうと思っている。

「んー、まぁ……いろいろかなー」

それ以上は詳しく聞かなかったが、とりあえずは仲良くやっているみたいだ。

タルトを食べ切ってからもしばらく会話を楽しみ、結局二人が別れたのは終電近くだった。

家に帰った若葉は、今日買った洋服をクローゼットにしまい、朱利に薦《すす》められたエナメルパンプスを玄関に出した。月曜日にはあの服を着て、この靴を履いて会社に行こう。


それからというもの、若葉の着る服が少しずつ変わっていった。以前みたいに少しお洒落《しゃれ》に気を使うようになった。朱利にそう薦められたからというのもあるが、一番の理由は御影と一緒にいる時間が多くなったから。

身体を重ねて、一緒に食事に行く仲になっても、特に御影から何か告白めいたことをされたわけではない。若葉も彼に自分達の関係が何なのか聞いていない。なので、若葉の立ち位置はふわふわしたまま。

それでも御影と一緒にいることが楽しいと感じてしまう。ふわふわしたままでも構わなかった。下手に尋ねて、単に遊びなのだと決定打を打たれるのが怖い。

もしかしたら、御影と恋人になれるかもしれない――けれど彼にそんなつもりがなかった場合のことを考えると、このままでいる方が気楽に思えた。

若葉は知らないが、実は会社の中で、若葉が変わったことが少し噂になっていた。恋人ができたのではないかとも言われていたが、若葉の口からそういった話が語られることはない。

　また「あの〝お母さん〟に限って」と男性社員達が笑って済ませたことで、鏑木若葉に恋人がいる、という話は単なる噂として消化された。

第四章　感情乱れる和食の味

営業課での仕事にも慣れて、以前より多くの業務を任されるようになった頃。新入社員が研修を終え、営業課にも新人が三人配属されることとなった。営業に男性二人、営業事務に女性一人。男性二人には、それぞれ小山と大川が指導にあたり、女性には沙織が指導にあたることになった。

本来なら年齢的に中堅どころの若葉が指導するべきなのだろうが、配属されてまだ日が浅いということで、沙織に白羽《しらは》の矢が立ったのだ。

そんな沙織が若葉に泣きついてきたのは、新人達が入ってきて二週間ほど経った頃。

「鏑木さぁあん、聞いてくださいよぉおお」

「はいはい、どうしたの」

会社に着いて自分のデスクで仕事の準備をしていると、沙織がやってきた。さすがにここではと、人気《ひとけ》の少ない自販機付近で話を聞くことにした。沙織が親しみやすい性格ということもあって、若葉と沙織は仲がいい。特に沙織の方は、若葉に愚痴《ぐち》を言うなど、よく懐《なつ》いていた。

「あの子！　あの子！　人の話聞いてくれないんですよ！　教えてるのにメモ取ってくれないし！　そのくせ、同じこと何度も何度も聞いてくるし!!　出社はいつもギリギリだし!!　ストレス！　ストレスがぁあ！」

「あらら、それは辛いね。そんな沙織ちゃんにマシュマロをあげよう」

「ありがとうございます……」

半泣き状態の沙織にポケットから出したマシュマロを手渡すと、沙織はぐすぐす言いながら口に入れる。どうやら新入社員である中田《なかた》は少々癖《くせ》のある子らしい。仕事はあまり真面目にやらないが、男性社員に愛想を売ることには頑張るタイプ。

最近の沙織の愚痴は、もっぱらこの中田についてだった。愚痴などいつでも聞いてあげるが、あまり指導がうまくいっていないのが気になる。このままでは中田が育たないのではという懸念《けねん》もある。それは決して沙織のせいではないが、一度聖川に相談した方がいいかもしれない。

そして問題の中田は本日もギリギリ出社。いつも五分前、下手したら一分前の出社だったりする。

注意をするなら、異動してきたばかりの自分より、聖川か課長の御影に頼むべきだろう。

そんなことを考えつつ沙織と営業課に戻ると、小山が盛大なくしゃみをしていた。どうやら風邪を引いてしまい、ここ数日鼻水がなかなか止まらないらしい。

「小山さん、大丈夫ですかぁ？　よかったらぁ、このティッシュ使ってください」

「ずっ、ありがとね」

「はぁい」

中田と小山の会話を聞いて、若葉の隣にいた沙織はギリギリと苛立《いらだ》っている。もしかしたら、そもそもの相性が悪いのかもしれない。

席に戻る時ちらりと見た小山のデスクには、先ほど中田から貰ったポケットティッシュと、自分で持参したらしきポケットティッシュが三つ。そして、ゴミ箱には大量の丸めたティッシュ。相当鼻水がひどいようだ。

始業時間となり、いつものように仕事を開始し、入力作業や御影・小山のアシスタント業務、その他雑用などをこなしていく。

今日の御影は十一時から会議に入ったが、十二時を過ぎても終わらない。もしあの裏にあるカフェに行くのなら若葉も行こうと思っていたが、待つのは諦めて、聖川と近場の蕎麦屋《そばや》でランチをすることにした。食事を終えて店を出た後、ふと思い立ち、コンビニに寄る。

そこで肌に優しいと銘打《めいう》ったティッシュの箱と、飲むヨーグルトの桃味を買って会社へと戻った。

「ティッシュ？」

　聖川が不思議そうに問いかけてくる。

「はい、小山さんに。ポケットティッシュじゃ間に合わないと思うので」

　若葉は営業課に戻るとそのまま小山の席に向かい、買ってきたばかりの箱ティッシュを差し出した。

「良かったら、どうぞ」

「え？……あ、ありがとう！　すごい助かる！　しかも肌に優しいやつ！」

　ちょうど持っていたティッシュを使い終わったところだったのか、小山は若葉の手を取ってぶんぶんと振りながら喜ぶ。そこに水を差したのは、あのデリカシーのない大川だった。

「ぶはっ、箱って！　さすがお母さん！」

「おい、大川！」

「だってさー、中田ちゃんとかはポケットティッシュで可愛いって思ったけど。箱ティッシュって普通買ってこないだろー」

　相変わらずの無神経ぶりである。言い返したら場の空気が悪くなりそうだったので、大川を窘《たしな》めようとした小山に首を小さく振って見せた。これぐらいのことは慣れているから、気にしないでいい。

そもそも、こういう人はどんな場所にも常にいる。何か面白いあだ名をつけられてしまうようなタイプの人間をネタにしてからかう。それを相手も周りも喜んでいる、楽しんでいる、と思い込んで。

大川のような人間は、言われた相手が自分に言い返してくるなどとは露《つゆ》ほども思っていない。

こうして考えてみると、何故小山がこの大川と仲が良いのか疑問に思えてくる。

そこへ、また新たな声がかけられた。ようやく会議から解放された御影である。

「大川ー、お前、んなこと言ってる暇あるんだったら営業でもかけてこい。最近あまり顔出さないって聞いたぞ」

「えっ⁉」

「あ？」

御影の「あ？」には多くの意味が含まれているのだろう。少なくとも〝さっさと行かないなら、どうなるかわかってんだろうな？〟ぐらいは言っている。

（……助けてくれた？）

そう思ったが、〝そうだといいな〟という程度に留めておくことにした。

「お、俺、外回り行ってきます！」

大川はバタバタと準備をして飛び出していった。これ以上ここにいれば、御影の不興を買うと判断したのだろう。　大川が出ていくと、小山が申し訳なさそうな顔で謝罪してくる。

「鏑木さん、ごめんな。あいつ……悪い奴ではないんだけど」
「いえ、気にしないでくださいよ。これぐらい全然大丈夫ですから」
「……それでも、ごめん」

小山と離れて自分の席に戻ると、隣の席に座る聖川が不機嫌な顔をしていた。今の一部始終を見ていたのだろう。自分のためにこうして怒ってくれるのはとてもありがたい。それでもその綺麗な顔が怖くなっているのは……と思ったので、朝、沙織にしたのと同じように、聖川にもマシュマロを差し出した。
「こういう時には甘いものが一番です！」
「……もぉ、鏑木ちゃんはお人好しすぎよ。怒ってもいいのに」
「いいんですよー、これぐらい。いちいち怒ってたらキリがありませんから」

別にお人好しでも何でもない、と口にしそうになるのをどうにか呑み込んだ。

自分はただ嫌なだけ。誰かとぶつかるのも、ぶつかったことで余計に傷つくのも。出来るだけ傷つかないようにしている、ただの弱虫。それに、心の中ではいつも相手のことを〝デリカシーがない〟とか〝転んで膝《ひざ》でもすりむけ〟ぐらいは罵《のの し》っている。

ちらりと御影に視線をやると、彼はいつものちょっと意地悪そうな笑みを浮かべてから、仕事に戻った。

たったそれだけだというのに、身体が少し熱くなったのは、きっと気のせい。

新入社員の子達が配属されたこともあり、営業課でも歓迎会をすることとなった。幹事は小山と大川に任されたらしい。飲み会は、急な仕事などやむを得ない事情がない限り、参加必須。二次会などは、その場のノリとなるそうだ。

なお今回の歓迎会は新入社員だけでなく、若葉も主役なのだと、小山がそう教えてくれた。

「え、私もですか?」

「そう、歓迎会してなかったからね」

「ま、お前はおまけだけどな!」

「大川、やめろよ」

小山に窘《たしな》められるも、大川はどこ吹く風。事実だから別に構わないのだけど。若葉も自分のためだけに歓迎会を開いてほしいとは思っていなかったので、むしろこれぐらいの扱いの方が気が楽だ。

若葉がほとんど言い返さず笑って流していることもあって、大川はまるでバケツに放り込むがごとく日々暴言めいた言葉を若葉に吐いている。そこに蓄積された濁《にご》った感情もまた、次第に色濃くなっていた。

　そして毎度のごとく、小山からのフォローが入る。そこまで気にしなくていいのに、真面目な人。

　そんな会話をした二週間後の金曜日。営業課が飲み会をする時によく使うという居酒屋に若葉達は来ていた。よくある大衆居酒屋で、焼き鳥とおでんが絶品らしくメニューに〝オススメ〟の文字が見える。

　ただ飲み物はビールやハイボールなどがメインで、女子向けのカクテルは少ない。とはいえ今回の面子《めんつ》には女子が少ないので、大した問題でもないだろう。

　奥の座敷を貸し切りにして、大川の乾杯の声と共に歓迎会が始まった。

　御影はまだ仕事が残っていることもあり、少し遅れてくる。若葉は、聖川や沙織など営業事務の女性陣で固められた席でおしゃべりをしながらお酒を飲む。

　開始三十分ほども過ぎれば、少しずつ男性社員達が出来上がってきて、場はさらに盛り上がる。

　それを横目に見ながら、生ビールに焼き鳥というおっさんメニューをちまちまと食べていると、御影がやってきた。

「お前らもう少し静かに飲めよ、他の客に迷惑だろ」

「すいませーん！　御影さんお疲れさまっす！」

「おぉ」

部下達に勧められるがままに、御影は空いている席に座る。若葉の席からは少し遠いが、眺めていてもバレないような距離。

さらに時間が経つと、それまで男女別々に固まっていた席も、次第にごちゃまぜになってくる。ただ、若葉や聖川、沙織は動かなかったため、相変わらず女三人で話に花を咲かせていた。

「ほんっと！　あからさまですよね！　あからさま！」

「あらあら、そんなカッカッしないの。はーい、あーん」

どうやら沙織は、あからさまに御影狙いですり寄っている中田を見て、イライラしているようだ。そんな沙織の口に、若葉は肉味噌《にくみそ》とアボカドをレタスで包んだものを入れてあげた。

沙織は「美味《おい》ひいでふね、コレ！」と咀嚼《そしゃく》しつつも、やはり中田の動向が気になるらしい。

若葉も気にならないわけではない。この二週間の中田の言動を見る限り、彼女が御影狙いなのはよくわかる。

例えば、仕事の最中。最初の頃は直接指導をする沙織に質問をしていたのだが、だんだんと御影に聞く回数が増えてきた。そして甘ったるい声で「御影課長ぅ、これがわからないんですけどぉ」と手をグーにして口元に持っていき、首を傾《かし》げるのだ。〝私可愛いでしょ？〟アピール以外の何物でもない。

ただ、御影も忙しい身。新入社員の初歩的な質問など、いちいち答えてはいられない。一回や二回なら気にならないかもしれないが、それが一日数回というペースになれば当然苛立《いらだ》ってくる。いつもより眉間の皺《しわ》が深くなり、その背中からは不機嫌なオーラが滲《にじ》み出ているのがわかる。

沙織も中田に、「わからないことがあったらまず私に聞いて」と言っているのだが、にもかかわらず御影に質問をする。この間など、コピー機の使い方がわからないとうるうるとした瞳で御影に訴えかけていた。沙織も若葉もため息を零《こぼ》してしまったことは言うまでもない。

そしてその中田は今、御影の隣をキープし、酔ったふりをして御影の身体にしなだれかかっている。御影は鬱陶《うっとう》しそうにしているが、中田は気にならないらしい。

「自分のこと可愛いって信じちゃって！　あー、やだやだ」

そう言いながら、沙織はハイボールをおかわりしている。

「はぁ、やっぱり私はあぁいうタイプの女にはなれません」

「それでいいじゃない。私はどっちかっていうと沙織ちゃんみたいなタイプが好きだよ」

「うぅ、鏑木さぁあん！」

沙織は半泣きで勢いよく若葉に抱きついてきた。これはもう酔っ払いの域だなと思いながら、その背中を撫《な》でてやる。近くにいた男達が、「抱きつくなら俺にしとけー」「お母さん役得！」などと盛り上がっていたが、数分もすると、沙織は若葉のお腹に両腕を回したまま膝《ひざ》の上で静かな寝息をたてていた。どうやら寝入ってしまったみたいだ。

「あら、寝ちゃったの？」

「寝ちゃいました。最近ストレス溜まって疲れているみたいなので」

「それはそうよね……。あの子のせいで、御影のイライラのとばっちりまで受けてるわけだし」

御影は普段八つ当たりなどしないタイプだが、中田による苛立《いらだ》ちが表に出てしまっている。それが指導役である沙織へのプレッシャーになっているのだ。

入ったばかりの社員を異動させるわけにはいかないので、今は御影も沙織も耐えるしかないのだろう。これがもう一ヶ月も続いたら、御影がキレて中田の異動を上層部に打診するかもしれないが。

そんなことを考えていると、隣の聖川がお手洗いと言って席を立つ。その隙に、御影が若葉の隣に座った。

「飲んでるか？」

「飲んでますよー、御影さんは？」

「ほどほどに」

　御影の言葉に、新しく注文したサワーを上げて見せると、御影もハイボールのグラスを上げてくる。どうやって中田を振り切ったのかと見渡してみるが、見当たらない。聖川と同じく、お手洗いかどこかに行ったのだろう。

「疲れる」

「お疲れ様です」

　疲れの原因は中田だろうが、さすがにそれは言葉にできない。若葉は御影の背中を撫でたい衝動に駆られたが、人の多いこの飲み会では難しい。

　けれど、机の下に隠れて御影の指が若葉の手の甲をそっと擦《こす》り、覆うように握ってきた。

　見つかったらどうしようという戸惑いと、握っていてほしいという願望が頭の中で混ざり合う。触れ合っている部分から、だんだんと熱が全身に広がっていくような感覚。

　自分はどうしようもなく、この人に振り回されてしまっている。

「んんっ」

　膝の上で眠る沙織が唸《うな》ったことで、若葉の肩がビクッと震える。御影はそれでも手を離そうとしなかったが、沙織が起きる気配を見せたことで名残惜《なごりお》しそうに手を引いた。

　何も覆うものがなくなった手の甲が寒い。

「あれ？　私……」

寝ぼけ眼《まなこ》の沙織が、不思議そうに若葉を見上げる。

「起きた？　ちょっとトイレ行くから離れてもらってもいいかな？」

「うわぁ！　すみません！」

沙織は慌てて若葉から離れる。若葉は「大丈夫よ」と言って席を立った。別にトイレに行きたかったわけではないが、熱くなった気持ちを静める時間が欲しかった。

まだほとんど酔っていないとはいえ、お酒のせいで感情が昂《たか》ぶりやすくなっている。あのままずっと手を握られていたら、すり寄りたくなったかもしれない。

店のいたるところで上がる笑い声。どこのグループも盛り上がっている。

角を曲がった瞬間、若葉は人にぶつかりそうになり、慌てて身を引いた。

「申し訳ございません！」

「あ、鏑木さん」

「中田さん、大丈夫？　ぶつからなかった？」

「大丈夫です」

そこにいたのは中田だった。若葉の身長は日本人女性の平均で、ヒールを履くと一六〇センチそこそこ。中田はその若葉よりも小さく、多分一五〇センチほどしかない。そこが余計に男心をそそるのかもしれないと、ふと思った。

特に話をするような仲でもないので早々に通り過ぎようとすると、中田に声をかけられた。

「鏑木さん。鏑木さんってもしかして、W大学出身ですか？」

「……そうだけど。どうして？」

「ふふ、いえ……なんでもないですぅ」

中田は面白いおもちゃでも見つけたような楽しげな笑みを零《こぼ》しつつ、皆がいる奥へと戻っていく。

若葉は何故か動くことができずにいた。

背筋がぞわりとして鳥肌が立つ。何か嫌なことが起こりそうな気がする。

暗い闇が、若葉の日常を少しずつ呑み込むように近付いてくる気配を感じた。


ある週の中頃。時刻はもうすぐ定時近く。営業課の面々がそろそろ帰り支度を始めたフロアに、一本の電話が鳴り響く。その電話を沙織が取り、御影へと繋ぐ。それはよくある風景ではあったが、受けた御影の声がどこか荒い。遠目にも眉間に皺《しわ》を寄せているのがわかる。

「ちっ、わかった。俺もそっちに向かう、それまで必要なこと調べとけ」

何かトラブルがあったのかもしれない。御影は俯《うつむ》いて大きく息を吐いてから、若葉達に顔を向ける。

「トラブルだ。俺も京都に向かう」

「わかりました。今日の夜からですか？」

「いや、明日朝イチで行く。新幹線のチケット、二枚手配してくれ」

「二枚、ですか？」

聖川が不思議そうに首を傾《かし》げる。

「ああ。鏑木、お前も付いてこい」

「え⁉」

「そうですね。一回行かせておいた方が良いかもしれませんね。では二枚手配します」

若葉が慌てる中で、出張の手配が進められていく。この会社の営業事務は、アシスタントとして営業に同行する場合もあると聞いていたが、こんなに突然行くことになるとは思わなかった。

「えー、なんで鏑木さんなんですかぁ」

「中田さんは出張行く暇あるなら、初歩の仕事をきちんと覚えてね！」

中田が暗に〝自分を連れていけ〟と言うのを、沙織がバッサリと切り捨てる。

「鏑木、詳しくは聖川に聞け。あと、この資料見とけ」

「は、はい！」

手渡されたのは、取引先の資料。どうやらこの会社とトラブルが起きたらしい。こういった内部資料を持ち帰ることは許されないので、今日は残業してでもこの内容を頭に叩きこまなければ。

「鏑木ちゃん、明日六時台の新幹線になると思うから。ほどほどにね」

「わかりました」

「そんなに緊張しないで。御影まで呼び出されるトラブルだからそこそこ大変かもしれないけど、逆に御影が一緒だから大丈夫とも言えるわ。勉強してきなさい」

つまり、ほとんどのことは御影が処理してくれるのだろう。若葉は一緒に行って、謝ってくるだけになるかもしれない。とはいえ、どんなトラブルが起こったのか、どうして起こったのか、その際の相手会社とのやり取りなどは、今後のために知っておかなければならない。

明日は六時に会社の最寄り駅で待ち合わせとなった。京都に着くのは八時過ぎ、現地にいる営業と軽く打ち合わせをしてから取引先に向かうことになりそうだ。新幹線の中でも睡眠は取れるだろうが、それでもあまり夜更かしはできない。

資料の読み込みに没頭していると、定時を過ぎたこともあって人は少なくなっていく。御影も明日に備えてすでに退社している。結局フロアを最後に出たのは若葉となった。帰る際に見回りをしている警備員とすれ違う。あまり良い噂を聞かない警備員なので、関わらないように足早に退社した。

「……出張か」

京都なんてどれぐらいぶりだろうか。以前友人と旅行で行ったきりだが、今回は仕事なので観光している暇などない。許されるなら京都スイーツが食べたいところだけれど。若葉は頭を軽く振って、改めて仕事なのだと自分に言い聞かせる。だが出張とはいえ、御影と二人で京都まで行くという事実に、どこか浮かれた気持ちになった。

帰宅してから軽くご飯を食べてお風呂に入り、明日の支度をする。クローゼットからスーツを出して、パンプスも少し改まったものを出しておく。明日の朝になって慌てないようにしなければ。

今日はさっさと寝てしまうに限る。目覚ましをかけて、ベッドへと潜《もぐ》った。

朝六時前に待ち合わせの駅に着いた。いつもは人が多い駅もこの時間帯はさすがに閑散《かんさん》としている。そのため、こちらにやってくる御影をすぐに見つけられた。

「おはようございます」

「はよ、行くか」

先ほど会う前に発券した新幹線のチケットを御影に渡し、ホームへと急ぐ。新幹線に乗り込み指定席に座ると、御影がお茶を差し出してくる。どうやら待ち合わせ前に買っ

「とりあえず、着くまで寝とけ。俺も寝るから」

「はい」

貰ったお茶を一口飲んで、とりあえず目を瞑《つむ》る。すると隣に座る御影が若葉の右手を取り、指を絡めてくる。若葉はドキドキして逆に目を開けることができなかった。触れ合っている指から身体が溶けてしまいそうな感覚に陥《おちい》る。どろどろになって一つになれば、自分の心に予防線を張ることもなく、このまま素直に身を任せることができるかもしれない。

そんなことは不可能とわかっているのに、そう願ってしまう自分はとても弱虫だ。駄目だ。これから仕事なのに、こんなことを考えているなんて。今は寝てしまおう。いろいろな感情が心から溢れてしまう前に。

二時間後、京都駅に着いて外に出ると、雲行きが怪しくなっていた。もしかしたら雨が降るかもしれない。スマホで天気を確認すると、夜から大雨になる予報だった。どうやら爆弾低気圧《ばくだんていきあつ》が近付いているらしい。帰る頃まで天気が持ってくれればいいのだが。

それから現地にいた営業と合流する。改めて話を聞くと、最初は些細《ささい》な議論だったのだが、それが大事《おおごと》となってしまい、御影まで呼び出さなければならなくなったとのこと。すぐにでも相手先の担当者と会って話をしたかったが、先方の都合もあり昼前のアポとなった。それまで三人でまた対策を話し合う。ここでも若葉は二人の話を聞いて、必要な知識を頭の中に詰め込んでいった。

やがてアポの時間が近くなり、三人で相手方の会社へと向かう。そうしてどこか殺伐《さつばつ》とした空気の中で話し合いは始まった。結局のところ、トラブルの原因は相手方の勘違いと小さなミスだったことがわかり、こちらが謝罪しに来たつもりが、逆に平謝りされてしまった。

それでも全ての後処理が終わって京都の営業所を出たのは、夜の七時。これから東京に帰れば九時ぐらいだろう。数時間のことではあったが、緊張の連続で三人とも疲れ切っていた。

「お前も、これぐらいのこと自分でどうにかできるようになれ」

駅に向かう道すがら、御影は現地の営業を叱咤《しった》する。

「はい、申し訳ございません!」

「はぁ……、今回は問題にはならなかったが、アレがこっちのミスだったら結構な損害になってたんだからな。気をつけろ、あとお疲れ」

「お疲れ様でした!」

これから帰宅するという営業に、若葉も「お疲れ様でした」と頭を下げて、御影と共に歩き出す。

程なくしてぽつりぽつりと雨が降り始める。

「降ってきちゃいましたね」

「これから、ますます強くなるらしいな」

御影の言う通り雨は次第に激しくなり、風も強くなってくる。駅に辿り着いた頃には、外は記録的な大雨になっていた。とりあえずチケットを取ってしまおうと窓口へ向かう。だが大雨強風のため、これから発車する予定の新幹線は運休となったらしい。

「どう……します？」

「仕方ないだろ。とりあえず来い」

向かったのは駅に隣接したホテル。だが、若葉達のような客が多くほぼ満室。たまたま空きが出た部屋が――

「ダブル……ですか……」

「はい、天気の影響により当方のホテルでは、二部屋のご用意は難しいですね」

フロントの人が申し訳なさそうな顔をして頭を下げてくる。どうするべきかと悩んでいると、御影がさっさとその部屋を取ってしまった。

「え⁉」

「別に良いだろ。この雨の中、歩き回るのも面倒だし」

御影に腕を取られ、引きずられるようにして部屋へと向かう。

ドアを開けると、ナチュラルな部屋の真ん中には、クイーンサイズのベッド。若葉は鞄《かばん》を机の上に置いて、この後どうすべきかと緊張する。御影と二人きりになるのも、同じ部屋にいるのも初めてではないけれど、この非現実的な現状に身の置き所がない。

「荷物置いたら飯行くか」

「え、あ、……はい」

いつもと変わらない態度の御影を見ると、自分一人が慌てているのが馬鹿らしくなってしまった。若葉は必要なものだけ鞄《かばん》に入れると、御影に連れられるまま食事に行くことにした。

最初はホテルの中にあるレストランで食事をしようとしたが、若葉達のような客も多いことと時間帯のせいで満席。一時間ほど待たなければならないそうだ。

この天気ではお店を探すのも大変なので、ホテルの目の前にある日本料理店に入ることにした。小さいけれど落ち着いた雰囲気の店だ。こちらはあまり混んでおらず、すんなり入れた。

「生《なま》で良いのか？」

「はい、大丈夫です」

「とりあえず生二つ」

お持ち帰りされた御影相手に、可愛い飲み物を選ばなくとも問題はない。とりあえずは生ビールで落ち着くことにしよう。運ばれてきたビールを軽く持ち上げ、「お疲れ様です」と乾杯をする。御影はグビグビと喉《のど》を鳴らしながらジョッキを空《から》にする。ビールが通るたびに上下する喉仏《のどぼとけ》が色っぽい。

胸のドキドキを抑えつつ若葉もビールで喉を潤《うるお》す。仕事の後のビールは本当に美味《おい》しくて堪《たま》らない。

お通しで出されたのは柚子《ゆず》の器《うつわ》に入った蕪蒸《かぶらむ》し。柚子がゆるやかに香って、ほっこりとした気持ちになる。続けて注文したのは、お刺身の盛り合わせや、お薦《すす》めらしい鯖寿司《さばずし》、旬野菜のかき揚げや魚の煮付けなど。どれも優しい味がして美味しかった。自分でもこれぐらい美味しい煮付けが作れるようになりたいが、なかなかに難しい。

幸せな気持ちで食事を満喫した後は、当然お会計だ。また御影が払おうとするのを、今日こそはと止める。

「あぁ？　別に良いって言ってるだろ」

「駄目です！　今回は私の番です！　いっつも奢《おご》ってもらってばかりで申し訳ないです！　なので、女将《おかみ》さんお会計お願いいたします」

御影のお金が女将さんに手渡される前に、若葉はお財布から抜き取ったお札を渡してお会計をしてしまう。その間、女将さんは面白そうに笑っており、何だか気恥ずかしくなってしまった。

「すっごく仲が良うて、えぇどすなぁ」

「す、すみません。お騒がせしました」

数回頭を下げてから、お釣りを受け取ってお店を出た。相変わらず外は大雨のようで、雨音と風音が重なって、暗闇から何かがせり上がってくるような錯覚をおぼえる。

「ホテルにバーもあるみたいだから、行ってみるか」

すっと自然に手を繋がれる。御影は若葉の返答を聞くことなくホテルのバーへと向かった。少し強引だなと思うのだが、その強引さは嫌じゃない。

二人でエレベーターに乗り込み、バーのある階で降りる。カウンターに並んで座ると、若葉は女性にお薦《すす》めという梅酒をロックで貰い、御影はバーボンを頼む。相変わらず酒が似合う人だ。

しばし一緒に、お酒と会話を楽しむ。こうしていると、御影との関係が始まったあの日のことを思い出す。あの日もこうして連れられるままにエレベーターに乗って、バーまで来たなと。

「そう言えば、煙草《たばこ》吸ってませんけど、私気にしませんよ?」

以前の御影からはかすかに煙草の香りがしたのだが、最近吸っているところを見たことがない。もしかしたら会社の喫煙ルームなんかで吸っているのかもしれないけれど。

「何言ってんだ? 俺、煙草はやめたぞ、一年ほど前に」

「……え⁉　でも、時々御影さんから煙草の香りしますけど……？」

「あぁ、そういうことか。その匂いは俺じゃなくて葵だ。あいつは今も吸ってるからな。あと、俺は吸わなくても喫煙ルームには行くんだ。あそこは情報の宝庫だからな」

若葉は納得した。煙草の香りはただの移り香だったのか。確かに喫煙ルームには、いろいろな情報――例えば誰がミスをしただとか、どこそことの取引の話が進んでいるなどといった情報が集まってくるという。御影は煙草をやめた後もそうやって情報を得て、うまく立ち回ってきたのかもしれない。役付きになると、いろいろと大変だとも聞くし。

そこまで考え、ふと気になり尋ねてみた。

「会社だと羽倉さんのこと、〝羽倉〟って呼ぶのに、〝プライベートだと〝葵〟なんですね」

「あー、あんまり気にしたことはないがそうかもな。あいつもプライベートでは俺のこと名前で呼ぶし。一種の切り替えみたいなもんだな」

なるほど、そうやって仕事モードとプライベートモードを替えているのか。そう言えば、御影は会社では若葉のことを名前では呼ばない。もし名前を呼んで、それを誰かが聞きつけたなら、すぐさまそれは噂となるだろう。そしていろいろなお姉さま方から事情聴取を受ける羽目になる。そう考えると自分はこれまで、御影の切り替えのおかげで無事に済んでいたのかもしれない。

その後しばらく他愛のない話を続け、気がつけば一時間ほどが経っていた。一度部屋に戻り、大浴場に行こうという話になったのだが、お腹がチクチクしてきたので、御影に先に行ってもらうことにした。実は朝から少し痛かったのだが、初めての出張で緊張しているからだろうと流していた。けれど、そうではなかったらしい。

「道理で痛いわけだよ……！」

このタイミングで女子の日が来てしまったらしい。日帰りというのもあって、何も用意していなかった若葉は必要なものをコンビニで調達することにした。大浴場にも行きたかったが、部屋にあるお風呂で我慢することにしよう。

部屋に戻ってシャワーを浴び、ナイトウェア姿でバスルームを出ると、ちょうど御影も部屋に戻ってナイトウェアに着替えているところだった。

「部屋の風呂に入ったんだな」

「はい、すみません……というか、御影さん、ナイトウェアの裾《すそ》足りてなくて似合わない……！」

身長が高いせいで、部屋に置いてあったナイトウェアが七分丈にしか見えず、なんだかミスマッチだ。バスローブタイプだったら気にならなかったかもしれないが、残念ながらこのナイトウェアはワンピースのようなワッフルガウンである。

「うるさいな。ほら、来い」

御影自身も気にしていたのか、眉間に皺《しわ》を寄せながらベッドの縁に腰かけ、若葉へと手を伸ばしてくる。若葉が素直にその手を取ると、ぐっと引っ張られて抱きしめられた。そのまま御影の太ももの上に跨《またが》るようにして座る。すると若葉のナイトウェアが大きく捲《まく》れ上がった。

ふと、御影の髪の毛がまだ濡れたままであることに気付く。若葉は御影の髪の毛を手ぐしで軽く整えながら言う。

「風邪、引いちゃいますよ」

「平気だろ、これぐらい」

そう言って近付いてくる御影の顔を前に目を閉じると、唇を啄《ついば》まれ、下唇を甘噛みされる。そして形を確かめるようにゆっくりと唇を舐められた。

「んっ」

こうして御影と甘いキスをするのは何度目だろうか。御影の香りも、少しかさついた唇も、肉厚な舌も、獲物を狙うような切れ長の目も、どんどん若葉を酔わせていく。最初の頃はあれほどドキドキしたのに、今はこうして当たり前のようにこの行為を享受《きょうじゅ》している。

キスをしていると、露《あらわ》になった太ももをそろりと撫《な》でられてハッとする。

そうだ、今日はこのまま雰囲気に流されてはいけなかった。別にセフレではないはず

まう。

　昼が少し離れたので事情を告《つ》げようとするが、うかうかしている間にまた塞《ふさ》がれてしだが、今日はできないとなったら機嫌を損ねてしまうだろうか。


「ん、みか……、はなし……あっ」

　御影の肩に手を置いて、ぐっと力をこめて身体を離す。すると意外にあっさり離れてくれて少し安堵《あんど》した。

「あ、の……ですね」

「なんだよ」

「……その、今日アレ……でして」

「……？　アレ？」

「えー……。月に一回の……女の子がですね……その」

「あー、わかった。わりぃ」

　察してくれたことはありがたいが、やはり恥ずかしくて堪《たま》らない。若葉にとってここまで親密になった男性は初めてなのだ。何をするのも、何を言うのも、若葉にとっては初めての男性。

　けれど若葉は、御影の〝初めて〟になるものを貰ったことがない。そもそもいろいろな意味で経験値が違うのだから当たり前かもしれないけれど、それが何だか悔しい。そう思うのは、お腹の痛みや最近のいろいろな出来事で情緒不安定になっているからだと自分に言い聞かせた。

それにしても、今日はそういった行為ができないことを、御影はどう思ったのだろうか。

御影は若葉を膝《ひざ》から下ろすと、ベッドへと潜《もぐ》り込んだ。やはりあの行為ができない自分に存在価値はないのか。そんな不安に駆られたが、御影は毛布を捲《めく》り、無言で入ってこいと促《うなが》してくる。

若葉はほっと小さく息を吐いて、御影の隣に潜り込む。御影は一度正面から若葉を抱きしめると、若葉の身体を反転させて今度は背中から抱き締める。不思議に思っていたら、その手が若葉のお腹をさすり出す。

「さすると良い……のか？　そんな話を聞いたことがあるんだが」

「はい……少し、やわらぐような感じです」

「そうか」

「……ごめんなさい」

思わず出た言葉だったのだが、御影には意味がわからなかったらしい。手を止めて上半身を起こし、若葉の顔を覗《のぞ》き込む。若葉は視線を彷徨《さまよ》わせてからおずおずと答えた。

「あ、の……でき、なくて……」

「何言ってんだ。んなことどうでも良いよ」

どうでも良い。若葉を抱くことなどどうでも良いということだろうか。いや、そういう意味ではないことは十分わかっている。口調は乱暴だが、この場合の意味は〝気にするな〟だ。

若葉は耐え切れなくなって、震える唇からずっと心に抱えていた疑問を吐き出した。

「……御影さんは……なんで私を抱くんですか」

「好きだから」

即答だった。その言葉は嬉しいはずなのに、〝好き〟の意味についてあれこれ考えてしまう。

身体だけが好きなのか、妹のようで好きという意味なのか。それとも人として、女としてなのか。

きっと簡単な答えのはずなのに、これまで予防線を張り続けてきた若葉にしてみれば、さらなる迷路に迷い込んだ気分だった。

「いいから、寝ろ」

後ろからぼすっと、枕に頭を乗っけた音が聞こえる。それとほぼ同時に、お腹をさする手の動きが再開された。

背中に感じる熱さはいつもは暑苦しいほどなのに、今日は心地よく感じられて、ひどく安心することができた。

翌朝は御影のスマホのアラームで目を覚ました。止めなければどんどん音が大きくなっていくタイプのようだ。あまりのうるささに若葉は起き上がった。

それほどの音だというのに、御影は気付かないのか未だ眠ったまま。スマホは御影の枕の側《そば》に置いてあったので、御影に覆いかぶさるように上半身を伸ばしてアラームを止める。

その直後、腰に腕が回って引き寄せられ、そのまま抱き込まれてしまった。

「み、御影さん？」

「……」

「え……、寝てる……？」

もしかしたら御影は朝にあまり強くないのかもしれない。以前泊まりに来た時も、若葉が起きたことに気付かず、ペンギンの抱き枕を抱きしめていた。

だがいつまでもこうしてはいられない。早々に朝食を食べ、新幹線に乗って出社しなければ。

「御影さん、起きてください。というか、苦しいですって！　苦しい！」

厚い胸板を手で突っ張ってみるが、余計に強く抱き込まれてしまう。

何度か同じことを試みるものの、起きる気配がない。一旦休憩して、じっと御影の顔を見る。

そういえば、こうしてゆっくりと顔を眺めるのは初めてだ。というか、いつも彼に翻《ほん》弄《ろう》される立場であるため、御影という男をよく観察したことがなかったのだ。

こうして見ると、その寝顔は柔らかかった。眉間に皺《しわ》はなく、切れ長の目が閉じられているせいか、少し可愛らしい。

先ほどから触れている胸板は厚く、そして硬い。ナイトウェアから覗《のぞ》く腕や脚は引き締まっている。やはり何かスポーツをしていたのだろうか。

いつも下半身を見ないようにしているため、腹筋が割れているどうかはよく覚えていない。今度機会があったら見てみたいと思ってから、ふるふると頭を振った。

朝から何を考えているのか。こんなことを考える暇などないのだと思い直し、御影の頬を思い切り引っ張った。

「……？」

「おはようございます」

「おひゃ……」

御影の目が若葉を捉《とら》える。声を出そうとしたようだが、頬を引っ張られているためうまくいかないらしい。御影は眉間に皺を寄せると、若葉の手を頬から引き離し、唇に触れるだけのキスをする。

「たく、朝から悪戯《いたずら》すんな」

「起きなかった御影さんが悪いんですよ」

少しむっとして頬を膨らませると、御影は笑みを浮かべる。彼には珍しい、甘く優しい微笑《ほほえ》み。朝からそんなものを見せられ、若葉は眩《まぶ》しくて思わず目を瞑《つむ》った。

ベッドから下りる音がしたので目を開ければ、ベッドに腰をかけて頭をガシガシと掻いている御影の背中。若葉よりも随分大きなその背中は、とても頼もしい。

着替えを終えて荷物を纏《まと》めてから、朝食を取りに部屋を出る。上階にあるテラス付きのレストランで朝食サービスをしているらしい。昨日とは一転、今朝はよく晴れていたので、外のテラスで食事をすることにした。朝の光が暖かくて気持ちが良い。

ここのホテルの朝食は、焼き立ての特製パンが目玉。オムレツなども注文できるし、頼めばそのパンを使ってサンドイッチも作ってくれるそうだ。御影は北海道チェダーチーズのバケットに、レタスやオニオンなどの野菜と生ハムを挟んだサンドイッチを。若葉はオムレツとサラダのプレートを頼み、北海道牛乳を使ったミルクブレッドとバナナクリームパンを注文した。

ミルクブレッドは牛乳の甘さが濃厚で、ふわふわとした食感が堪《たま》らない。バナナクリームパンはバナナの甘みだけでパンの味を引き立てていて食べやすかった。

「ほら、こっちのも一口食ってみろ」

「いただきます！」

差し出されたサンドイッチに口を開けてかぶりついた。こちらもチーズと生ハムの相性が抜群で美味《おい》しい。

食べてしまってから気付いたが、これでは以前オムライスを〝あーん〟してあげた時と同じだ。今回は御影に〝あーん〟してもらったということになる。若葉の頬がわずかに熱くなる。

ちらりと御影を見やるものの、特に気にする様子もなく注文していたコンソメスープを飲んでいる。気にしすぎかと肩の力を抜いてオムレツを口に運ぶ。お返しにと、バナナクリームパンをあげると、眉間に皺《しわ》を寄せて甘すぎるとぼやいていた。どうやら甘いものがあまり得意ではないようだ。

食事を終えてからチェックアウトをして駅付近を見て回り、朱利達にお土産《みやげ》を買って新幹線に乗り込んだ。昼前には戻れそうなので、一度家に帰って着替えてから出社すると会社に伝えてある。

会社の最寄り駅で御影と別れた若葉は、帰宅してスーツを脱ぐ。そしてシャワーを浴びて会社に行く準備をした。

今日着るのは、ミントグリーンのフレアスカートに白いシャツ、そしてグレイのカーディガン。髪の毛をハーフアップにしてバレッタをつけ、ピンクベージュのパンプスを履いた。

会社に行くと、すでに御影は出社していて、報告も兼ねて会議に出るため席を外していた。

若葉は聖川達に、午前中来られなかったことへの謝罪をする。

「いいのよー、新幹線止まっちゃったらしょうがないもの」

「ありがとうございます。あ、お土産買ってきたのでみんなで食べてください」

パリの雑誌に掲載されたという、高級茶葉を使用した抹茶のラングドシャ。ふわっとした抹茶の香りとほろ苦さ、それと間に挟まれているホワイトチョコレートの甘さとの相性は抜群。

「あ、これ今京都で有名なお菓子ですよね！」

「そうなの、味見させてもらったんだけど、美味しくて自分用にも買っちゃった」

目を輝かせる沙織と軽く談笑をしてから、聖川が代わりにやってくれていた仕事を引き取り、それに没頭する。が、午前中いなかったこともあって全ては終わらず、少し残業をしてから帰宅する。

昨日今日といろいろあったので、身体が疲れ切っていた。

このままベッドにダイブして寝てしまいたかったが、そういうわけにもいかない。のろのろと服を着替えてから、シャワーを浴びてスキンケアをし、食事は取らずに早々と眠りについた。

明日を乗り切れば週末だ。御影とのことなど考えたいことはたくさんあったが、意識は深い眠りへと落ちていった。


昨夜食事をしなかったせいで、朝起きて最初に思ったことは〝お腹が空いた〟だった。けれど目覚ましをかけ忘れて少し寝坊してしまったので、朝食を作っている時間がない。仕方がないので、その分早めに家を出て、いつものカフェで紅茶とチキンシーザーのサラダラップを一緒に買った。早く来たせいか、朱利とは会うことができなかった。

会社に着くと、いつもはもう出社しているはずの御影がまだ来ていなかった。珍しいこともあるなと思いながら、自分のデスクで朝ご飯を食べる。

そのうち聖川や沙織、小山達も出社してくるが、御影の姿はまだ見えない。午前中はどこかに行く予定でもあっただろうか。不思議に思い、各社員の状況を書くホワイトボードに目をやるが、特に何も書いていない。首を傾《かし》げる若葉を見て、隣の席の聖川が優しく笑う。

「今日は御影、休みらしいわよ」

「え、そうなんですか」

「部長に連絡があったそうよ」

聞けば、どうやら三十八度の高熱を出してしまったとのこと。そのため時期外れのインフルエンザかもしれないということで、病院に行ったらしい。ただの風邪なら解熱剤を打ってもらってから出社すると言っていたそうだが、普段から休日出勤をしているのだから、今日は休めと上からお達しがあったようだ。

不思議なもので、御影がいないというだけで部署内がどこか緩《ゆる》やかな雰囲気となっている。もちろんそれは、悪い意味でだ。どうやら御影がいることで部署には一本芯が通っていたのだと気づく。その証拠に、御影がいない今日は、普段より就業中の談笑が多い。

若葉は聖川と顔を見合わせて苦笑いをする。仕方がないことかもしれないが、こちらはそれに流されず、普段より気を引き締めて仕事をすることにした。ただ御影がいない一日はとても時間が遅く感じられて、定時になった頃には、いつも以上に疲れた気持ちになってしまった。

身体を伸ばして帰り支度をしてから、化粧室へと向かう。鏡で自分の顔を見ると、やはり疲れたような顔をしていた。

今日はさっさと寝て体力を回復しよう。

スマホを取り出して、御影が初めて泊まりに来た日に交換した連絡先をじっと見つめる。

体調は大丈夫なのだろうか。高熱だとも聞いているし、心配でメールをしようかと思ったが、体調が悪い時にはメールが来るのも煩《わずら》わしいかもしれない。

小さく息を吐いてから、スマホを握りしめて自分のデスクに戻る途中、小山に話しかけられた。

「鏑木さん」

「あ、小山さん。お疲れ様です」

「お疲れ、あー……のさ。良かったらなんだけど、この間のティッシュとかのお礼もしたいし。鏑木さんの予定がなかったら、これから二人でご飯とか……どうかな」

小山は照れたように顔を少し赤らめながら、若葉を誘う。

あれくらいのこと、なんてことないのに、相変わらず律儀で真面目な人だなと思う。

これが複数人で行くというなら、行ったかもしれない。けれどさすがに二人きりというのは正直戸惑ってしまう。とてもいい人であることはわかっているのだけど。

なんと言おうか悩んでいると、持っていたスマホが鳴り出した。

マナーモードにしていたつもりが、知らない間に解除されていたようだ。

「いいよ、メール？　電話？　先に確認して」

「すみません。失礼します」

小山に頭を下げてからスマホを確認する。御影からのメールだった。いったいどうしたのかと思い、メールを開くと――

【仕事帰り、食べ物。頼む】

このメールの簡潔さが御影らしい。いや、今は風邪を引いているというのもあるかもしれない。

それはともかくとして、どうやら御影は自分に助けを求めているようだ。

「ごめんなさい。急用ができてしまったので、また機会があったら誘ってください！」

「そっか、急用ならしかたないね。また誘うよ」

「はい、お疲れ様でした。失礼します」

小山にもう一度頭を下げてから、デスクに置いていた鞄《かばん》を引っつかみ、急いで会社を出た。

御影の家はお持ち帰りされた日以来なので具体的な道は曖昧《あいまい》だ。どうしようかと思っていると、先ほどの簡潔なメールの後にもう一通メールが届く。そこには御影の自宅の住所が記されていた。若葉はマップアプリを起動して、目的の住所を入力する。

調べてみると最寄り駅の側《そば》にドラッグストアやスーパーがあるようなので、行く前にそこで買い物をしてから向かうことにする。

駅に着いて、近くのスーパーに入った若葉は、しばし考える。何を買っていくべきか。

御影の家には何の食材があるのか見当もつかない。そもそも料理をするタイプか否《いな》かも。

ただ、若葉の家でカレー作りを手伝ってくれたことを考えると、何もできないというわけではなさそうだし、調味料ぐらいはあると信じることにした。残っても困らないだろう、ねぎ、卵、ご飯のパックを籠《かご》にいれる。念のためレトルトのおかゆの梅味と鮭味も買っておく。顆粒《かりゅう》タイプの出汁《だし》と冷凍うどん、そして果物がたくさん入ったゼリーも買ってから、今度はドラッグストアに向かう。

午前中に病院に行っているはずだから薬はいらないだろう。なので解熱用の冷却シートと栄養ドリンクを買って、マップを確認しながら御影の家に向かう。

「ここか……改めてみると大きいマンション……」

御影の住んでいるのは、十二階建ての割と新しいマンションだった。ここの五階に御影の部屋がある。エントランスに入って、インターホンで御影の住む部屋の番号を押す。チャイムの音は鳴るが、出る気配がなくて首を傾《かし》げる。寝ているのだろうか。来る時間をあらかじめ連絡しておくべきだったと今更ながらに後悔する。もう一度鳴らしてみると、ガチャという音に続いて、掠《かす》れた声が聞こえてきた。

「はい……」

「あ、鏑木です」

「ん、開ける……。鍵開けとくから勝手に入れ」

　その声と共にエレベーターホールに続く自動ドアが開いた。中に入ってエレベーターに乗り込み〝5〟のボタンを押す。目的の階に降り立つと、きょろきょろと御影の部屋のナンバープレートを探しながら歩いた。

「あ、あった」

　勝手に入れと言われていたので、そろりとドアを開ける。すると中から御影の香りがした。

　普段履いている靴が無造作に脱ぎ捨てられているあたり、身体が結構辛いのかもしれない。若葉はその靴を揃えて、中に入る。

　リビングへと行ってみるが、御影の姿はなかった。寝室で寝ているのだろう。キッチンに買い物袋を置いてがさがさと買ってきたものを出してから、辺りを見回す。

　とりあえず必要最低限の調味料や調理道具はあったので一安心だ。ゼリーは冷やしておこうと冷蔵庫を開けると、ビールが大量に入っていた。それ以外は、ミネラルウォーターに、バターやマヨネーズ。他にはサラミやチーズといったおつまみ系だ。食生活は大丈夫なのかと不安になる。

　とりあえず御影の様子を見ようと、ミネラルウォーターを注いだコップと、買ってきた冷却シートを持って寝室に行けば、ベッドに潜《もぐ》っている御影がいた。

「御影さん」

「いえ、どうですか？」

「……おぉ、悪いな」

「今朝より熱は下がった。インフルではないが……けほ」

起き上がろうとする御影を慌てて支える。コップを手渡せば、彼はぼんやりとした瞳でそれを受け取り、ごくごくと喉《のど》を潤《うるお》す。こんな時に考えることではないが、熱で上気した頬に濡れた唇、そして潤《うる》んだ瞳がとてつもない色気を醸《かも》し出している。

「おじや作りますから」

「ん」

こくんと小さく頷《うなず》く姿が可愛い。額《ひたい》に冷却シートを貼ってあげてからキッチンに戻り、おじやを作る。その間、冷凍うどん用の出汁《だし》も一緒に仕込むことにする。

ねぎを切ったり、卵を溶いたりと作業をしながら、レンゲやおじやを入れる器《うつわ》がないかとあちこち探す。どちらも見つからなかったが、味噌汁用のお椀とスプーンは見つけたので、それに盛りつけして寝室へと持っていく。

不謹慎かもしれないが、若葉は嬉しかった。彼が弱い姿を見せてくれたことが、どうしようもないほどに。

寝室に入った若葉は、やむなくフローリングの床に一旦おじやを置く。この部屋にはサイドテーブルなど食器を置く場所もなかったし、あっても積まれた本の上などだったから。

「御影さん、起きれますか？」

「ん……大丈夫」

上半身を起こすのを手伝ってから、おじやを手に持ちベッドの端に腰かける。そのまま、それを手渡そうとしたのだが、御影は若葉をじっと見つめたかと思うと、不意に口を開けた。

「……しょうがないですね」

その意図を理解して一瞬迷ったものの、病人なのだからと覚悟を決める。以前外でオムライスを食べさせたことがあるのだから、今更だろう。

スプーンにおじやを取って、軽く息を吹きかけてから御影の口元へと持っていく。猫舌ではないようで、熱いおじやをもくもくと食べて、あっという間に器に入っていた分を平らげてしまった。

「まだ食べますか？」

「いや、大丈夫だ。……若葉、ありがとな」

「気にしないでください。いつもお世話になってますから」

なんと言えばいいのかわからなくて、結局部下という立場での言葉しか出てこなかった。

「……薬飲んで寝てください。冷蔵庫にゼリーが入ってますし、冷凍庫に冷凍うどんも入れてあります。出汁《だし》は作ってあるので、入れれば食べられます。あ、あと……おじやも残ってるので」

「あぁ」

薬を飲んだ御影は、重力のままに身体をベッドに沈ませてから腕を伸ばし、若葉の頬を指で撫《な》でる。若葉は少し驚いたものの、なんだか心がくすぐったくなった。

お返しに御影の頭を優しく撫でてやれば、やがて寝息が聞こえてくる。

若葉は空《から》になった器を手にキッチンに戻り、洗い物まで終わらせた。一応冷蔵庫に何があるのかは説明したし、帰るなとも言われなかった。薬を飲んで一日寝ていたので、体調も回復し始めているだろう。ここで若葉が帰ったところで、別に問題はないはずだ。

それでも、心配になってしまう。

一人暮らしで体調を崩した時は、とても心細くなるものだ。若葉自身、たまに体調を崩して土日で回復させようと一人寝ている時は寂しくなる。そんな時、大体朱利が来てくれた。誰かが家にいるというだけで、安心するのは確かなのだ。

若葉はしばらくキッチンをうろうろとしたあと、逡巡《しゅんじゅん》しながら玄関へと向かう。そうして靴箱の上にあった鍵を手に取り、「鍵を借ります」と小さく呟《つぶや》いてから、外に出た。

マンションを出て、近くにあったコンビニで化粧落としシートと歯ブラシを買い、また御影のマンションへと戻る。それから自分も食事をして寝支度まで済ませた頃には、夜も十時近かった。

若葉のアパートに比べれば御影のマンションはとても広い。リビングにも大きなソファーとテーブルが置いてある。

若葉は軽くスマホを弄《いじ》ってから照明を消し、カーディガンを身体にかけてソファーに寝そべった。また御影の部屋で寝るとなると、緊張して眠れないかと思ったが、疲れもあったのですぐ寝入ってしまった。

身体に何かが纏《まと》わりついて、動きにくいし暑苦しい。ソファーで寝たのだから身体の疲れが取れにくいのはわかってはいたが、動きにくいというのは何故なのか。

それに暑苦しいというのも変だ。カーディガン一枚で寝たのだから、どちらかというと寒いぐらいのはずなのに。

「んん……」

唸《うな》りながら目を開けてみれば、そこにあったのは御影の胸板。一瞬息が止まった。思わず飛び起きてしまいそうになったが、それをしたら若葉の身体に巻きついて眠る御影が目を覚ましてしまう。

小さく深呼吸をして状況の整理をする。改めて見回してみれば、今若葉がいるのは、御影の寝室のベッドの上だ。眠っていたので気付かなかったけれど、多分夜中に起きてきた御影がリビングのソファーで寝ている若葉を見つけて、寝室に連れてきたのだろう。

風邪はどうなのだろうかと、乾いてカピッとしている冷却シートを取り、額《ひたい》と首筋に手を当てる。どうやら熱は下がったらしい。安心したところで腰に絡む腕をどうにか外し、ベッドから下りて洗面所へと向かう。顔を洗うが、こんな時に限って化粧ポーチを家に忘れてきてしまった。唯一あるのは、ポーチから零《こぼ》れて鞄《かばん》にそのまま入っていたアイブロウだけ。

「……眉毛がないよりマシか」

とりあえず眉毛だけ描いて、キッチンでおじやを温め直しながらスマホで時間を確かめると、朝の九時過ぎ。一旦おたまを置いて寝室に向かうと、そこにはぼんやりとした顔で上半身を起こしている御影の姿があった。こうして、寝起きの御影を見るのは何度目だろうか。若葉はドアの付近から彼に声をかける。

「御影さん、おはようございます。ご飯、リビングで食べますか？」

「……おー……」

身体を伸ばしながら首を左右に動かしている。寝すぎて身体が痛いのだろう。

「先シャワー浴びるわ」

「ご飯、準備しておきます」

「ありがとな」

そのお礼の言葉に笑って頷《うなず》き、キッチンへと戻る。シャワーを済ませた御影は、ジーンズに上半身裸のまま、タオルで頭を拭きながらリビングへとやってきた。

「そんな格好してるから、風邪引くんです！　上も着てください！　ドライヤー持ってくるので、ちゃんと乾かしてからご飯食べてくださいね！」

その言葉に御影はくっくっと喉《のど》で笑いながら、「おおせのままに」などとからかい口調で返してきた。若葉はバスルームにあったドライヤーを掴むと、急いでリビングへと戻る。

（……こんなんだから、お母さんとか言われるのかな）

世話焼きといえば聞こえがいいかもしれないが、我ながらまるで母親のような台詞《せりふ》だった。もう少し可愛らしく言えればとも思うが、どうやったらそれができるのかわからない。

リビングに戻りコンセントを繋いだドライヤーを手渡そうとするが、御影は受け取ってくれない。

「もぉ！　何もできない子どもですか……」

「病み上がりだからな。乾かしてくれ」

「しょうがないですね」

そんな風に軽口を交わしながら、若葉は〝楽しい〟と感じていた。可愛い言葉は言えなくとも、このやり取りがとても親密に思えて。お互いに心を許しているかのように感じて。

ブオォと音をたてながら、御影の髪の毛を乾かしていく。手ぐしで整えていると、彼の髪質は硬めであることがわかる。癖《くせ》はなく綺麗に伸びている。若葉は自分とは正反対な髪質を羨《うらや》ましいと思った。

御影の髪を乾かし終えた後、二人で朝ご飯を食べた。若葉もおじやを少し分けてもらう。

御影は体調が回復したこともあって、おじやだけでは足りず結局うどんまで食べ切っていた。

ただ意外なことに、どうやら梅が苦手らしい。レトルトのおかゆなど買ってきたものは何かあった時に食べてくれればと伝えたら、梅味はいらないから持って帰って良いと言われた。あまり食べ物の好き嫌いがないと思っていたので驚いた。それ以外に納豆や目玉焼きも好きではないと言われたので、一応覚えておく。

結局土曜の夜まで一緒に過ごしてから帰宅し、日曜日は自分の家の家事をやって——

という慌《あわ》ただしい休日となった。

そんな日曜の夜、食器を洗っている時に突然背中がぞくりと冷えて、持っていたコップを落として割ってしまった。御影と過ごした楽しさで膨らんでいた心が一瞬で萎《しぼ》み、不安な気持ちが渦巻き始める。

この感覚はつい先日、歓迎会の時にも感じたことがある。

何故だかその時以上に、嫌な出来事が起こるような予感がした。

第五章　カカオ99％みたいな苦い過去

翌日の月曜日。不安な気持ちを押し殺しながら出勤したが、その日は特に何事も起こらなかった。気のせいだったかと安堵《あんど》して、一週間を過ごす。やがてそんな不安が薄らいできたある日のこと。

お昼ご飯を食べた後に、自販機でレモンティーを買い、外階段へとやってきた。ここは会社の中でも穴場的なスポットで、ビルの間を通る風が気持ちが良く、少しぼんやりするにはちょうど良い。以前はこっそり煙草《たばこ》を吸う人がいたのだが、最近はビルの喫煙規制が厳しくなり、めっきり人が来なくなってしまった。

若葉はレモンティーを一口飲んでから、手すりの上に腕を組んでもたれかかる。今日は天気も良く過ごしやすい日だ。

「はー、……気持ち良い」

仕事に戻らずにこのまま日向《ひなた》ぼっこをしたくなる。その時、後ろからドアが開く音がした。

「なんだ、鏑木もここで休憩か？」

「はい、御影さんもですか？」

御影はよく飲んでいる缶コーヒーを軽く上げて見せると、「その通りだ」と返してきた。彼とならこのまま少し一緒にいたい気持ちはあるが、ここに二人きりでいて誰かに見られたら噂になるかもしれない。そう思い、御影に一言断って戻ろうとした時、間の悪いことにまた人が来てしまった。

「あれ？　御影さんに……鏑木？」

「え？　御影さんがいるんですかぁ？」

おまけに来たのは大川と中田という、若葉にとってありがたくないコンビだった。

「あれぇ、なんで二人一緒にいるんですかぁ？」

相変わらず甘ったるい声色だ。女子からすれば〝作っているな〟と感じてしまうのだが、男にはそれが可愛く見えるらしい。

「たまたまここで会っただけだ。それにお前らこそ二人でどうした」

「大川さんがぁ、休憩にいい穴場があるからって教えてくれてぇ」

「一息ついたりすんのにちょうど良いんで、中田にも教えておこうと思って」

それが今だったというわけらしい。教えるなら今日でなくてもいいのに。若葉は顔に笑みを貼りつける。

「それじゃぁ、私はもう戻りますね」

「えー、そんなぁ！　せっかくですから、少しお話しませんか？」

ドアへと向かおうとした若葉を、中田が止める。

「え……っと……」

「いいじゃん、後輩が話をしようって言ってんだから。してやれよ」

どうやって誤魔化《ごまか》して部署に戻ろうかと思っていたのに、大川の援護射撃によってここにいることが決定した。ここで何とか逃げ切っても、後で何か言われる可能性が高い。

「あー、鏑木」

若葉の考えを察した御影が口を挟もうとするが、それを知ってか知らずか中田が若葉に話しかけてくる。

「そうそう！　私、鏑木さんの大学の後輩なんですよー！」

「……え？　あ、そうなの？」

若葉は、今になって中田がそんなことを言い出したことに首を傾《かし》げた。

確か以前大学名を聞かれたことはあるが、その話がどうしたというのか。

「私が入った頃には、鏑木さん卒業しちゃってたんですけどねぇ。私が入ったサークルって、卒業したOBやOGが頻繁《ひんぱん》に顔出して一緒に飲んじゃおう、っていう感じのサークルだったんですよぉ。だから、今でもサークル内の人達とは交流があって、仲が良いんですぅ」

「なに？　鏑木もそのサークルだったってことか？」

「まっさかぁ！　うちのサークル、派手な人達の集まりですからぁ。よくクラブとか行っちゃうような感じだったんですよ？　鏑木さんみたいな真面目な人が入るわけないじゃないですかぁ」

中田の台詞《せりふ》には、真面目と言いつつもどこか若葉を見下すニュアンスがあった。つまり、若葉のような地味な女が、自分達のような勝ち組サークルに入れるわけがない、と言いたいのだろう。

「それでぇ、ＯＢに茂《しげる》さんって人がいるんです」

「……っ」

その名前をこの場で聞くとは思わなかった。若葉は思わず息を呑む。中田は若葉の反応を見逃さず、にこにこと笑っている。そこに邪《よこしま》な気持ちがあることなど、おくびにも出さずに。

「茂さんがよく話してくれるんですよぉ。大学時代のある女の子の話」

「ふーん、その女の子がどうしたわけ？」

大川が続きを促《うなが》すが、若葉からすればやめてほしかった。

御影も若葉の反応に気付いたのか、眉間に皺《しわ》を寄せながら口を開く。

「その女の話が、なんで鏑木に関係あんだよ。俺らにも関係ないことだろ」

時間の無駄だとばかりに若葉の背中を押して中に入ろうとするが、ドアの前には中田と大川が立ちふさがっている。中田はそこから動こうとせず、大川は中田と御影を交互に見てどうするべきか考えているようだった。

「いいじゃないですかぁ、少しぐらい！　……その女の子はですね、その茂さんに〃家政婦〃って呼ばれてたんですよぉ」

「家政婦？　バイト代とか出して同じ大学の子を雇ってたってこと？」

中田の話に興味を引かれたのか、大川が質問する。

「違いますす違います！　その女の子、ちょっと鈍《にぶ》かったみたいでぇ、自分が茂さんと付き合ってるって勘違いして、家押しかけて掃除とか洗濯とかしてたみたいなんですよぉ。イタイ子ですよねぇ」

「うっわー、それはないわぁ。その茂さんって人もマジ迷惑だったろうなぁ。ストーカーじゃん」

お腹でぐつぐつと煮えたぎる何かに、上から冷水をかけられている――そんな熱くて冷たい相反した感情が若葉の中で渦巻く。ぎゅうっと爪が掌《てのひら》に食い込むぐらいに拳を握り、今にも倒れそうな足を何とか踏ん張って、下唇をぎゅっと噛みながら必死に羞恥心《しゅうちしん》に耐える。

何か言いたかったが、何を言えばいいのかもわからなかった。頭の中が真っ白になって、どんな言葉も浮かんできてはくれない。こんな時、いつも自分が嫌いで嫌いで堪《たま》らなくなる。

嫌な予感というのは、どうしてこんなにも当たってしまうのだろうか。御影の勘の良さなら、この話が知らない誰かの話ではなく、若葉の話だということに気付いているだろう。

御影には知られたくはなかった。地味でも、お母さんと呼ばれても、御影だけは若葉を女として扱い、優しくしてくれた。

自分達の関係が何というものなのかは未だにわからないし、上手に想いを受け取ることも、素直に言葉を受け入れることもできなかったが、大事にしてくれていたことは気付いていた。

だから、知られたくなかった。

悔しくて悲しくて恥ずかしくて苦しくて辛くて——身体がいろいろな感情で震える。

長くて短い時間が四人の周りを流れていく。ここに来てすでに三十分以上経っている気もするが、実際はまだ五分ほどなのかもしれない。時計を見る余裕など今の若葉にはなかった。

俯《うつむ》いて耐える若葉の顔を、中田が笑いながら覗《のぞ》き込んできた。

「ねぇ、鏑木さん。どうして勘違いしちゃったんでしょうねぇ」

「……あ、もしかして！　鏑木がっ……!?」

大川は、口を大きく開けたまま笑いを堪《こら》えるような顔で若葉を指さす。

その瞬間、御影の手が大川の頭を掴むのが見えて、若葉は驚く。

「み、御影さん!?」

「大川、テメェちょっと黙れ」

まるでヤクザのような振る舞いに、冷たい声。大川が青ざめた顔でこくこく頷《うなず》くと、御影は手を離す。恐怖のせいか、大川はそのままずると下に座り込んだ。

中田も御影の突然の行動に、驚きと恐怖が入り混じった顔で唇を震わせている。

「おい、お前、何が楽しい」

「……ひっ、え……あ……」

「他人のこと貶《おとし》めて何が楽しいんだよ。それにな、その女はイタイわけでもストーカーなわけでもないだろ。男がそういう風に仕向けたんだろ、どうせ。男がただのクズってだけの話だろうが」

舌打ちしながら御影は前髪をかき上げる。

「中田、二度はないぞ。おい、大川。お前もいい加減にしろ。お前の言動も目に余るぞ」

「は、……はぃいっ」

「この話は他言無用だ」

その言葉には、〝もし言えばどうなるかわかっているんだろうな〟という意味も含まれているのだろう。それがわかったのか、大川も中田も青ざめたままバタバタと中に戻っていった。

「若葉、来い」

「……っ」

御影が手を差し伸べてくる。その手を取った若葉は、次の瞬間、痛いほどに強く抱きしめられた。

「まだ泣くなよ。今日の夜、俺の家に着いてからだ」

コクコクと何度も頷きながら、泣きそうになるのを必死に我慢する。ここで泣きたくはなかった。泣けば何かに負けるような気がした。

午後の仕事は散々だった。感情がうまくコントロールできず、何度も何度も泣きそうになるのを必死に我慢していたため、業務がはかどらなかった。大川は気まずさからか、それとも元々アポがあったのか外回りに出ていて、中田は中田でとても機嫌の悪そうな顔で仕事をしていた。

聖川や沙織、そして小山は若葉を心配して声をかけてくれたが、若葉は「大丈夫です。すみません」と誤魔化《ごまか》すように謝るしかできなかった。

こういう時、御影のようにもっと切り替えの利く頭と心が欲しいと思う。あんな昔話をされたぐらいでぐらつかない強い精神も欲しかった。が、欲しいと願ってみても、若葉は結局若葉以外にはなれない。相も変わらず、弱虫で泣き虫のまま。

定時を待って、今日はさっさと会社を出ることにした。この状態で残っていても仕事にはならない。御影は退社までもう少しかかると連絡が来たので、先に御影のマンションの最寄り駅付近にある珈琲《コーヒー》ショップで待っていることにした。

ホッとしたいという気持ちから、なんとなくココアを注文する。窓際のカウンターに腰を下ろし、人々が行き交うのをぼんやり眺めながらココアを一口飲む。

温かいココアが身体に染み込んでくる。冷たくなった指先や心が、次第に温まっていく。

御影には詳しい話をすべきだろう。たとえ無言を貫《つらぬ》いたとしても、御影は黙って受け入れてくれるとは思う。〝無理して話さなくても構わない。お前が言いたい時に言えば良い〟ぐらいのことは言いそうだ。そういう人だ。

話すなら、今も黒く塗りつぶしてしまいたいあの過去を思い出さなければならない。

とは言っても、この数年間、決して忘れたわけではないし、心が癒《い》えたわけでもない。

あの過去は、今なお若葉の胸の中に存在する傷だった。

それをこうして暴かれ、誰かに明かそうとすれば、その傷は刃を立てたように血を流し始める。

自分はあの大学時代から何も変わってはいない。前に進んでいるように見せかけて、ただ上を向いて足踏みしていただけだと、気付いてしまった。いや、気付くことができた。

それは御影のおかげだ。そして気付いてなお、その事実から逃げずにまだ踏みとどまれている。

息を大きく吸って少しずつ吐く。心が静まるように、冷静に話ができるように、ココアを飲み干した。

一時間ほどしてから御影がやってきて、無言のままに若葉の手を引きマンションへと向かった。

三度目の御影のマンション。リビングに連れてきてもらい、荷物を置いてから二人でソファーに座ると、御影が若葉を抱き寄せ、ゆっくりと肩をさすった。

大丈夫だと、傍《そば》にいると伝えてくれているような気がした。若葉はぽつぽつと話し始める。

「……私、大学時代は……いいえ、大学時代もいわゆる地味グループに分類される人間だったんです。友達もそう多くはありませんでした」

最初の頃仲良くなった女の子達とは、自分を引き立て役扱いしていると知って以来、離れてしまった。廊下ですれ違う時に挨拶《あいさつ》ぐらいはしたが、自分から声をかけることも、向こうから誘ってくることもなかった。

決して苦しくて辛いことばかりではなかったが、いろいろなことがあった大学時代だった。

「少し、長くなるかもしれないですが……聞いてもらえますか?」

「あぁ、ゆっくりでいい」

実のところ、言いたくないという思いはまだある。けれど、それでは何も変わらないし、これまで守ってくれたこの人には、自分の口から何があったのかを伝えておきたかった。

言葉は荒いし、行動も強引で、こちらのことなんかお構いなしにズカズカと若葉の心に踏み込んできて居座ってしまった。戸惑うばかりでどうすればいいのかわからないのに、それさえもわかっていると言いたげに自分を見守り、大事にしてくれた。

うまく話せるかはわからないけれど、最初から伝えていくべきなのだろう。

一度、目を瞑《つむ》ってから両手を握り締め、深呼吸をする。

そうして若葉は、御影に抱き寄せられたまま、言葉を紡《つむ》ぎ始めた。

——大学三年生の、夏のテストが始まる前の頃。ある授業を一人で受けていた若葉は、終了のチャイムが鳴り、片付けを始めようとした時に、後ろから声をかけられた。

「ねぇねぇ」

「え？　はい……」

振り返ると、見るからにチャラいタイプの男子がそこにいた。若葉は何故自分に声をかけてきたのかわからず、首を傾《かし》げる。

「悪いんだけどさー、俺ボード書き切れなくて。ノートコピーさせてくんね？」

「あぁ……、いいですよ」

これが若葉と茂の出会い。茂は若葉より一学年上だったが、遊びすぎて卒業に必要な単位が足りず、下の学年の子達に交じって授業を受けているのだという。お互い一人でその授業を受けていたこともあって、先に来た方が相手の席を取ったりしているうちに、テスト期間に入る頃には仲の良い友達になっていた。

テスト最終日には、茂に誘われて彼が所属しているサークルの打ち上げに参加した。

打ち上げ会場である居酒屋に顔を出すと、すでに二十人近くのメンバーがいて、こんなに集まるものなのかと驚いた。いろいろなタイプの子がいたが、男子も女子も皆あか抜けていて、若葉とは正反対のタイプの華やかな人達ばかり。

違う世界の人達と思いながらも、彼らと自分、いったい何が違うのかが若葉にはわからなかった。

夜も十一時近くになったが、場は盛り上がり、夜を徹してカラオケをすることになった。若葉は断ろうとしたのだが、茂達が誘ってくれたので結局参加することになった。とはいえ、大人数の初対面の人達と一緒にいるのはさすがに疲れてしまい、受付付近のソファーに座って一息つく。

すると、茂のサークル仲間が煙草《たばこ》を吸いに近くまで来ていた。ただ彼らの位置からはソファーは死角になっていて、若葉の姿が見えない。

「茂が連れてきた子さ、なんか〝お母さん〟って感じしね？　雰囲気が」

「わかるわかる。おかんってあんな感じだよなぁ、せっせと周りの世話焼いてみたり注文取ってみたりな。こっちは楽だからいいけど」

「にしても、茂も地味な女連れてきたよなー。勘違いされたらどうするつもりなんだか」

「勘違いしてたらマジ痛いヤツだわー」

まだ二十一歳の若葉は、ひどくショックを受けた。自分が地味なのは理解しているが、何故そんな風に言われなくてはならないのか。両手で顔を覆いながら、下唇を噛んで必死に泣くのを我慢した。

泣きたくない、泣きたくない、泣きたくない。心の中でそう何度も呟《つぶや》く。

「おーい、お前らいい加減にしろよー」

「げ、茂」

「あいつは俺がいい奴だと思って連れてきたんだけど」

「悪い悪い、ちょっと調子のったわ」

ゲラゲラと汚い笑い声が響く。

〝ちょっと〟どころではない。そう思いながら鼻を啜《すす》る。こんな状態で戻るわけにもいかないのでそのままそこでじっとしていると、若葉が座っている場所に影が差した。上を向くと、茂が困ったような顔で立っていた。

「悪い、あいつらが馬鹿言って」

「……っ」

「悪い奴らでは、ねぇんだけど。でも、あれはねぇよな」

茂はガシガシと頭を掻く。

「お前、あぁして嫌な思いとか辛い思いとか何度かしてるんだろ」

どうしてそんなことがわかるのか、それともそういう風に見える何かが自分にあるのか。今何も答えられないことこそが答えだということに、その時の若葉は気付かなかった。

「辛かったな。でもお前は悪くねぇからな。お前はそのまんまでいいんだよ。無理なんかしなくていい。つぅか俺がこんなんだからお前に嫌な思いをさせちまってんのかもしれないいんだけどよ」

「そ、んな！　茂は悪くないよ……。ありがとう……」

その優しさが、嬉しかった。

その後の夏休みは、度々茂と会った。家事が苦手だと聞いてからは、彼の家に行き、炊事《すいじ》や洗濯、掃除といった家事を引き受けるようになっていた。

そんな関係ではあったが、夏休みが明けて大学が始まっても、茂との関係は前にも後ろにも進まない。それでも若葉は、休日や休講の時には彼の部屋に行き、あれやこれやと世話を焼いていた。

キスもしない二人の関係は、さすがの若葉ももどかしく思ったけれど、彼の「お前を大事にしたい」という言葉を信じ、あえて自分から求めるようなことはしなかった。

そんな日々を数ヶ月過ごし、やがて冬の香りがし始めた頃。大学の広場で茂の友人達が笑いながら話す声が若葉の耳に届く。その内容は若葉にはとても笑えるものではなかった。

グループの中で誰が最初に女を口説き落とせるか――その賭《か》けは、夏休み前に知り合った女を見事落とした男の勝ちとなった。

本来なら賭けが成立した時点で女と手を切る予定だったのだが、その女は料理がうまい上に、掃除も洗濯も勝手にやってくれる。甘い言葉でタダ働きしてくれる〝家政婦〟は使い勝手が良い。

それが自分と茂のことだというのは、すぐにわかってしまった。

これまでも心のどこかに不安が巣食っていた。だからこの話を聞いて〝やっぱり〟と思った。

「……そ、っか……」

いろいろな色の絵の具が混じり合うかのように感情がぐちゃぐちゃになっていく。

それでも、あの時――最初の打ち上げの日に貰った優しさは確かに存在していたのだ。

きちんと茂の話を聞いてから決めようと、ふらふらと大学を出た。

茂のアパートまでやってきてチャイムを鳴らそうとすると、かすかに声が聞こえてきた。

ここのアパートは壁がとても薄く、おまけに窓やドアが少しでも開いていれば声が筒抜けになってしまう。どうやらドアがきちんと閉まっていなかったらしい。聞こえたのは茂の声と、女の声。

「はー、マジ気持ちよかったわ」

「茂がっつきすぎー、もう少しちゃんと前戯してよー。ちょっと痛かった」

「わりぃわりぃ！　最近ヤッてなかったからさー」

「え、あの家政婦ちゃんとはしなかったの？」

「は？　やるわけないだろ。あいつ絶対処女だぜ？　めんどくせーっしょ」

「ふぅん。じゃぁ、本当に家政婦扱いしてたんだ、家政婦ちゃんのこと」

「当たり前。賭けのこともあったたし、ちょーっと優しくしてやったら、勘違いしてんだわ」

「うわー、本当、茂最低。家政婦ちゃんもかわいそー、こんな男に捕まっちゃうなんて」

「うっせ。ま、就職も決まって卒業すっし、自然消滅狙う」

直接聞く手間が省けたと言えばいいのか。いや、聞いても聞かなくても結果は同じだったのだろう。不思議なもので、何の感情も湧かなかった。

声をかけることもなく踵《きびす》を返して家に帰り、紅茶を淹《い》れる。そしてしばらく水面にゆらゆらと映る自分の姿をぼんやりと見つめていた。

すると水滴が落ちて、カップの中に波紋が広がる。それを見て若葉は、やっと自分が泣いていることに気付いた。色とりどりに混ざり合った感情に水が落ち、そのまま洗い流されていく。

蹲《うずくま》って声を出して泣いた。

人とは愚かなもので、自分のことを客観的に見ることができない。それで自分だけは大丈夫、自分だけは特別な存在なのだと信じてしまう。心の奥にいる自分は現実を理解していて、何度も何度も間違っていると叫んでいたのに、若葉はねじ伏せるように目線を逸らして蓋《ふた》をしていた。

自分自身で引き寄せた結果がこれなのだ。

その時はまだ痛くて痛くて苦しくて、血を流さんばかりに傷ついていたけれど、いつか血が止まりかさぶたとなって治ってほしい——そう願うしかできなかった。

それから茂のアドレスは削除し、携帯の着信拒否をした。

大学で遠くからその姿を認めても、お互いコンタクトを取ることは一切なく——

そのまま茂は大学を卒業していった。

「それからは平穏な大学生活でした。その時支えてくれた友達もいたので何とか元気になりました」

若葉はそう言いつつ苦笑する。本来ならもっと簡潔に伝えられたはずなのだが、思ったよりも時間がかかってしまった。

「本当に、よくある話なんです。どこにでも転がっているような話」

今思えば、茂に抱《いだ》いていた気持ちは恋愛感情などではなかったのだろう。

茂は最低な男だったかもしれない。けれど若葉だって、違和感に気付いていながら気付かないふりをしていた。何も手に入れていなかったのに、手に入れたと勘違いしていたあの頃、自分はどこまでも浅はかで子どもだった。

その後数年という月日を経て、身体は大人になり、社会人として日々生きている。だが、恋愛という部分に関しては、以前と変わらず子どものまま。茂とのことは、表面上は見えなくなっていても、ふとした瞬間に付きまとう影のような存在となってしまった。だから、男性と向き合うことが怖くて、心を触れ合わせることが怖くて、殻《から》に閉じこもるようになった。もう恋なんてしたくないと思っていたから、御影に対しても何度も何度も心に予防線を張り、傷つかないように自分で自分を守っていた。けれど――

御影の優しさに包まれて、少しずつ殻の外に出ることができた。弱かった自分を見つめて、消してしまいたい過去と向き合ったら、やっと流れていた血が止まり、傷はかさぶたになった。

「若葉」

ずっと肩を撫《な》でていてくれた御影の手が止まり、真っ直ぐな視線が若葉に届く。そしそっと壊れ物を扱うような手つきで頬を優しく撫でられた。されるがままになっていると、御影は若葉の膝裏《ひざうら》に手を入れ、そのまま膝の上に乗せて強く抱きしめてくる。

「……ありがとう」

「え？」

「言いたくないこと言ってくれて。それと、ごめんな」

何故御影が謝るのかがわからない。どんな顔で言っているのか気になったけど、強く抱きしめられているので確かめることができない。見えるのは、男らしい首と少しだけ緩《ゆる》められたネクタイ。

しばらく無言で抱きしめられた後、ゆっくりと腕の力が弱まる。若葉の顔を覗《のぞ》き込む御影の表情は、今までで一番優しかった。

「ちゃんと言葉にしてなくて悪かった。若葉、俺はお前が好きだ。一人の女として。……だから俺と付き合え」

「……ふふ、それ命令ですか？」

「あぁ、命令。それに、俺はお前との将来も考えてるからな」

当たり前のように告《つ》げられた言葉に、若葉は固まった。将来とは、そういう意味と捉《とら》えていいのか。

「ま、その話はもう少し置いておこう」

額《ひたい》と額が合わせられ、唇に触れるだけの口付けが降ってくる。頬や耳にも何度も何度も口付けられて、温かい息がかけられる。

「んっ」

官能的とは言いがたい軽い口付けだが、恥ずかしさで息が上がっていく。片手を恋人繋ぎされると、そのまま御影の唇まで持っていかれ、甲に口付けられた。

「俺はお前の傍《そば》にずっといてやる。俺がその傷ついた心ごと貰ってやる」

「……っ、み、かげさんっ」

上半身を起こして、御影の首に腕を巻きつけ、その頬に唇で触れる。

ほろりと若葉の頬に零《こぼ》れた雫は、決して悲しさゆえのものではない。何度感謝しても し切れないのに、〝ありがとう〟の言葉がうまく出てきてくれない。

慰《なぐさ》めるように背中を撫《な》でる温かい手に安堵《あんど》しながら、若葉は幸せを噛みしめた。

明日は平日である上に、精神的に疲労してしまった若葉のことを考えてか、御影は特に何もせず、ただ若葉を抱きしめて眠った。若葉も御影を抱きしめながら眠りにつく。

こうして共に床につくのは何度目のことか。けれどいつも御影に背を向けていた。それは、毎晩疲れ果てていたので向き合う余裕がなかったというのもあるし、若葉が御影に対し予防線を張っていたからというのもある。

御影の体温は若葉には少し熱すぎるが、幸せだと感じられる。胸が高鳴るものの、とても安心できる。彼は若葉の話を聞いて、言葉をくれた。きっとこれからも、くれるだろう。若葉が不安がらないように、その心が揺れないように。

ふと目を開けて、すでに寝息を立てている御影の顔を見つめる。

それから改めて御影に抱きつき直し、眠りについた。


スマホのアラームが枕元で鳴り響いている。若葉は寝ぼけ眼《まなこ》で、時間を確認した。

いつもの起床時間より一時間は早かったので、うっかり二度寝しそうになったが、目の前にある御影の胸元を見た途端、一気に目が覚める。昨夜は何も持たずに御影の家に来てしまったので、一度帰って着替えなければならないのだ。

もそもそとベッドから出ると、眠い頭がゆらゆらと揺れたが、何しろ時間があまりない。

寝間着代わりに借りた御影のTシャツを脱ぎ、昨日着ていた服を着てから、軽く髪の毛を整える。

そうして家を出る準備を済ませてベッドの端に座り、御影の顔を覗《のぞ》き込んだ。

不思議なもので、昨日「付き合え」という言葉を貰えたせいか、若葉の中の意識が大きく変わった。先日までは確かにあったはずの御影への予防線が消えていた。それに、今まで何があろうと上司と部下という意識がなくならなかったのだが、恋人になった途端、部下としての遠慮や線引きもなくなった。これは若葉にとって、とても大きな一歩だった。

「御影さん」

「ん、んー……わかば……」

「おはよう。私、家に帰って着替えなきゃならないので、先出ますよ。寝坊しちゃ駄目ですよ」

「まだ……」

〝行くなよ〟という言葉がかすかに聞こえたが、そのまま眠りについてしまったらしい。若葉もまだここにいたいが、そういうわけにもいかない。一言声はかけたので、後はリビングのテーブルの上にでもメモを置いていこう。朝ご飯を作ってあげたかったが、さすがに時間がない。

眠る御影の頬にちゅっと音を立ててキスをし、荷物を持って御影の自宅を出る。玄関先にあった鍵でドアをロックして、玄関のポストの中に落としておく。

外に出れば、気持ちのいい風が吹いていた。過去を話したことでスッキリしたのか、御影と恋人同士になれたからなのか、目の前に広がる景色が優しく見えた。

アパートに戻り、シャワーを浴びて着替えを済ませてからスマホを見る。すると御影からのメールが届いていた。【また後で】と短い一文ではあったが、それがとても嬉しいとも思えた。

自分はこんなにも単純な生き物だったのかと思い知らされる。昨日あったことなども、う気にならない。中田にも笑顔で挨拶《あいさつ》できる気がする。とはいえこんなに浮かれていては御影にも迷惑をかけてしまいそうなので、大きく深呼吸をしていつも通りに頭を仕事モードに切り替えて会社へと向かう。

そしていつものカフェで紅茶を頼み、途中でいつものように朱利と会って話をしながら歩く。

「若葉、何か良いことあった？」

「え、……わ、かる？」

「うん、わかる。あ、でもわかる人は少ないかもよ？　私も、いつも通りだけど何か機嫌よさそうだなぁって思っただけだし」

「うーん、と。詳しいことはランチか夜にでもどう？」

「今日はちょっとランチも夜ご飯も難しいのよ。明日のランチか……、土日のどっちかなら」

「わかった。私はいつでも平気だから朱利に合わせるよ。連絡ちょうだい」

憚《はばか》られる。

「はーい」

朱利に御影とのことを報告したいと思うが、さすがに会社の人間も多く通る道端では

付き合うことをオープンにするか否《いな》かは、まだ御影と話し合ってはいない。下手にバラして御影ファンとトラブルが起こるのも怖いし、かといって、黙っていて女性が御影に近付くのを何も言えず見ているのも嫌だと思う。もし自分がもっと美人だったら——とも思うが、そんな風に自分を卑下《ひげ》しすぎるのも御影に失礼だろう。それぐらいなら、御影のために少しでも努力をしたい。

朱利と別れてから、自分の部署へと向かい、いつも通りに自分のデスクに着く。幸い皆、昨日の若葉の状態については気にしていないようだ。仕事を開始する前に化粧室に向かうと、途中で後ろから声をかけられた。

「鏑木」

声で誰なのかは判別できた。振り返りたくないと思いつつ、若葉は小さくため息をついて振り返る。

「……、おはようございます。大川さん」

「あー、の……。少しだけいいか？」

「……ここでは駄目なのでしょうか？」

自販機の方を指さす大川にそう返すと、大川は何故か慌てたように「あー、えっと」などと言葉を濁《にご》し始める。そして若葉の身体越しに誰かを見つけ、手を上げて手招きする。

「小山！　小山！　お前もちょっと一緒にいてくれ！　鏑木も、俺と二人は嫌だよな。悪い。五分でいいんだ」

「……わかりました。小山さんも一緒なら」

ここで了承しなければ、昼休みや仕事帰りにも同じようなことになりそうだ。小山がいるのであれば、何かあった時に止めてくれるだろう。大川は近付いてきた小山に小声で何かを説明すると、小山は「仕方がない」と呆れたようにため息をつく。そうして三人で自販機付近へとやってきた。

すると大川は突然、若葉に頭を下げた。

「鏑木！　今まで申し訳なかった！」

「い、いきなりなんですか」

「俺、鏑木があんまり怒らないから、〝お母さん〟とか言っても許してくれてる、これはこれで楽しんでいるんだって、ずっと思ってたんだ。そんなわけないって、昨日御影さんから怒られてやっとわかった」

話を聞くと、大川は昨日仕事が終わった後に御影に呼び出され、いろいろと説教されたらしい。ついでにそれを小山に話したら、小山にも怒られたという。

「そ、昨日こいつが珍しく落ち込んでるから、飲みに行って話を聞いたら、今まで鏑木さんに嫌な思いさせてたことに気付かなかったとか言うもんだから、俺からも説教したんだ」

「小山さん……」

「俺からも謝らせてほしい。何度も注意していたつもりだったんだけど、もっと俺がこいつに言うべきだったんだ」

「そんな！　小山さんが謝ることではないです！　私も面倒くさがって注意したり、怒ったりとかしなかったですし……本当なら、嫌なことは嫌だとハッキリ言うべきだったんです」

これについては若葉も悪かったのだ。嫌なことを嫌だと言わずに、笑って流していた。だから相手は、若葉が本当は傷ついていることなど気付かなかった。気付くはずがないのだ。言わなければわからないのだから。

「本当に、悪い。これは俺が謝りたくて謝ってるんだ。だから、許してくれとは言わない。……聞いてくれてありがとう」

大川はもう一度頭を下げた。そして小山には聞こえないように、「昨日のことは絶対に誰にも言わないし、忘れるから」と言ってきた。もしかしたら飲みに行った時に、小山に昨日のことを話したのではないかと思ったのだが、安心した。

大川のような男はどこにでもいる。ただ、こんな風に謝罪してくれる人は少ない。そう考えると、大川は裏表のない素直な人間なのかもしれない。きっと二度と〝お母さん〃などと若葉をからかったりしないだろう。これまでのことは簡単に許せるものではない。けれど許す許さないはまた別にして、大川の謝罪は受け入れることにした。

先に戻ると言った大川と小山を見送ってから、若葉は化粧室に向かう。出社の時にあれほど昂《たか》ぶっていた気持ちは、少し落ち着いている。

これはこれで良かったのかもしれない。こうして大川の謝罪を受け入れることができたのも、御影のおかげだ。でなければ、謝られたところで受けた痛みは変わらないと心の中で悪態をついていたかもしれない。

少しずつでいい、成長して少しでも強くなりたいと思った。

第六章　恋人が作ったトマトパスタ

昨日の午後の業務はボロボロだったため、今日はそれを挽回《ばんかい》しなければならない。聖川と沙織は昨日のことを心配してくれていたが、今の若葉の顔を見て大丈夫そうだと安心している。

大川と小山は外回りに出ていき、中田はいつも通り時間ギリギリに出社していた。中田は、昨日に引き続きとても不機嫌そうだった。

仕事をしていると朱利からメールが届き、明日一緒にランチを取ることにした。御影とのことを誰かに話すのなら、最初は朱利が良い。

「鏑木、この資料の清書頼む」

「はい！」

御影から仕事を頼まれたので、資料を受け取り自分の席に戻る。内容の確認をしようと数枚捲《めく》ると、中の一枚に青い付箋《ふせん》がついていた。何かの指示かと思ったのだが、そこには【今日の夜、俺の家で飯】という綺麗な文字が書かれていた。驚いて御影の顔を見そうになったが、必死に顔を真正面に固定し、その付箋を外して手帳に挟んだ。

顔がにやけそうになるのをどうにか堪《こら》え、資料の清書を始める。付箋で連絡とは、なんて古典的なオフィスラブの手段なのだろうか。けれど実際にこれをやられると、結構な破壊力があることを実感した。

少し前まではあれほど予防線を張り、彼に対して壁を作っていたのに、こうして恋人同士になった途端、ちょっとしたことで感情が溢れてくる。が、浮かれてはいられない。

この会社では社内恋愛は禁止ではないが、公私混同はしない、仕事を疎《おろそ》かにしないなどといった暗黙のルールは存在する。

何しろ御影は若葉にとって初めての恋人なのだ。彼に迷惑をかけることだけは避けたい。

若葉は気を引き締めようと頭を軽く振ってから、また仕事をこなしていった。

仕事が終わってから若葉は一旦自宅に帰り、御影のマンションに行く支度をする。御影はまだ帰れないようなので、先に部屋で待っていることになった。

先ほど御影は、会社で仕事の話をするふりをしながら、マンションの鍵を渡してきた。さすがに受け取るのに躊躇《ちゅうちょ》したが、無理矢理握らされ「俺のため」と言われれば、断ることなどできるはずもない。御影は特に何も言わなかったが、念のため泊まる準備もしておく。

若葉はマンションの最寄り駅近くのスーパーで夕飯の買い物をしてから、御影の自宅へと向かう。

エントランスに立った時、本当にこの鍵を使っていいのかと、不安に駆られた。御影が良いと言っているのだから、良いはずなのに。少し落ち着いたら、結局こうして以前の卑屈《ひくつ》な自分が顔を出す。若葉はそんな自分に苦笑せずにはいられない。

鍵を使って玄関まで行き、誰もいないとわかっていながら、小さな声で「お邪魔しまーす」と言って部屋の中へ。玄関の鍵を締めてリビングへと向かう。

若葉はソファーの近くに自分の荷物を置くと、ジャケットを脱ぎ、随分昔に買ったストライプのショートエプロンを身に付ける。夕飯の支度だ。

今日もスーパーで何を作ろうかといろいろ考えた。仕事終わりであまり時間はないし、今まで作ったことがないものを作って失敗するのも怖い。なので自分が普段よく作るものにしようと決めた。

お米をといで三十分ほど置き、その間にハンバーグの下準備を始める。フードプロセッサーなどはないので、玉ねぎを包丁でみじん切りにする。炒めてしんなりさせるのもいいが、玉ねぎのシャキシャキ感を残したいのでひき肉に刻んだ玉ねぎをそのまま放り込む。続いて卵や塩コショウ、細かく刻んだ固形ブイヨンを入れて混ぜ合わせる。途中、忘れないうちに炊飯器のスイッチを押す。

　牛乳に浸しておいたパン粉をひき肉に混ぜながら、御影のことを考える。御影が好きなのはシンプルな味付けだろうか。やはりデミグラスソースやトマトソースなどを作るべきか。大根おろしとしそでもいい。そんなことを考えていると、御影からメールが届く。あと三十分ほどで帰ってくるようだ。

　少し急がなければ。付け合わせのじゃがいもなどをふかし、フライパンの準備をする。

　ハンバーグを焼きながら、ふと、御影が帰ってきたら何と呼ぼうかと考える。御影は若葉のことを名前で呼ぶが、若葉は御影を苗字で呼んでいる。仕事とプライベートでうまく切り替えられるかわからないが、こうして恋人同士になったのだから、二人きりの時は若葉もやはり名前で呼びたい。

　御影が帰ってきたら名前で呼んでみよう。もし嫌がられたら、元に戻せばいいだけの話だ。

　そう決意したところで、食器棚からお皿を出して盛り付けをする。

　ハンバーグに、付け合わせのじゃがいもと人参《にんじん》のグラッセ。ご飯茶碗がなかったので、白い小さめのお皿を代わりに用意し、炊飯器の近くに準備をする。スープは簡単な野菜スープを作っておいた。こちらは先日御影が風邪を引いた時に使った味噌汁のお椀に入れる。

　するとチャイムが鳴り、インターホンを見ると御影の姿。エントランスの鍵を開けて、今か今かと玄関のチャイムが鳴るのをうろうろしながら待つ。数分もするとチャイムが鳴ったので、覗《のぞ》き穴で御影であることを確認し、軽く深呼吸。鍵を開けて迎える。

「お、お帰りなさい。ゆ、ゆ、ゆ、ゆっ悠麻しゃん」

緊張しすぎて、とてつもなくどもってしまった。あげくに最後は噛んでしまい、もう穴があったら入りたい。

御影はただ目を見開いている。やはり名前で呼ぶのは嫌だったのだろうか。すると、突然腕を取られて壁に押し付けられ、そのまま唇を塞《ふさ》がれた。

「んんっ⁉」

「は、……帰ってきてそうそう煽《あお》んな」

「ん、あっ……煽って……ないっん――」

少し離れたと思った唇が、すぐにまた合わされる。わずかに開いた唇の中にぬるりとした熱い舌が入ってきて、口蓋《こうがい》を舐められ、舌と舌とをすり合わせられる。口の中に溜まった唾液をうまく呑み込むこともできず、口端からつぅっと垂《た》れていく。御影の舌がそれを舐め取り、そのまま頬や耳付近に口付けを落とされた。

服の中に御影の手が入り込み、素肌の背中を撫《な》でられる。身体は熱くなっていき、快感が走って喉《のど》奥から欲求がせり上がってくる。このまま流されては駄目だ。若葉はこの快感をどうにかやり過ごし、御影の顎《あご》を両掌《りょうてのひら》でぐいっと引き離す。

「もっ、もー！　駄目です！」

「うわっ、お前なぁ……煽るだけ煽っておいて、やめさせるか普通」

「ご、ご飯！　冷める、から……駄目」

「俺としては、若葉の方がいいけど。まあ、せっかく作ってくれたんだしな、先に飯にすっか。着替えてくる」

熱を孕《はら》んだ瞳はまだ冷めていないようだが、御影は若葉の額《ひたい》に軽く口付けをして寝室へ入っていく。若葉もキッチンに戻り、スープを温め直しながら白いご飯を用意し、ビール用の冷えたグラスと共にテーブルに出す。

名前を呼んだことを嫌がられなくてホッとした。先ほどは普通に〝さん〟付けで呼んだけれど、他にも呼び方はあるなといろいろ口に出してみる。

「……悠麻さん。悠麻くん。悠麻。ゆーくん。……駄目だ！　照れる無理！」

「何が無理なんだよ。最終目標は呼び捨てな、今は悠麻さんでいいけど」

いつの間にか着替え終えた御影に後ろから抱きしめられ、首筋にちゅっちゅっと何度も口付けされる。そうすると先ほど与えられた快感を思い出し、下腹部がきゅんと切なくなる。

「これ持ってけばいいんだよな」

「あ、はい。お願いします」

「……その敬語も徐々にな」

「うっ……、はい」

御影はテーブルに並べられた夕飯を、美味《おい》しいと言いながら綺麗に食べてくれた。食後は二人で洗い場に並び、御影が洗って若葉が拭くという流れで作業をする。洗い物をしながら茶碗がないということを伝えると、今度の土日にでも買いに行くかという話になった。

「あとお箸《はし》もなかったんですが、今までどうしてたんですか？」

「コンビニの割り箸」

「あぁ……」

思わず納得してしまう。なるほど、確かにコンビニの割り箸は買うたびに貰える。

洗い物を終えて、御影、若葉と順にお風呂に入って髪の毛を乾かした後に、若葉は御影に引っ張られるままにベッドに向かった。

寝室の床には二人分の服が散らばり、ベッドの上ではすでに甘い濃厚な時間が始まった。

明かりは常夜灯だけだが、お互いを感じるのにはちょうどいいと若葉は思う。

お互いを求めて、気持ちばかりがはやる。ベッドの上で立ち膝《ひざ》になりながら、何度も舌を絡め合わせると、背中がぞわぞわした。

御影の手が形を確かめるように乳房の側面を撫《な》でる。そのまま下から持ち上げながら、すでに尖《とが》り始めた胸の頂《いただき》を避けつつ、ぐにぐにと揉んだ。

「んぁっ」

「感じてるんだな、もう乳首が立ってきてる」

「やぁっ、そ、んなこと……言わない、でっ」

焦《じ》らすように存分に揉まれてから、胸の頂を掌《てのひら》で擦《こす》られ、人差し指と中指で挟まれ扱《しご》かれる。執拗《しつよう》なまでに胸を弄《いじ》られながら、ちゅ、ちゅっと音を立てて口付けを落とされた。

この行為も何度目かだというのに、恥ずかしくて堪《たま》らない。それどころか以前よりも恥ずかしく、怖いと感じた。何故こんな感情が湧き上がってくるのか、若葉が一番不思議だ。

そっと押し倒されるとシーツに全身が沈み、御影は若葉の上に覆いかぶさる。

円を作るように乳輪を舐められたかと思うと、頂を唇で挟み甘噛みされる。

「ひぅっ、あ、あ、あぁあっ」

わずかな痛みも、すぐに快楽に変わっていく。生き物のように胸を動き回る舌が熱い。

頂を扱きながらじゅるっと吸い、舌で転がしては弄る。甘い痺《しび》れが身体中を走り、じしゃぶった。

わじわと追い詰められる。

首を仰《の》け反《ぞ》らせながら、絶え間なく与えられる刺激に甘い声を上げる。それによって胸を御影の顔に押し付ける形になってしまい、御影は差し出されたそれを遠慮なく舐めしゃぶった。

今までも身体を重ねる時は、御影の舌や手、そしてその大きな肉茎に翻弄《ほんろう》され、イかされてきた。その度に若葉の身体は御影専用のものになるかのように、その愛撫《あいぶ》に馴染《なじ》んでいった。けれど今回は、快楽も甘い痺れも今まで以上だ。

少し触れられるだけで敏感に身体が跳ねてしまうのを止められない。何か媚薬《びやく》みたいなものを口にした気分になるが、そんなわけもなく。なのに何故こんなに感じてしまうのか、恐ろしくさえある。その恐怖から救い出してほしいような、このまま突き進みその先を見てみたいような、そんな気持ち。

「んんっ」

鎖骨部分や胸のあたりの肌を重点的に強く吸い上げられる。花にも似た赤い鬱血痕《うっけつこん》が独占欲もむき出しにつけられていく。

「ん、こうして……、痕《あと》をつけると、お前が俺のものだと主張している気持ちになる。何度つけてもつけたりない」

「あぁっ、ん、んっ。そ、んな強く吸っちゃやぁ」

情欲に満ちた瞳で見つめられるだけで背中がぞくぞくする。御影の手が身体のラインを確かめるように脇腹から腰、太ももへと下りていく。御影の唇も胸から下へと向かっていく。だが、お腹のあたりで止まると、少し窪《くぼ》んでいる臍《へそ》に熱い舌をゆっくりと抜き差しさせた。

「ひぁっ、そ、そんなとこ……っ！　く、すぐった……」

むず痒《がゆ》くて身体をよじろうとするが、腰を御影の両手で押さえつけられて動くこともできない。彼は臍の周りも丹念に舐め、円を描くように口付けしていく。そんなところを重点的に愛撫《あいぶ》されるなど思いもよらず、恥ずかしさで目尻に涙が溜まった。

御影は満足したのか、舌を這《は》わせながら下腹部へと頭を下げていく。そこを愛撫されるのは初めてではないのに、今日は一段と恥ずかしくて、若葉は両脚をぴったりと閉じてしまった。

そのほんの少しの隙間に御影は口付けを落とし、舌でぬるぬると舐める。うっかりすると緩《ゆる》みそうな脚に力を入れて快楽に耐えていると、御影が上半身を起こした。

「……どうしたんだよ」

「そ、その……」

焦《じ》れたというのもあるのだろうが、若葉の身体や表情が普段より硬いことに気付いたのだろう。愛撫を中断して見つめてくる。若葉は視線を彷徨《さまよ》わせ、なんと言葉にすればいいのかと迷う。ふと御影を見ると、少し暗い部屋の中、彼の男らしい体躯《たいく》がそこにあった。

もう何度もこの厚い胸板に抱かれ、硬い腹筋に触れ、ごつごつした指に翻弄《ほんろう》されてきたのだ。それなのに、まるで今初めて見たかのような錯覚をおぼえる。

そして、あぁそうかと納得する。初めての時のようで緊張しているのだ。いや、初めての時よりも緊張しているかもしれない。あの時はお酒も入っていたせいで、夢心地で抱かれていた。一夜限りの自分の願望が見せた夢――そう思うと、恥ずかしさもあまりなかった。

その後も、いつ終わるかもわからない曖昧《あいまい》な関係だけど、御影になら、と思って流されるように抱かれていた。だから常に頭のどこかが冷めていたのだ。

そして今。若葉は酔っ払っているわけでもなければ、流されているわけでもない。初めて御影の想いを真正面から受け止めながら、この行為をしている。

若葉はようやく声を絞り出す。

「はじ……はじめて……みたいで、緊張……してるんです」

あまりの恥ずかしさに両手で顔を隠したけれど、その直後、御影の手が若葉の両手をシーツに縫い止めてしまう。見れば余裕のない顔が若葉を見下ろしていた。

「……っ、お……前は本当に！」

「んん、んん、んぁ」

覆いかぶさるように身体を密着され、荒々しく唇を塞《ふさ》がれる。

思わず逃げようとすると強引に押さえこまれ、舌を絡め取られる。御影の舌先が若葉の歯列をなぞり、舌の根の方までマーキングするようにすり合わせられる。両手を解放されたけど、荒々しい口付けに少し酸欠状態になり、若葉はだらりと腕を投げだしたまま。

「あんまり可愛いこと言うなよ。今すぐにでも挿《い》れたくなんだろ」

「はふ……はぁ……」

酸素の足りない頭では、御影が何を言っているのかうまく把握できなかった。

ただ、ぎゅうっと抱きしめられながら、御影の体温を感じる。

やがて御影は上半身を起こし、口元で交じり合った唾液を手の甲で拭く。

そして若葉の太ももを両肩に乗せ、身体を屈《かが》めてきた。その恥ずかしい体勢に若葉は何か言おうとするものの、そのまま御影は蜜を溢れさせる秘部に唇を寄せた。入り口部分をぬちゃっと音をたてながら舐め上げ、膣内へと舌をねじ込む。

「ひぁあ、あ、あ、ああっ」

最初は中の熱さを確かめるようにゆっくりと丹念に舌を出し入れされ、それから溢れる蜜をじゅるじゅると激しく吸い上げていく。絶え間なく与えられる刺激に、蜜はますます溢れ出してくる。

あまりの快楽に脚がびくびくと震え、空を蹴り上げる。けれど御影に太ももを捕らえられているため、その快楽からは逃げられない。

彼は秘所から顔を上げて、若葉の蜜で濡れた自身の唇を舐める。それを見た若葉の秘所からはまたどぷっと蜜が出てしまい、恥ずかしさで顔を覆いたくなった。

大きな手が腰や太ももを撫《な》で、脚の付け根にゆるゆると触れる。そしてより奥を確かめるように秘部を拡《ひろ》げながら、もう片方の手でぷっくりと赤くなった花芯を摘《つま》み、くりくりと指の腹で撫でたり、挟んだり捏《こ》ねたりと、いろいろな指の動きで若葉を翻弄《ほんろう》する。

そのたびに若葉の喉《のど》からは嬌声《きょうせい》があがり、身体がびくびくと痙攣《けいれん》してしまう。

それだけでももうどうにかなりそうなのに、御影は尖《とが》らせた舌で花芯をつんつんと突《つつ》き、べろりと舐め上げた。恥ずかしさと快感で、いやいやと涙目になって顔を横に振ってみる。それを見た御影はいやらしくも楽しそうな笑みを浮かべて、よりいっそう激しく蜜を啜《すす》ってきた。

「や、だっ、め！　だめ、みかげさ……っ！」

「悠麻、だろ。ん、ほら……イッとけ」

花芯をちろちろと舐めながら、男らしい指を膣内へと挿入させる。ぐるりと中をかき混ぜ、強めの力で激しく擦《こす》る。ぐじゅぐじゅと粘り気のある水音が部屋に響き、若葉はなおもせり上がる快楽に抗《あらが》えない。

花芯を親指で押しつぶされた瞬間、ついに我慢し切れずひときわ高い嬌声を上げてしまった。

「あ、あ、あぁああっ」

目の前が真っ白になり、何も考えられない。身体が痙攣し、膣が御影を誘うようにひくひくと動く。すでに受け入れることを知っている女の身体は、はやく奥まで欲しいと訴えているかのようだ。

「物欲しそうな顔して、俺を受け入れる準備も、もうできてんな」

図星すぎて、言葉を返すことができない。御影のことを考えるだけで、自分でもどうしようもないほどに蜜が零《こぼ》れてくる。

御影は一旦、若葉の脚をベッドに下ろし、身体も離す。

若葉にしてみれば、少しの間でも温もりが消えてしまうのは寂しい。その背中を目で追うと、御影はがさがさと鞄《かばん》を漁《あさ》っている。それが何を意味するのか理解すると、若葉の心は期待にふくらんだ。

御影の汗ばんだ肌に、乱れた髪を無造作にかき上げる姿、どれもが凄まじい色気を纏《まと》っている。

ベッドに戻ってきた御影は、改めて若葉の膝裏《ひざうら》を持ち上げて脚を広げる。そうしてしとどに濡れた秘部に、猛々《たけだけ》しく勃《た》ち上がった熱い肉棒を擦《こす》りつけ始める。

亀頭で花芯を抉《えぐ》り、淫唇の間をぬちゃぬちゃと上下に滑らせる。まだ避妊具をつけていないため、ダイレクトに彼の熱さを感じてしまい、若葉はさらに甘い声を上げる。

理性と快楽の狭間でもうおかしくなりそうだ。とにかくその熱く膨れたものを早く挿《い》れてほしい。そしてそのままの熱さを感じさせてほしい——そんなことさえ考えてしまう。それは駄目だと訴える理性は、今にもアイスのように溶けそうだ。

「みか……っ、ゆ、……まさん。は、やく、ちょ……う、だい……」

何とか名前で呼んで、涙目で御影を見つめる。すると彼は荒く熱い息を若葉の耳元で吐き出し、何度もそこに口付けを落としながら答える。

「しかたないな。まぁ、俺ももう我慢の限界だ。お前が欲しくて欲しくて堪《たま》らない」

獲物を狙うようなキツい目元が不意に緩《ゆる》み、優しく笑って甘い言葉をくれる。そんな男が愛おしくて堪らない。すぐに下肢の方で、ガサガサと音が聞こえてきて、御影は膨れ上がった熱棒を、なおも焦《じ》らすようにぐりぐりと秘所に擦りつける。若葉は御影の肩を抱きしめながら腰を揺らし、はやくはやくと言わんばかりに自らも彼のものに擦りつけた。

「はぁ、ほん、と。やらしくなったな」

「あ、ん、みぃっ……!」

〝御影さんのせい〟と続けようとしたら、咎《とが》めるように硬い亀頭がぬぷりと挿れられた。

相変わらず圧迫感があって苦しい。けれど改めてこうして愛おしい御影を受け入れることができて、とても嬉しい。

目の前にある顔を見れば、御影は眉間に皺《しわ》を寄せていて、その額《ひたい》からは汗がぽたりと落ちてくる。その整った顔は今、強い快楽に歪《ゆが》んでいるが、それでも格好良い人だと若葉は思った。強烈なまでの男の色気がそこにあった。

「あぁっ、……あ、あ、ん、ん、……んぁ」

いつもより大きく感じられる肉茎が膣壁を擦る。その快楽に、若葉も奥へ奥へと誘うように彼のものを咥《くわ》え込む。

やがて奥深くに辿りついた肉茎で突き上げられる。肌と肌をこれ以上ないほどに密着させる。身体のラインが、パズルのピースが合うようにピッタリと互いの身体にくっついた。

肌を丸ごと触れ合わせる感覚が気持ちいい。色気を含んだ低い掠《かす》れ声を耳元で聞くだけで、無意識に御影のものを締めつけてしまう。

腰を固定されて、膣壁の感覚を味わうように回され、穿《うが》たれるたびに脚ががくがくと痙攣《けいれん》した。

不意に御影が身体を起こし、繋がったまま若葉の身体を横向きにして片脚を自身の肩に乗せる。そうして、ずちゅっずちゅっというういやらしい音を部屋に響かせるかのように激しく抽挿《ちゅうそう》を繰り返した。

「ひぁああ、ゆ、まさ……んっ。おか、……おかしくっ、なりそ……う……っ」

「いいぜ、おかしくなったって。そうしたら、お前は俺だけしか見なくなるだろうしな」

楽しそうに笑いながら、御影は空いている手で花芯をぐりぐりと押しつぶす。あまりの刺激に目の前がちかちかとしてくる。

「若葉、くっ、若葉……」

名前を呼ばれるたびに、膣内がひくひくと蠢《うごめ》き、御影のものを締め付ける。

御影は荒い息を吐きながら、大きく勃《た》ち上がった肉棒で容赦《ようしゃ》なく奥を抉《えぐ》ってくる。

ガツガツと突き上げられると、蕩《とろ》けそうなほどの快感がせり上がってきて、若葉の身体もいっそう熱く滾《たぎ》っていく。

「くそっ、その顔！　っ誰にも見せんなっ」

突然御影は吐き出すようにそう叫ぶと、若葉の弱い場所を執拗《しつよう》に亀頭で突いてくる。

御影から見れば、若葉の快楽に蕩けた顔は、どうしようもなく男の性《さが》を刺激するものだったのだが、今の若葉にそれがわかるはずもない。

「あぁあああっ、や、や、そこぉっ、そこっ、だめっ」

若葉にしてみれば、少し擦《こす》られるだけでも腰が溶けそうになるというのに、突然激しく攻められたものだからすぐにも達してしまいそうになる。身体をよじって逃げたくとも、即座に御影の手に捕まってしまう。御影の肩に乗った脚もがくがくと痙攣《けいれん》するばかり。淫猥《いんわい》な水音は鳴り止まない。

持ち上げられた片脚の裏側に、ちゅ、ちゅっと音を立てながら口付けを落とされる。その間も、入り口の浅い部分をくちゅくちゅとかき混ぜたり、奥まで埋め込んでぐりぐりと奥を刺激したりと、御影の動きは止まらない。

「蜜が溢れてシーツまで濡らしてんな。音もすごいし。気持ちいいか？」

腰を激しく打ちつけながら、御影は問う。若葉は最奥まで埋め込まれている圧迫感と気持ちよさに言葉を発することができず、こくこくと頷《うなず》くしかできない。

御影は一度若葉の唇に口付けを落とすと、改めて片脚を抱え直し、若葉の身体を激しく揺する。

膣壁を擦られ、抉られる快感に、若葉はシーツを強く握り締めた。

足先から走る甘い痺《しび》れが強くなり、全身を満たしていた快楽が大きく波打ち始める。

「ひぁああ、い……っいく……いっちゃうっ……あ、あ、あぁあああっ……！」

膨張した硬い肉茎で最奥をガツンと突き上げられた瞬間、一気に引いた波が再び若葉の身体を高く押し上げる。

「若葉、若葉っ」

若葉の膣内がびくびくと痙攣《けいれん》した。それに刺激されたのか、御影がガツガツと数回若葉を突き上げる。その直後、彼のものが一層大きくなり、若葉は彼が膜越しに飛沫《ひまつ》を放つのを感じた。

やがて御影が息を吐きながら、抱えていた脚を下ろし、首筋や頬に口付けをしながら抱きしめてくる。御影のものは、まだ若葉の中に収まったままだ。若葉はそんな御影の頭を優しく撫《な》でた。

気持ちが通じ合っての行為は、これほどまでに快楽をともなうものだということを、この時若葉は初めて知った。


次の日もお互い仕事なので、その日は一度だけで行為を終わらせてもらった。

御影が自身の後始末をし、シーツを取り替えている横で、若葉もタオルで軽く身体を拭く。一回とはいえ、あれほど激しい行為の後では片付けを手伝うのは難しかった。

やがて片付けを終えた御影は、若葉の傍《そば》にやってきてその身体を寝かせ、その横に自身も横たわり抱き寄せてきた。

「……熱いです」

「我慢しろ」

いた。

「はい」

若葉は御影の背に手を回し、その男らしい香りに包まれたまま、目を閉じて眠りについた。

朝は二人して寝坊をしてしまい、バタバタと支度をして、今日は若葉が先に出社した。

その時お泊まりの荷物を一緒に持ってきてしまったので、隣の聖川に不思議がられた。

「どうしたの？　その荷物」

「昨日友達の家に泊まりに行って、荷物持ったまま会社来ちゃったんです。コインロッカーとかに預ける余裕もなかったですし」

「ふぅん、そうなんだー」

聖川はにやにやしながら若葉を見つめ、それからちらりと御影を見た。そして何かを悟ったのか、うんうんと頷《うなず》くと、自分のパソコン画面へと視線を戻してしまった。

もしかして気付かれたのだろうか。聖川には隠し事などできないかもしれない。

そうは思ったものの、雑念を振り払い仕事に集中する。あまりにも集中しすぎて、朱利からのメールに気付いた時には、既に昼休憩の時間に入っていた。慌てて鞄《かばん》を持って待ち合わせ場所に向かう。

「ごめん！」

「大丈夫ー。いつものとこで良い？」

「うん」

会社から五分ほどの場所にある、蜂蜜《はちみつ》とイタリアンテイストをコンセプトにしたお店。ここのランチは無料でサラダブッフェが付いてくるので、女性のお客でいつも賑《にぎ》わっている。

席について、二人でメニューを眺める。若葉はシラスと青菜のアーリオ・オリオ・ペペロンチーノを、朱利はスペシャリテ・ラザーニャを注文した。

ブッフェで取ってきたサラダを食べながら、若葉は朱利に報告を始める。

「御影さんと、付き合うことになった……はず」

「何、その『はず』って」

「い、いや。なんか、事実のはずなんだけど。なんだか幸せすぎて、実は私の妄想だったんじゃないかっていう不安に駆られ始めた」

実際、今朝は御影の家から出社したし、昨夜は身体だって重ねた。

それなのに、いざ朱利に報告した途端、あれは夢かもしれないと思えてきたのだ。

一方朱利は、フォークを片手に持ったまま、もう片方の手で顔を覆い、何かに耐えている。

「若葉……！　ほんっと、可愛い。なんなの、可愛いわね！」

「なんでそんな反応になるのか、私にはまったくもって理解ができない」

「だってさぁ、そんだけ御影さんのこと好きってことでしょ？　かーわいー。でもそれ、御影さんに言ったらお仕置きされるだけだと思うから、言わない方がいいよ」

朱利がにこにことそんなことを言う。お仕置きとはいったいどういうことだろうか。

頼んでいた料理が出てきたので、それを食べながら付き合うまでの経緯を朱利に伝える。さすがに若葉が処女であったことや、茂とのことで御影に予防線を張りまくっていたことは言わなかった。

御影が何故若葉を選んだのか。これについてはきっと若葉が一番わかっていないので説明できない。けれど、過去を明かした後に御影がくれた想いは本物だったということぐらいはわかる。

話を聞き終えた朱利が嬉しそうに笑いながら見つめてきた。若葉はなんだか居心地が悪くなる。

「な……なに？」

「いやぁさー、やっぱり御影さん見る目あったんだなぁって思って」

あぁ、と若葉は、少し前にも朱利が同じような台詞《せりふ》を言っていたことを思い出した。

その時はまさかそんなわけがないと思っていたのに、結果的に二人は恋人同士になった。

物語でいえば脇役でしかないであろう若葉。そんな自分が、物語のヒーローのような男に恋《こ》われる日が来るとは思わなかった。だが、そのことに高揚して今にも暴走しそうな自分と、いつかこの関係も終わるのではないかと不安がる自分がいる。何故だろうか、今朝はあれほど幸せで、何も怖くないという気持ちが胸に溢れていたのに。

御影が傍《そば》にいないと、すぐに弱くて泣き虫な元の自分が顔を見せる。この二つの感情を黙って受け入れればいいのか、それとも御影に伝えてみればいいのか。何が正解なのかわからない。ただ、もし関係が終わるのだとしても、その日が来るまでは出来るだけ御影と共にいたい。

「まーた、ネガティブなこと考えてるでしょ」

「え⁉」

「若葉って結構顔に出るから、わかりやすいのよ。まぁ、御影さんみたいなハイスペックな男性と付き合うってだけでも相当な勇気がいるだろうし、若葉の気持ちもわからないわけじゃないよ」

朱利はそう言ってから、真っ直ぐ若葉を見て微笑《ほほえ》む。

「でも、御影さんならきっと大丈夫だよ。だって若葉を見る目が他の人を見る目と全然違うもん」

「……ええっと……？」

若葉は首を傾《かし》げる。

朱利が言うには、彼女が営業課に用事があってフロアに来る時や会社から帰る時に、たまに若葉と御影に視線をやると、御影が若葉を優しく見ていることがあるそうだ。第三者であり、御影に興味のない朱利だからこそピンと来たらしい。若葉にとっては驚くべき事実だった。

「御影さんモテるし、もしかしたら他の女子からやっかみとかあるかもしれないけどさ。私もいるから、何かあったらちゃーんと言うんだよ！」

「う、うん」

若葉としてもその『何か』がないよう注意しているのだが、こうして心配してもらえるというのはありがたい。上辺だけの言葉ではないとわかるから。

「私にはもちろんだけど、御影さんにも言うんだよ？」

「え、それはヤダ」

「なにヤダって……」

「心配かけたくないし、迷惑かけたくないし、私のことで煩《わずら》わせたくない」

自分のことは基本自分で何とかしたい。どうにもならないのなら、朱利に手伝ってもらうかもしれないが。そもそも女同士のことで男が出てくると、余計に拗《こじ》れるだけ。

「はぁ……。ま、いいよ。とりあえず私には報告してね」

「うん。もし、そうなったらよろしくお願いします」

そう言うと朱利は呆れたように息を吐いたけれど、とりあえず若葉の気持ちはわかってくれたらしい。それでも、報告することだけは念押ししてきたのだった。

御影と付き合い始めてから数週間後のある土曜日、若葉は自宅で熟睡していた。御影とは毎週土日に会っているわけではない。

今週はお互い金曜に予定が入っており、土日をどう過ごすかについても特に話し合っていなかったため、若葉は惰眠《だみん》を貪《むさぼ》ろうと決めていた。

だが朝の七時過ぎ、家のチャイムが鳴り響く。

朝からいったい何なのか。あまりの眠さに無視を決め込もうと布団を被り直したが、チャイムはいつまでも鳴り止まない。近所迷惑でもあるし、嫌々ながら玄関のドアを開けた。

「はー……」

「はよ、出んのおせぇよ」

「……ゆー、ま……さん？」

「つぅか、お前は！　んな格好で外に出んな！　そもそも誰が来たのか確認しないで開けるなんてどんだけ不用心なんだ！　気をつけろ！」

「うあぁああ、寝起きなんですー。頭に響きますー」

御影は眉間に皺《しわ》を寄せて、ズカズカと家の中に入ってきた。確かに不用心ではあったので、若葉も反論することなく御影を部屋に通す。

「どーしたんです？」

冷たいお茶をグラスに入れて、御影の前に置いた。まだ眠たいままの頭で問いかけるも、御影はじっと若葉を見つめるだけだ。

やがて彼はため息をついて、若葉の腰を抱き寄せる。そして下着を着けていない柔肌《やわはだ》を部屋着越しにゆっくりとなぞりながら、啄《ついば》むように若葉の唇を吸った。

「んぁっ、ゆ、悠麻さん⁉」

「お、覚醒したか。ほら、さっさと風呂でも入ってこい。出かけるぞ」

「えぇっ⁉　そ、そういうことは事前に言ってくださいよ！　ちゃんと準備しておくのに！」

「いいから早く行け。ぐずぐずしてんなら、予定変更してここで動けなくなるまで抱くぞ」

御影の言葉に慌てて若葉はバスルームへと向かった。ちらりと振り返ると後ろで御影が笑いを堪《こら》えるように口を押さえていて、少しむっとしてしまう。

こんな無防備――というより酷《ひど》い格好の時に突然来ることはないのに。今日の部屋着は少し伸びたTシャツに、数年は穿《は》いている短パンだ。近いうちに絶対可愛いパジャマを買いにいこうと決意した。

熱いシャワーを浴びて、髪と身体を洗う。バスルームを出て脱衣所で髪を拭きタオルを身体に巻いてから、着替えを一切持ってきていないことに気付く。

タオルを巻いた状態でカチャッと居間のドアを開けると、御影は床に座ってスマホを弄《いじ》っていた。着替えを取りに行くにはその御影の後ろを通り抜けなければならない。

「悠麻さん、悠麻さん」

「んー？　どうした？」

「わぁあっ！　……っこっち見ちゃ駄目！　スマホ見てて！　後ろ向いちゃ駄目だからね！」

一瞬大きな声を出してしまったが、すぐに声量を抑える。このアパートは隣の部屋との間の壁が薄いのだ。御影は笑いながら、「はいはい」と言ってスマホへと視線を落とした。それを横目に早足で寝室に入ると、急いでショーツを穿《は》く。

ブラもつけるため、タオルを下に落として背中に腕を回した。するとその腕ごと抱きしめられる。

「ひぁっ、もっ」

今回はドアを閉めたはずなのに、いつの間に入ってきたのだろう。

「風呂上がりって、身体や髪が湿ってて色気増すよな」

「着替えられないじゃないですか！」

「俺としてはこのままっていうのもありだが、やっぱり我慢するか。あ、動きやすい格好にしとけよ」

御影は若葉の肩口に唇を押し付け、強く吸い付いた。きっとまた赤い痕《あと》がついてしまっただろう。

以前、着替える時に恥ずかしいから、痕をつけるのはやめてほしいと頼んだことがある。だがその日の夜に、これでもかとばかりにいつもの倍も痕をつけられた。どうやら御影は痕をつけるのが好きらしい。今では若葉の方が諦めモードだ。

動きやすい格好と言われたので、デニムスカートにレギンスを合わせ、黒と白のボーダーカットソーに薄い黄色のカーディガンを羽織った。髪の毛を乾かして、化粧をする。結局支度に一時間半もかかってしまい、いざ出ようとした頃にはすでに八時半を過ぎていた。

「ごめんなさい、お待たせしました」

「いや、全然。そもそも俺が連絡なしで来たんだから待つのは当たり前だろ。さてと……行くか」

「え、それ私の……」

「これは今日の必需品な」

パソコンの傍《そば》に置いてあったデジタル一眼レフカメラを御影が肩にかけていた。

若葉の趣味はカメラだ。暇な時に外に出ては写真を撮っている。最近は仕事が忙しく、休日は御影と会うことが多かったため、カメラに触れることは少なかったけれど。

アパートを出て、近くのパーキングエリアに停めてあった御影の車に乗り込む。

「どこに行くんですか？」

「着いたらわかるよ」

「お楽しみってやつですね！」

若葉がシートベルトをしたのを確認して、御影は車を発進させた。どうやら高速に乗るようだ。

車内には洋楽が流れていた。あまり洋楽には詳しくないが、ロック調でかっこいい。そして、それを聴いて運転する御影がまたかっこよくて、若葉は思わず顔を覆いたくなった。元からかっこいいことは間違いないが、恋のフィルターの凄《すさ》まじさを改めて実感してしまう。

「あんまり洋楽には詳しくないので、今度お薦《すす》め教えてください」

「もちろん、家にアルバムあるから今度貸してやるよ」

そんな会話を一時間もしているうちに、どうやら目的地に着いたらしい。パーキングエリアで車を降り、自然と手を絡ませて歩き出す。

どうやら今が時期である紫陽花《あじさい》の名所のようだ。道を登っていくと、お寺があると案内板に書いてあった。

「わぁっ、紫陽花いっぱい！　人いっぱい」

「ま、休日だしなぁー。ちょうどピークっぽいし、しかたないか。ほら、カメラ」

「ありがとうございます！」

御影が持ってくれていたカメラを受け取り、いそいそとセッティングを始める。

紫陽花を数枚撮ってから、斜め前で遠くを見ている御影をレンズに収め、シャッターを押した。ここにいる御影のこの顔は自分だけのもの――なんて、青臭いことを考えてしまう。これも大事な想い出の一枚だ。

二人で歩きながらたくさんの紫陽花をカメラに収め、御影の隠し撮り写真もたくさん撮った。

本当は真正面からの写真も欲しいが、御影のことだ。頼んでも断られるか、眉間に皺《しわ》を寄せた顔しか撮れないだろう。はたまた若葉と一緒でなければ撮らないと言い出すかもしれない。

一番上にある寺まで来て散策をしていると、御影にカメラを貸せと言われた。

「どうぞ、何撮るんですか？」

「んー、とりあえず若葉を撮る」

不意打ちでシャッターを切られ、慌ててカメラを取り返そうとしたが、手を高く上げられてしまう。身長差のせいでどうやっても取り返すことができない。若葉がむくれた顔をしていると、御影は楽しそうに笑い、触れるだけの口付けをしてきた。

「ちょっ、人前です！」

「お前が可愛いから悪い。あ、すみません、シャッターお願いしてもいいですか？」

「あ、はい。良いですよ」

若葉の腰を抱き寄せて、近くにいたカップルにシャッターを頼んでしまう。気恥ずかしかったが、想い出に二人一緒の写真が撮れたことはとても嬉しい。

若葉は写真を撮りながらゆっくり歩いているため、常に御影が先を歩いている状態になる。

若葉は御影の後ろ姿が好きだった。

いつも自信満々で、背中を丸めることなく堂々と歩いていく。そんな姿に、若葉はずっと前から堪《たま》らないほどの片想いをしていた。自分の想いを認められずにいた頃からずっと。それは今も変わりない。

こっちを向いて、振り向いて、手を伸ばして。

そんな身勝手なことを考えつつ若葉は足を止める。

　わかってる。御影は一人で歩けるような女が好きなんだと。男に頼り切って、重荷になるような女は途中で面倒くさくなるのだと。それが若葉が今まで見てきた御影のイメージ。

　わかっていても、すぐにそんなに強くはなれない。くじけてしまう。恋愛偏差値の低い若葉にとって、御影という男はどうしようもなく難しい男だ。

「おい」

「……」

「お前な、何立ち止まってんだよ。振り向いたらいなくて焦ったぞ」

　御影はそう言うと、当たり前のように若葉の手を握る。たったそれだけのことで、ネガティブな感情が消えていく。

　もし叶うのならば、どうかこの手が最後まで離れませんように。

　繋いだ指の温かさが、風みたいにすり抜けてしまいませんように。


　紫陽花《あじさい》デートをした二週間後の土曜日のこと。この日は午前中に若葉が買い物をしてから、御影の家に行くということになっていた。

　一ヶ月ほど前、二人で一緒に食器を買いに行き大体のものは揃えたのだが、マグカップは元々あったので買わなかった。だが実のところそれは若葉には大きすぎるのだ。しばらく我慢して使っていたものの、今日は雑貨屋でちょうど良いマグカップを購入してから行こうと考えていた。

街に出て、お気に入りの雑貨屋さんでマグカップを物色し、気に入ったものを選んで購入する。それから店を出て、御影に今から向かうとメールをして歩き出した。

賑《にぎ》わう大通りを人にぶつからないよう注意して歩いていると、突然声をかけられる。

「あれ？　もしかして若葉？」

「え？」

瞬間的に振り返ってしまい、後悔した。

聞き覚えのある声ではあったけれど、聞こえなかったことにすればよかった。

なのに若葉は振り返ってしまった。驚いて身体が一瞬硬直する。

「やっぱり若葉じゃん！　ひっさしぶりだなー！」

「久しぶり、…………茂」

声をかけてきたのは、若葉にトラウマを植えつけた張本人、茂だった。あの頃よりは落ち着いたようだが、軽薄そうな印象はまだ残っている。

「ふぅん、知り合った頃よりは良くなったな」

「……」

若葉のことを頭からつま先まで見て、茂はそんな台詞《せりふ》を吐く。そのデリカシーのなさに、若葉は眉間に軽く皺《しわ》を寄せてしまう。

「よく私に話しかけられるね。一回落とした女にはもう用はないんじゃない？」

大学時代にあった賭けのことを知っているんだと、遠回しに伝える。けれど茂には一切気にする様子はない。

「あ、俺さ、今ＩＴ企業に勤めてんだよね。多分若葉も知ってる会社だと思うんだけどさー」

茂は若葉の言葉を聞いていないのか、自分のことを好き勝手にしゃべり出す。

この男に言いたいことはたくさんある。もやもやした黒い霧《きり》がかかったどうしようもない感情を、このままぶつけてしまいたいとも思う。――けれどそれをして一体どうなるというのか。

「私忙しいんだけど」

「少しぐらい良いだろ？　何？　誰かと待ち合わせでもしてんの？」

「……彼氏」

その言葉に茂は驚いたようだが、すぐににやにやと悪趣味な笑みを見せた。

暗にあなたとは話したくないと言っているつもりなのだが、茂には伝わらない。

「彼氏ぃ？　あー確かに今のお前ならヤッてもいいかもなとか思うわー！　何、それでマシになっちゃったわけ？　つか、その彼氏？　すげぇな、どんな女でも良かったのか？　もしくは低スペックな男なわけ？」

自分のことはともかく、御影を侮辱するようなことを言われ、若葉の怒りが沸騰《ふっとう》した。

「……っ、あの人はアンタと違って人を騙《だま》したり見かけだけで判断したりする人じゃないの！」

怖かった。こんな風に言い返したら、今度は何を言われるのか。またそれがどんな風に周りの人間に伝わるのかも。それが巡り巡ってまた自分を傷つけないかと、怖くてとても不安なのだ。

それでも若葉は、震える手をキツく握り締め、崩れ落ちそうな足をぐっと踏ん張った。

〝頑張れ〟と自分自身を励ましながら、目の前のいる男をキッと睨《にら》みつける。

「別に私のことはどう言ってくれても構わないよ。確かにあの頃の私は子どもで地味だったし、おまけに鈍《にぶ》くて馬鹿だったもの。でも、そんな私でも丸ごと包んで好きだって言ってくれる人もいるの。あんたなんかにその人を馬鹿にされたくないし！　彼は私にはもったいないほどいい男なの！　アンタと比べものにならないぐらい！」

最初は震えていた声も、次第に語気が荒くなってきた。目の前にいる男が涙で霞《かす》んで見えなくなってきた。泣きそうだけれど、絶対に泣きたくなかった。泣くなら御影の胸の中で泣きたい。

「んだよ、マジ意味わかんねぇわ。ただの冗談だろ？　真に受けんなよ」

「冗談でも言っていいことと、そうじゃないことがあるってわかるでしょ。それに私のこと大学のサークル友達かなんかに言ってるみたいじゃない。家政婦って話」

「なんでお前がそれ知ってんだよ！」

「親切な後輩の子が、ＯＢの人から聞いたって教えてくれたの」

皮肉を込めて教えてやった。普段こんな風に言い返すことはないから、どこまで言っていいものか境界線がわからない。茂は苦々《にがにが》しい顔をしながら、舌打ちをする。まさか本人に話が伝わるなど思ってもいなかったのだろう。若葉はさらにたたみかける。

「まぁ、そのことはいいよ。あの時のことは今更だし。けどもう二度と私の人生に関わらないで。こうして道端で会っても声をかけないで」

「はぁ？　なんで俺がお前の言うこと聞いてやんなきゃなんねぇの？」

「……もし関わってきたら、アンタの性癖、大学の友達にバラすから」

「なっ……！」

「あの部屋掃除してたの私だよ？　本やＤＶＤの場所ぐらい知っててもおかしくないでしょ」

茂は眉間に皺《しわ》を寄せて、くそっと呟《つぶや》くと、忌々《いまいま》しげに若葉を見下ろしてくる。

「こっちこそ二度とお前とは関わりたくねぇよ。マジ無駄な時間過ごしたわ。ブス専の男によろしくな」

最後に小さいけれど殺傷能力の高いナイフを投げつけて、茂は人ごみの中に消えていった。若葉はその場に座り込みそうになったけれど、震える足を懸命に動かして駅に向かう。

今いる場所から御影の家の最寄り駅まで電車で十分ほど。若葉は電車の入り口付近に寄りかかって窓の外を眺めた。

茂の性癖を知っている人間は少ないだろう。だが、若葉がそれを知っていたと気付いていなかったことには驚いた。あんなにわかりやすく押入れの中に置いていたくせに。最初見た時は驚いたが、あまりにも無造作に置いてあったのでついつい内容を確認してしまった。

いろいろなものがあったが、一番多かったのがSMシリーズで、それも男性が攻められるもの。今思えばかなりハードだった気がする。茂は実はマゾなのかもしれない。当時は見なかったことにして記憶の奥底にしまい込んでいたのだが、今日茂と会ったことで思い出し、思いつくままに口にしてしまったのだ。

あまり脅しにもならない脅しだったというのに、ずいぶんあっさり退散したなと思う。

若葉の大学の友人は少ない。そしてその友人達は、茂のような男の交友関係にはあまり関わり合いにならないタイプ。たとえ友人にこの話をしたところで、茂の知り合いに行き着くことはほぼないだろう。第一、若葉はこんなどうしようもないことを友人に話す気はなかった。

もうすぐ駅に着くことに気付き、若葉は姿勢を正す。見れば手がまだ震えていた。十五分程度では落ち着けるわけもなかった。

はやく御影に会いたくて仕方がない。頑張ったから頭を撫《な》でてくれないだろうか。怖かったけれど必死に踏ん張って、茂に言い返した。二度と関わるなとまで言った。それは若葉にとって、ありえないほどの頑張りだったのだ。今までは、どんなに嫌いな人間でも、静かに距離を置くだけ。腹の立つことを言われても、笑って流して事を荒立てずにやってきたのだから。

駆け出したい気持ちを抑えながら、早足で駅を出る。すると何故か駅の前に御影が立っていた。

「思ったより遅かったな」

「……っ、悠麻さん！」

その姿を見た途端、若葉の感情が爆発する。とにかくその温もりを感じたくて、人の目など気にすることなく涙を零《こぼ》しながら彼に抱きついた。

御影はふらつくことなく若葉を抱きとめるが、普段はしない大胆な行動に驚いた顔をしていた。

「どうした？」

「が、頑張ったの！　すっごいすっごい頑張ったの！」

「……そうか、えらいな」

御影はそれ以上問うことなく、優しく若葉の頭を撫《な》でてくれた。

その後二人で御影のマンションへと来てソファーに座り、今日あったことをぽつぽつと伝えた。

茂に再会したと言った時点で、いつも以上に眉間の皺《しわ》が深くなっていたが、詳しく話せと言われたので覚えている限りのことを伝える。

聞き終えた御影は、自分の膝《ひざ》に若葉を横抱きにして座らせ、労《いたわ》るようにその頭を優しく撫でた。

「そうか、本当によく頑張ったんだな」

御影の唇が優しく額《ひたい》に落ちてくる。それを受け止めてから、彼の胸にぐりぐりと顔を押し付け、彼の匂いを胸いっぱいに吸い込む。

普段御影からはかすかな煙草《たばこ》の匂いが香ってくるが、今日は休日であるため匂いはしない。

今若葉の鼻をくすぐるのは、御影自身の香りのみだ。それを嗅《か》ぐと下腹部がきゅんとしてくるが、同時に心が落ち着いてくるのも感じていた。不思議なものだと若葉は思う。

「今日は俺が甘やかしてやるから」

「いつも甘やかされてる気がしますが？」

「いいんだよ」

御影は笑いながら啄《ついば》むようなキスをする。続いて、服の中にするすると温かな掌《てのひら》が入ってきた。若葉の背中がぞわぞわと疼《うず》き出す。

「んっ、甘やかすって！　そっち⁉」

「あ？　当たり前だろ？　腰が立たなくなって使いもんにならないぐらいに溶かしてやるから」

「ひぁっ、だ、大丈夫だよ！　そこまでしなくても！　お手柔らかにお願いしますよ！」

「んー……無理。決定事項」

どんなに若葉が遠慮したとしても、御影は絶対に実行してしまう。これでは明日は本当にベッドから出られなくなるかもしれない。

ただ、それも良いかもしれない、などとちらりと思ってしまうのだから、若葉も相当だ。

御影は若葉の鎖骨部分に顔を埋めながらブラのホックを外し、隙間から指を入れてその下にある膨らみをやわやわと揉む。それだけで身体中に甘い痺《しび》れが駆け抜ける。快楽に馴染《なじ》んでしまった若葉の身体は、すぐに奥から蜜をしたたらせた。

御影はカットソーを捲《まく》ってブラを押し上げ、片手で胸を揉みしだき、もう片手でお腹をさする。

音を立てながら胸に口付けを落とし、強めに吸ってはまた赤い痕《あと》を残していく。前回の痕が消える前にまた次のものがつけられているため、若葉の身体から赤い痕が消えることはない。

たとえ女子の日でも、首筋や鎖骨、腕などに所有の証を残される。なんだか異常なような気もするし、執拗《しつよう》だとも思う。けれど、その独占欲が嬉しい。

期待で尖《とが》り始めた胸の頂《いただき》を、ちゅうっと吸われて舌で嬲《なぶ》られる。そのまま乳輪ごとねっとりと舌を這《は》わされると、腰がびくびくと動いてしまう。

「ん、ん、あっ。も、ま、だっお昼ですー……っ」

「悪いけど、もう止められない」

横抱きにされたまま、太ももに押し付けられた御影の欲望に気付いて息を呑む。

胸の頂をしゃぶられ、もう片方も指で挟みながら擦《こす》られる。そんな執拗な愛撫《あいぶ》の間に、カットソーとブラは完全に脱がされてしまう。

胸元はすでに御影の唾液でぬるぬると濡れている。それでもなお胸への愛撫を続けようとする御影の動きに、全身が戦慄《わなな》く。少しでも快楽を逃そうと身体をよじると、胸の頂を少し強めに噛まれた。

「ひぅっ」

「逃げんな」

そう言うと、噛んだ頂を労《いたわ》るように優しく舐める。甘噛みされ、舐められ、ちゅるっと吸われ——そんなことを繰り返されるうちに下腹部がより深い快楽を求めて疼《うず》き始める。

堪《たま》らず御影の服をぎゅっと握りしめると、彼は嬉しそうに目尻を下げる。こんな笑みを当たり前のように見られるのが、若葉の特権だ。

御影が不意に、若葉の片手を高く上げさせる。何のためにと首を傾《かし》げると、御影は若葉の脇に唇を寄せてべろりと舐めてくる。まさかそんな場所まで舐められるとは思わず、一瞬思考が止まった。

「知ってるか？　脇も性感帯なんだってよ」

その言葉で我に返り、顔を赤くしながら金魚のようにぱくぱくと口を動かす。

「……っやぁっ、そこはヤです！　お、お風呂にも入ってないのに！」

「すげぇ甘くて濃厚な若葉の匂いがするけど」

「んぁあ、あ、ひぁっ」

腕を下したくても、手首を掴まれているので叶わない。そのままそこをぬるぬると舐められ、軽く歯も立てられた。恥ずかしいのに、舌で愛撫され強く吸われると、下腹部がまたじんじんと熱くなっていく。下着はもう愛液で濡れてしまっているのに、触ってくれないのがもどかしい。

御影は若葉をソファーに寝かせ、その上に跨《また》がるようにして覆いかぶさる。内ももに御影の手が這《は》い、やがて付け根部分まで辿り着く。下着越しに陰唇を擦《こす》られると、そこからくぷっと音がした。

「あ、あっ、ゆーまさんっ」

「本当に感じやすいな、もうこんなだ。指がふやけそうだな」

「あぁっ！」

ぐじゅぐじゅと蕩《とろ》けた秘所から愛液が溢れ出す。下着を通してソファーに染みをつけそうで不安になるのに、御影にはまったく気にする様子はない。せめてベッドでと言いたかったけれど、その前に下着をずらされ、一気に二本の指を膣内に侵入させてくる。

慣れた手つきで感じやすい場所をぐりぐりと刺激されると、どぷっと音がするほどに愛液が溢れた。御影はそこを一層解《ほぐ》そうとしてか、じゅぷじゅぷと浅い場所での挿入を繰り返し、中を確かめるように壁を擦《こす》ってくる。その刺激に若葉は知らず足の先を丸め、浅い息を漏らした。

御影は若葉の上気した頬に唇を寄せる。それからかすかに開いた赤い唇に舌をねじ込んで吸い上げた。すると若葉の目がどんどん蕩けていく。その間も二本の指で膣内を犯される。蜜に濡れた親指で花芯をぐりぐりと押しつぶされると、足の先から痺《しび》れが駆け上がってくる。

「だめ、だめっ、きちゃう……っ」

「指をきゅうきゅう締めつけてくるな。イキそうか？」

こくこくと頷《うなず》くと、膣内の指の動きが蜜を掻き出すように激しくなり、部屋に粘着質な水音が響く。それだけでも腰がびくびくと震えるのに、親指の爪でぷっくりとした花芯を軽く引っかかれ、若葉は一気に高みへと押し上げられる。

「は、はぁ……あ……」

「いい子だ、若葉は可愛いな」

額《ひたい》に貼りついた前髪を払われ、そこに口付けされる。まるで子どもを褒める仕草のよう。だけど褒められた内容は、とても淫《みだ》らだ。

御影は蕩《とろ》けるような笑みを浮かべ、若葉の唇を啄《ついば》み甘噛みする。その間に若葉の腰を軽く持ち上げ下着に指をかけたかと思うと、ずっ……とそれを下ろしてしまう。そのまま脚を広げられた若葉は、これからされる行為への期待でひくひくと入り口が蠢《うごめ》くのを感じた。

「若葉、ちょっと座って」

「う、は……い」

御影は若葉を優しく起こしてソファーに座らせると、自身の顔の前でまた大きく開脚させた。

「ゆーまさんっ！」

「なんだよ。いつもしてるんだから、今さら恥ずかしがるなよ」

御影はそこを舐めるのが好きなのか、情交のたびにこれをする。だからといって羞恥《しゅうち》心《しん》が消えるわけではない。思わず脚を閉じようとしたが、それより早く御影の頭が太ももの間に入り込み、誘われるように震える陰唇へと唇を寄せてきた。

ふぅっと息を吹きかけられると、ひんやりとした感覚に奥が疼《うず》く。御影は花芯に軽く口付けをしてから、舌でくるくると円を描くように舐め、じゅっと強く吸う。その度に若葉の身体は反応し、脚ががくがくと震えてしまう。

音をたてながら花芯を吸われ、舌で扱《しご》かれ、溢れる蜜を呑み干すように啜《すす》られる。肉厚な舌が膣内に入ってきて抽挿《ちゅうそう》を繰り返し、またじゅるじゅると吸う。若葉はまたも身体を痙攣《けいれん》させて達してしまった。

脱力した若葉がソファーにもたれかかる。それでも御影は構わず、執拗《しつよう》なまでに秘所を愛撫《あいぶ》してきた。これが彼の〝甘やかす〟なのか。何回も達したというのにやめてはくれず、若葉はいやいやと涙目で頭を振るが、その度に御影の舌の動きは激しくなっていく。

何も考えられないほどに、頭も、そして身体も溶け切ってしまったような感覚。それでも最奥を抉《えぐ》られる快楽を知っている身体は、どこか物足りなさを訴えてきた。

「これで何回イッたんだろうな。軽いやつも入れたら、結構な回数イってるかもな」

御影は、蜜でふやけた指を若葉に見せつけるように舐《は》め上げる。

そして未だ若葉の腰に纏《まと》わりついていたスカートを剥ぎ取り、自身もようやく服を脱ぎ始めた。

衣擦《きぬず》れの音やガサガサとした紙袋を漁るような音がどこか遠い。執拗な愛撫で思考が奪い取られてしまっている。身体をだらりとソファーに投げ出したままでいれば、普段の倍以上に愛撫されてどろどろになった秘所に、熱く猛《たけ》った肉棒が遠慮なく挿入された。

「あぁあああーっ」

待ち望んでいた太く熱い肉茎が、ずぶずぶと秘所に呑み込まれていく。そのあまりの質量に若葉の腰が戦慄《わなな》いた。

「くっ、し……締めすぎだ……！　つぅか、挿《い》れただけでイッたな？」

「うぁっ、やっ、いまうごいちゃだめぇ、だめなの！」

「何でっ、駄目なんだよ。いいんだろ？」

甘い嬌声《きょうせい》と御影の掠《かす》れた声が混ざり合い、より濃厚な空気が部屋を満たす。

愛液で濡れたそこは、御影の太い肉棒も容易に奥まで受け入れてしまう。蠢《うごめ》く膣壁がねだるように肉棒に絡みつき、さらに奥へと誘う。若葉の頭も身体も、御影でいっぱいだ。

　御影の律動に合わせて、ソファーがガタガタと床を鳴らす。不安定な場所での行為に不安を煽《あお》られた若葉は、膣内にある御影の肉茎を一層締めつけてしまう。

　すると腰を抱えられ、身体をぐるりと反転させられる。今度は御影がソファーに座り、若葉は彼と繋がったまま、その太ももの上に跨《またが》るように座らせられた。亀頭が奥にくっついて、そこから溶けて一つになってしまいそう。御影と見つめ合い、彼の胸に手を置けば、自然と唇が近付いていく。

「んぁ、ちゅ、ん、」

「キスもうまくなったな。ほら、俺の口の中に舌入れて」

　いつもは御影の方が若葉の口に舌を差し入れ、翻弄《ほんろう》している。今日は若葉の方が御影の口腔《こうこう》を愛撫《あいぶ》しろ、ということなのだろう。

　愉悦《ゆえつ》に夢中になっていた若葉は、言われるがままに御影の唇に舌を差し込んだ。彼の両頬に手を添えながら、小さな舌で口蓋《こうがい》や歯列をなぞり、彼の舌をちろちろと擦《こす》り上げる。零《こぼ》れる唾液もそのままに、若葉は御影の口腔を味わった。御影は若葉の至るところを甘いと表現しているが、御影の唇こそ甘くて美味《おい》しいお菓子のよう。

「ん、んはふ、ん、おいし……っつ、や、おおきぃっ」

とろんとした瞳で素直に賞賛の言葉を述べた途端、突然膣内の熱棒がひときわ大きくなった。

若葉が思わず反応すると、御影も苦しげに言い返す。

「お前が、煽るからだろ……っ」

止まっていた腰の動きが再開され、抉《えぐ》るように突き上げられる。息が詰まるほどの激しい律動に、若葉はすぐにでも達してしまいそうになる。

「は、中がすげぇ締めつけてきてひくひくしてんな。そろそろまたイキそうだろ」

「あ、んんっ、あぁっ、……も、だめぇ……」

「若葉、好きだ、俺から離れんな」

「ゆーまさん、ゆー、っまさん！」

何度も御影の名前を呼びながら両腕を彼の首に巻きつければ、身体を強く抱きしめられる。熱の灯った御影の身体が気持ちいい。

じゅぶじゅぶと奥を穿《うが》たれたかと思うと、膣内をかき回される。胸と胸が擦れ合うと若葉の硬い頂《いただき》が刺激され、甘い声が小さく漏れる。強く突き上げられれば身体が一瞬浮き上がり、重力によって深々と最奥を抉られた。

強い快感が波のように若葉を襲い始める。激しい抽挿《ちゅうそう》が繰り返され、肌のぶつかる音が淫猥《いんわい》に響いた。大きく反《そ》り返った肉茎に弱いところを擦《こす》られれば、足元から快楽が駆け上がり若葉の頭は真っ白になっていく。両手と両脚で彼の身体に抱きつきながら、若葉は身体を痙攣《けいれん》させる。すると最奥に突き入れられた御影のものは、一層質量を増し、薄い膜越しに爆《は》ぜた。

御影は若葉を抱き込んだまま、ぐったりとソファーに身を任せる。

「は、ぁ……。やべ、すげぇでた」

「も……、ゆーまさん……ばか……」

まだ余韻に浸《ひた》っていたいというのに、御影の一言で力が抜けた。二人は抱き合ったまま、お互いの首筋に顔を埋めてそこにキスをする。それから顔を上げて見つめ合い、目を閉じることなく口付けを交わした。

その後若葉はバスルームに連れていかれ、力の入らない身体を洗われながら弄《もてあそ》ばれ、今度はベッドで何度か抱かれた。

御影の言葉通り、腰が立たなくなるまで抱きつぶされた。御影がすっかり満足した頃には、ベッドの上でぐったりと仰向けになってしまい、起き上がれる状態ではなかった。

「も、むりぃ……」

「やりたくても、もうゴムがねぇ」

御影はベッドの縁に腰をかけながら、避妊具が入っていた空《から》の箱をゴミ箱へと投げ入れる。

その避妊具は先日買ったばかりだったはず。それがなくなるまでしたらしい。やはり御影は絶倫だと思った瞬間だった。

「ゆーまさん、お腹空きました」

「そういえば、昼飯も食わずにヤりっぱなしだったからな。適当に何か作るか」

「作れるんですか？」

「作れる料理《やつ》は作れる」

なんとも心配な台詞《せりふ》だが、若葉は動けない状態なので御影に任せることにした。そもそも御影は若葉を甘やかすと言っていたのだから、何もさせるつもりはないのだろう。

御影のTシャツに身を包み、ベッドの上でまどろんでいると、遠くから料理を作る音が聞こえてくる。作り慣れている料理なのか、手際がよさそうだ。以前冷蔵庫を見た時は、その殺風景さに食生活の心配をしたものだが、あれは忙しさゆえで、本当は結構料理もできるのかもしれない。

それからしばらくして、うつらうつらと眠りそうになった頃、寝室のドアが開いていい香りが鼻をくすぐった。

「トマトの匂い」

「できたぞ、連れてくから。食うのはリビングな」

「あい」

回らない舌で返事をした若葉は、素直に御影に抱き上げられてリビングに向かう。

テーブルの上には、ベーコンとトマトのパスタと、キャベツのスープが置いてあった。

「これ……悠麻さんが作ったんですよね」

「当たり前だろ……。パスタぐらい作れる」

「おいしそう……。いただきます！」

フォークでくるくると麺を巻いて、口に運ぶ。トマトの酸味とベーコンの旨みが相まって、とても美味《おい》しい。

キャベツのスープはインスタントスープで作ったそうだが、胡椒《こしょう》がきいていて美味しかった。綺麗に全て食べ切れば、先に食べ終わっていた御影がお皿を片付けてくれた。

本来なら手伝いたいところだが、今日は腰が使いものにならないので、大人しく御影の後ろ姿を眺めることにした。

第七章　はじまりの缶コーヒー

煙《けぶ》る狭い部屋の中は、多種多様な煙草《たばこ》の匂いが充満している。

御影は一年ほど前からすでに禁煙しているが、この喫煙ルームにはたびたび足を運んでいた。

女にとって、トイレや更衣室、昼休憩で行く食堂などが情報交換の場だとすれば、男にとってはこの喫煙ルームが情報交換の場となる。煙草をやめたからといってここに来ないでいると、大事な情報を逃してしまう恐れがあった。

ここでは誰がミスをしただとか、どこの下請けがいいといった重要な話から、誰と誰が付き合っているとか誰が誰に言い寄っているなどのくだらない噂話まで行き交う。全てを覚えておくわけではないが、聞いておくに越したことはない。

今日も偶然居合わせた人事部の羽倉や、秘書課の野々宮凛子と近況を報告し合う。二人とも御影の同期で、付き合いが長い分、気安い仲である。

すると少し離れたところで、若い男性社員三人が最近の女性社員について話をしていた。

「やっぱり！　朱利ちゃん可愛いよなぁ！」

「知り合いでもないくせに、名前呼びかよ！」

「いいだろ、ここでぐらい。あと営業課の中田ちゃんも可愛いよな」

「あー、確かに。でもさ、営業課って言えば〝お母さん〟ってあだ名の鏑木さん！　最近すげぇ可愛くなったって評判だよな」

御影にとってその話は初耳だった。羽倉達と会話をしつつも、耳の神経はそちらへと集中する。若葉の話となると、無視などできない。

「なんて言うのかな、顔自体は相変わらず地味なんだけど。雰囲気的に可愛くなったって」

「わかる！　それにあの子すごくいい子でさー、俺狙っちゃおうかなって」

眉間に皺《しわ》が寄ったのが自分でもわかる。羽倉もそれに気付いたのか、御影にしか聞こえない声で「お前のおかげだなんて、誰も思わないんだろうね」と呟《つぶや》いてきた。

「うっせ！」

「余裕ないねー」

羽倉という男は、よく〝優しくて爽《さわ》やか〟などと言い表されている。御影に言わせればそれは表の顔であって、本当の羽倉は人をおちょくって楽しむ食えない男である。

若者三人はなおも盛り上がり、いつ食事に誘おうかなどと話している。若葉が誘いに応じるとは思わないが、だからといって気分が良いものではない。

するとリ煙ルームに野々宮の高い声が響いた。

「馬鹿言ってんじゃないの。他の男に愛《め》でられて咲いた花が、あんた達に目を向けるわけがないでしょ。あぁいう子を狙いたいなら、自分で見つけて自分で大事に咲かせてみなさい」

細い指でとんとんと灰皿に灰を落とす仕草には、だいたいの男が見惚《みほ》れるだろう。それぐらい野々宮は華《はな》がある女だ。ただ御影と羽倉に限っては、付き合いの長さもあって見惚れることも憧れることもない。

御影はそろそろ部署に戻ろうと喫煙ルームを出た。

廊下を歩いていると、後ろから高いヒールの音が追ってきて、野々宮に呼び止められた。

「御影、ちょっと顔貸して」

「なんだ？　喧嘩《けんか》の呼び出しか？」

「そんなわけないでしょ……」

野々宮は呆れたようにため息をつく。促《うなが》されるままに後ろについてエレベーターに乗り、降りた階は会議室のあるフロアだった。会議がない限り、ここは大抵人気《ひとけ》が少ない。

会議室の一つに入ったところで、野々宮が御影を振り返る。

「んで、こんなところまで連れてきた理由は？」

「質問と忠告……かな。御影、あんたが若葉ちゃんに本気なのはわかってる。なにせ、一年前に女関係すべて清算したのも若葉ちゃんのためでしょ？　あと禁煙も」

そうだ、こいつはこういう女だった、と思い出す。人があまりつついてほしくないところを、針どころか剣で思い切り抉《えぐ》ってくる女だ。

確かに一年前に若葉に本気になった時、御影はお世辞にも綺麗とは言えない女性関係を清算し、禁煙もした。若葉が煙草《たばこ》の匂いを好まないと言っていたからだ。

「最近女子の間で、御影に女ができたって噂が出回ってんの。どっかのデートスポットであんたを見たってね」

「それが？　俺のそういった噂なんて、嘘か本当かに関係なくいろいろあんだろ」

とはいえそれも一年前までのことで、ここ最近は静かなものだった。それもあって今回の噂が女性社員達を騒がせているのだろう。

「まぁ、そうなんだけど。でも、さっきも話が出てたでしょ。若葉ちゃん最近可愛くなったって。男から見ても女から見ても、あぁ彼氏ができたんだなこの子、ってわかるぐらいに綺麗に咲いたわ」

「……」

「御影と若葉ちゃん、それぞれに恋人ができたんじゃないかっていう噂が出回ってる。

その二つがイコールだと気付いている人間はそうはいないだろうけど。お節介でしょうが、一応耳にいれておこうと思って」

「チッ、面倒くせぇな……。俺が誰と付き合おうと俺の勝手だろうが」

「仕方ないじゃない。あんた一応この会社でモテちゃってるんだから。たとえあんたを観賞対象程度にしか思ってなくたって、彼女ができたとなったら目くじらたてる子だっているの。顔が良いっていうのも考えものよね」

御影は頭をがしがしと掻いてから、腕を組んで大きなため息をついた。

男の場合、誰と誰が付き合っていようと、そうそう面倒くさいことにはならない。憧れの女が結婚する、誰かと付き合うという話を聞いても悔しがったり羨《うらや》んだりはするが、相手の男に何かをするということは滅多《めった》にない。だが、どうやら女は違うらしい。女同士の争いなど興味はなかったが、若葉も関わってくるとなると話は別だ。

「って……いうか、二人の間ではどうなってんの？　その辺のこと。別にうちの会社は社内恋愛禁止ではないけど、バレたらやっかいでしょ？」

「……一応は話し合った。俺は最初からバラしても構わないと思っていたが、それだとトラブルが起こるかもしれないってあいつが言ってたからな。とりあえず隠すつもりはないが、言うつもりもないってとこに落ち着いた」

御影としても、若葉がトラブルに巻き込まれるのは困る。四六時中一緒にいるわけにもいかないから、守ってやるなどという無責任なことも言えなかった。

今まで気付かれなかったのは、御影も若葉も仕事とプライベートをしっかり分けていたからだ。帰宅時間も大抵御影の方が遅く、どこかで食事をするとしても外で待ち合わせか御影の家に行くこととなる。傍《はた》から見れば、御影と若葉の関係はただの上司と部下でしかないだろう。

「そう……じゃぁ、二人の関係がバレたら？」

「もし隠していたとしても、遅かれ早かれいつかはバレる。隠したままじゃ結婚もできないしな。だからそうなったらそうなったで、腹括《くく》るだけだろ」

「はぁ……若葉ちゃんも苦労するわ……。腹括んのはあんたじゃなくて、若葉ちゃんの方でしょ。この場合どう考えても！　まあ、一応私の方でも見ておくし、何かあれば助けるつもり。けど一番ちゃんとしなきゃいけないのは、御影なんだから」

「わかってる。一番大切なもんぐらい、本気で守る」

「……そういうとこが、モテる理由かもねー。あー、私も彼氏欲しいー」

野々宮は御影の両肩をポンと叩いてから、会議室を後にした。

男である御影には女子の思考は理解できない。若葉から真剣に〝女の嫉妬《しっと》は怖い〟という話はされたものの、未だピンとこないというのが正直なところだ。だからといって、何も対処しないわけにはいかないだろう。

野々宮から忠告されたことも、一応若葉に知らせておこう。知っていれば対処はしやすい。

自分がこんなにも女に本気になり、こんなにもいろいろなことを考えるようになるとは思ってもみなかった。一年前までは、好きでもない女と軽い付き合いをしたこともあったのに。

会議室を出て営業課のフロアへ戻ると、大量のファイルを両手に抱えてよろよろ歩いている若葉を見かけた。近くまで行き、半分ほどファイルを持ってやると、驚いた顔でこちらを見上げてくる。

その少し開いた口を塞《ふさ》いで舌をねじ込んでやろうかとも思いながら、上司としての表情を崩すことはしない。

「危ないだろ、他の奴に当たったらどうするんだ。無理せず分けて運ぶなり、誰かに頼むなりしろ」

「はい、すみません」

軽く説教をしてやれば、肩を落としてしょげている。そんな姿を見せられると肩を抱き寄せたくなるというのに、何でここまで無防備なんだと思わずにはいられない。

そんな若葉の頭を軽く叩いてやって、営業課へと戻った。

何故若葉なんだと問われても、御影自身、よくわかってはいなかった。

数年前の仕事帰り、後輩に誘われた飲み会に顔だけは出そうと羽倉と向かった。そこで若葉と初めて出会った。その時は馬鹿な後輩二人が若葉をからかったらしく、野々宮と、若葉と仲の良い宮野朱利が食って掛かっている最中だった。一方、当の若葉は怒る女二人を苦笑しつつも宥《なだ》めようとしたり、他の飲み会参加者に謝ったりしていた。

正直その時は、自分のことをからかわれても言い返せないのかと少し呆れていた。

それからたびたび、若葉がからかわれるのを目にしたり、〝お母さん〟などというあだ名で噂されるのを耳にしたりした。母親っぽいかどうかは、御影にはよくわからない。ただ、大人しくて好みのタイプではないという印象だった。つまり興味がなかったのだ。

それが変わったのは、その飲み会から一年ほど経った頃。ある男が宮野と若葉の二人を比べ、若葉を貶《おとし》めている現場を見た時だ。


詰まっていた仕事に目処《めど》がついて、一息つくため自販機で缶コーヒーを買い、一口飲む。

しばらくして近くから声が聞こえたのでそちらを見ると、若葉と宮野、そして経理課の社員らしき男がそこにいた。

女性二人は各部署へ届け物をしているらしく、男はそれを手伝っている。よくある光景だ。

しかし宮野は急いで届けたいものでもあったのか、荷物の一部を持って二人から離れる。

すると先ほどまで愛想よく笑っていた男の顔は仏頂面《ぶっちょうづら》となり、若葉が持っている荷物の上に自分が持っていた荷物を乱暴に置いたりと八つ当たりめいたことを始める。

その行為に御影は眉をひそめる。そんな風にあからさまに他の人間を雑に扱う様は気分が良いものではない。しかも男の横柄《おうへい》さは、それだけに留まらなかった。

「宮野さん、ガード固すぎ。あ、君、荷物は自分で持ってってね。別に君の手伝いしたかったわけじゃないし」

「はぁ……、わかりました」

その男の言葉に、飲み干したコーヒーの缶が少しへこむ。そして若葉の対応に対しても、お前は何も言い返さないつもりかと腹を立てていた。

「そうだ！　宮野さんとの仲を取り持ってくれるなら、手伝って……」

男が良いことを思いついたとばかりに馬鹿なことを言い出す。御影はコーヒー缶をゴミ箱に捨て、男の言葉を遮《さえぎ》ろうとしたが――

その前に若葉が男を遮った。愛想の良い笑みを零しながら。

「一人で行けますので、結構です。だけど、朱利はそういったこと言う人は嫌いですから気をつけた方がいいですよ」

「なっ！　……あー、マジねぇわ」

男は何か言おうとしたが、結局はやめて、来た道を戻っていく。

その時、若葉の顔が見えた。泣きそうに顔を歪《ゆが》めて、俯《うつむ》いている。だが、次に顔を上げた時には何事もなかったような表情。

その時初めて、この女は嫌なことも辛いことも苦しいことも全て呑み込んで、それを表に出さずに周りを気遣う人間なのだ、と認識した。顔を上げて真っ直ぐに前を向くその姿は、とても弱々しく、それでいて強く綺麗だと思った。弱くて強いなどと、矛盾している。けれど事実、そう感じたのだ。

気が付けば、荷物を持って歩き出した若葉に話しかけていた。

「おい、どこ持ってくんだそれ」

「わぁっ！　み、御影さん！　お、お、お疲れ様です！」

「お疲れ、で？」

突然声をかけたせいか、慌てている。聞けばこの荷物は近くの資料室へ持っていくとのことだったので、荷物持ちを手伝ってやる。

別れ際、何度も頭を下げながらお礼を言う姿が好ましく、頭を軽く撫《な》でてやってから仕事に戻った。

それからというもの、会えばちょっかいを出すようになった。

反応が初々《ういうい》しくて面白いというのもあるのだが、時折見せる、はにかみながらも嬉しそうに微笑《ほほえ》むその顔が見たかったというのが一番の理由だ。その時はまだ、自分がそんな感情を持つなんてありえないと、心に蓋《ふた》をしていたのだが。

だから御影が個人的に若葉を誘うこともなければ、若葉が必要以上に御影に近付いてくることもなかった。そんな状態で数年経ち、御影は営業課の課長となり、これから先の仕事のことや結婚のことなどを考えるようになっていた。

そんなある日、羽倉と飲みに行った帰りのこと。

「あれ？　あそこにいるの、鏑木ちゃん？」

羽倉が指さした先に、若葉が会社の人間ではない男と笑い合っている姿があった。

それを見た瞬間、熱い感情が心のうちに噴き出した。

（それは俺の女だ）

そんな風に、ごく当たり前のように思った。我に返ってから、額《ひたい》に右手を当ててため息をつく。

これはもう、諦めて自分の気持ちを認めるべきだろう。

「悠麻、眉間にすごい皺《しわ》寄ってる。ふぅん、鏑木ちゃんか」

「なんだよ」

「いや、本気で欲しいものは全力で取りに行った方がいいぞ」

「あぁ、なりふり構ってられないしな」

まずは女性関係の清算と、若葉の囲い込みの準備、あとは禁煙か。煙草《たばこ》の匂いは好きではないと以前聞いた気がするし。早速胸ポケットに入れていた煙草を近くのコンビニのゴミ箱に投げ捨てた。少しでも障害になりうるものは、取り除いておいたほうがいい。

それから半年ほどをかけて、禁煙をした。元々家ではベランダか換気扇の下でしか吸わなかったから、部屋に染みついた煙草の匂いもそこそこ取れた。

後はタイミングだが、ガードが固いのか鈍感なのか、若葉はこちらのアプローチに全く気付く気配がない。幸い半年前に話していた男は、恋人でも何でもないようだったが。

「あー、くそ。振り回されてんなー……」

ある日の終業後、御影はすでに他の社員が上がっているのをいいことに、大きくため息をついて椅子の背に身体を預けた。

「お疲れだなー、悠麻」

「あ？　あぁ、葵か……。どうしたんだ？」

声をかけてきたのは羽倉だ。名前で呼んできたところを見ると、羽倉もすでに仕事を終え、プライベートモードになっているのだろう。

「お前に朗報。よって今すぐ仕事切り上げて下に集合」

「おい！」

御影の制止も聞かず、羽倉はさっさと行ってしまう。いったい何が朗報なのかも言わないうちに。

一つため息をついてから、パソコンの電源を落としジャケットを羽織る。フロアの照明や空調が切れていることを確認して、エレベーターに乗り込んだ。

下につけば、羽倉と一緒に、若葉の友人である宮野がいた。

「んで？　いったい何なんだよ」

「説明は後々。朱利ちゃん、外で待ってるんだよね？」

「はい、さっき連絡あったので」

いつの間に名前で呼ぶようになったのか。つまり羽倉は宮野狙いということか。

二人と一緒に外に出てみれば、柱に寄りかかりながら夜空を見上げている若葉が目に入った。そこで、なるほどと納得をする。

「な、朗報だろ」

「……見返りは？」

「とりあえず貸し一つ」

借りを作っておくと後々面倒くさいような気がするが、今回に関してはそれでいいだろう。

若葉は御影と羽倉の登場に目を丸くしながら、予約していたらしい店に連絡をしている。

どう転ぶかはまだわからないが、この好機を逃すつもりは毛頭なかった。何せ、さんざん待っていた獲物が目の前にいるのだから。

そして御影は無事、若葉を手に入れることができた。まさかあそこまでうまくいくとは、思いもよらなかったが。

おまけにその直後には、人事課の羽倉が画策《かくさく》したものか、たまたまできた営業事務の空きに若葉が異動してきた。

それまで女に対しあまり情熱を傾けてこなかった御影にとって、若葉という存在はどれだけ抱いても、どれだけ求めても足りないほどに心奪われる存在だった。こんな風に一人の女を、誰よりも何よりも大切に守りたいと思う日が来るなど、数年前の自分なら絶対に信じなかっただろう。

自分よりも小さく温かいその存在を抱きしめて、もう離しはしないと御影は誓った。

第八章　シェリー酒の甘い誘惑

朝いつものように会社に向かっている途中で、後ろから朱利に声をかけられた。

「おはよ、若葉」

「おはよー、朱利」

二人で歩いていると、女性社員が若葉と朱利の二人をチラチラと見てくる。何故だか中には悪意のある視線も感じた。何ともいえない違和感が背中に張り付いてくる。気にしてはいけないと頭《かぶり》を振って会社に入り、営業課のフロアに行くと沙織が駆け近寄ってきた。

「鏑木さぁあああん！」

「うわっ、な……なに？」

「ちょっと！　ちょっとこっち！　来てください！」

席に着く間もなく、鞄《かばん》を持ったまま沙織に自販機付近まで連れてこられた。聖川も後から追ってきたので、いったい何事かと首を傾《かし》げる。そんな若葉に、聖川が切り出す。

「あのね、今日朝から出回ってる噂なんだけど。御影とあなたが付き合ってるって」

「そうなんです！　同期とかにも結構聞かれたので、とりあえずはぐらかしておいたんですけど……」

若葉はとうとうバレたかとため息をつく。

「……そう、ですか……。わかりました、教えてくださってありがとうございます」

時間の問題だとは思っていた。後は若葉自身が腹を括《くく》るだけの話。

沙織は若葉の返答に驚いた顔をしたものの、すぐに心配そうな顔で言葉を続ける。

「なんか、どっかで二人が手を繋いで歩いているの見たって」

「んー……まぁいつかはバレると思っていたので。何かトラブルが起きないことを祈っておきます」

聖川は心配そうな顔で、若葉の肩を撫《な》でる。

「あいつのファン、結構過激なのもいるって噂だしね……。鏑木ちゃん、絶対に一人にならないことと、スマホを持ち歩くこと。いいわね」

「はい、ありがとうございます」

実のところ、少し前に羽倉が朱利と付き合っているという噂が出回っていた。そちらは美男美女でお似合いだとのことでさほど騒ぎにはならなかったが、その代わり女性の人気が御影に集中するようになっていたらしい。その御影の相手が、会社で〝お母さん〟とあだ名されている地味な若葉なのだ。あの程度なら取って代われると思っている女性もいることだろう。

だからといって、若葉にしてみれば簡単に御影の隣の位置を手放すつもりはないのだ。

何を言われても胸を張っていよう。堂々としていよう。

本当は怖くて怖くて堪《たま》らない。覚悟していたとしても悪意のある言葉は心臓を抉《えぐ》る。

逃げてしまいたいけれど、それでは意味がない。

少なくとも目の前にいる二人は味方だ。他にも、御影はもちろん、朱利や羽倉、仲の良い同期などは味方でいてくれるだろう。その人達がいるのだから大丈夫だ。

そう思い三人で部署に戻れば、同じ課の女子達が若葉に注目してくる。笑って挨拶《あいさつ》をすれば、面食らったような顔をしてから挨拶を返してくれた。

それに対し、中田などは親の仇《かたき》でも見るような目を向けてきたので、苦笑してしまう。

まだ御影のことを狙っていたのか。自分が若葉なんかに負けたと悔しがっているのか。

人は自分より劣っていると認識している人間が、自分よりも良いものを持っていると腹を立てる。中田も昔〝家政婦〟などと呼ばれていた女が、エリートの御影と付き合っていることが許せないのかもしれない。

午前中の間にわかったことは、営業課にいる女子はこれまでと変わらずに接してくれる人がほとんど。少しそっけなくなったのが数名だった。

ただ休憩時間には、実際付き合っているのかなどという質問は飛んできた。

「御影さんってかっこいいけど、怒ると本当に怖いし、怒鳴り声にびっくりすることもあるでしょー。観賞するにはいいけど、付き合うにはなぁって思ってたから、鏑木さんすごいよー」

「そうそう！　御影さん仕事の鬼だからさ、恋人でも容赦《ようしゃ》ないでしょ、仕事に関しては」

「この間鏑木さん、数字の桁《けた》を一箇所間違えて怒られてたもんね……。そう思うと、公私混同してないから私的にはいいなーって思う」

「そう、ですか？」

皆、思っていたよりライトな反応をしてきたので正直驚いてしまう。

「あー、でもさ。御影さんの怖さとか、私達はいろいろわかってるけどさ。他の部署の子は知らないだろうね。そっちの子には気をつけたほうがいいよ」

「うんうん、何かあったら言ってね！」

「あ、ありがとうございます。そう言っていただけると嬉しいです」

はにかむように笑って小さく頭を下げると、彼女らはにこにこと笑って行ってしまった。

確かに営業課にいる女子は御影の普段の仕事ぶりを知っている。何か不始末があれば怒鳴られたりすることも、その声にはお腹にドンッと響くような迫力があることも。そう考えると、見ているだけで構わないと思うのもわかる。と同時に、あの優しい笑みや、慈しむような口付けをくれる御影の姿を知っているのは自分だけなのだと嬉しくなってしまう。

質問に答えているうちに遅くなってしまったが、この日はお昼を食べるために外に出た。そして以前御影と会ったお店へと足を運び、日替わりのロコモコ丼を頼む。ご飯の上にハンバーグや目玉焼きが載っているなんて、まるでお子様プレートのようで楽しいなと思ってしまう。

二階に行ったらすでに御影が食事をしていたので、その隣に腰かけた。約束をしていたわけではないが、今日は絶対にいるだろうと思っていた。

「とうとうバレたな」

「はい。とりあえず営業課ではトラブルが起こる雰囲気ではないので、安心しました」

目玉焼きの黄身とご飯とを軽く混ぜながら、若葉は御影に笑ってみせる。御影は困ったような笑顔で、若葉の頬を撫《な》でた。

「そうか……。悪いな、何かあるなら俺にあればいいんだが」

「大丈夫ですよ。覚悟はしてましたし、聖川さんも朱利もいるので。そのうち落ち着きますよ」

不安がまったくないというわけではないが、あえて大丈夫と言ってみる。少しでも御影の負担にはなりたくない。

それから二人で食事をして、休憩時間ギリギリまで穏やかな時間を一緒に過ごす。

以前は時間差を作って戻っていたが、バレてしまった以上、もう堂々とするだけだ。

連れ立って会社に戻れば、朝以上の視線が二人に集中した。

それでも仕事自体は、特にトラブルもなく終わらせることができた。定時を過ぎた頃に、若葉は聖川と共に退社する。普段は一人で帰ることが多いけれど、心配だから聖川が駅まで一緒に行こうと言ってくれたのだ。

使っている路線が違うため、構内で「お疲れ様です」と言い合って帰路に就《つ》く。

駅からアパートへ向かう道すがら、後ろから誰かに付けられている気がして振り返る。

「……気のせい……かな」

少女マンガのように、御影に憧れる女性達から呼び出しぐらいはされるのでは、と思っていたので、神経が過敏になっている。アパートに着いてほっとしたところで、スマホがぶるぶると震える。

「非通知……」

一瞬嫌がらせかと思ったが、頭を振ってその考えを振り払う。

非通知や知らない番号からの着信には、基本的に出ないようにしている。若葉の個人のスマホには他の会社から電話がかかってくることはないし、御影や聖川などといった同僚の番号や、自社の番号は登録してあるので、きっと何かの勧誘か間違い電話だろう。

今日は何事もなく過ごせたが、もしかしたら明日明後日《あさって》に何かトラブルがあるかもしれない。けれど、そんなことを気にしていたら、誰とも付き合えないし、外を歩いてはいられないのだ。

不安は付きまとうが、大丈夫だと自分に言い聞かせた。

朝いつものように家を出て、玄関のドアを閉めようと振り向いたところで、その状態に気付いた。

「……はぁ……」

ため息しか出ない。玄関ドアには赤い文字で〝ブス〟と書かれた紙が数枚貼り付けられていた。子どもみたいなことをすると呆れずにはいられない。

若葉は念のため玄関前の現状をスマホのカメラで撮っておく。それから貼り紙を剥《は》がして家の中に放り投げた。こちらも念のために取っておこう。

いったい誰がとも思うが、心当たりと言えば会社の人間しかいない。御影と付き合っているのが気に入らないのならば、直接言えばいいのに。やはり昨夜誰かに付けられていると思ったのは、気のせいではなかったのかもしれない。

しばらくは様子を見ることにしよう。事態が悪化するようなら、何かしらの対策を考えなければならない。

これからこんな行為をした人間がいる会社に向かうことになる。それを考えると足が竦《すく》む。とはいえ、会社を休むわけにはいかないし、御影の顔を見ればきっと落ち着くだろう。

それからというもの、毎晩のように非通知の相手や公衆電話からの着信音が鳴り響くようになった。ある時などは夜中の二時過ぎにかかってきたので、驚いて心臓がバクバクとした。

夜は御影からの電話がかかってくる可能性もあるから、電源は落としたくないのだ。

玄関にも数日ごとに貼り紙がされている。大家には一言連絡を入れておいた。

帰る時は出来るだけ遅くならないようにし、鍵も近くのコンビニ付近から手に持っておいて玄関まで来たら素早く開ける。そんな時は後ろから足音がしないかと、いつも緊張してしまう。

二人の仲が知られて以来、金曜日は御影の家に行くことにしているため、スマホを完全に落としていてもあまり困らない。一応定期的に電源を入れて、友人からの連絡を確認するぐらいだ。

だが、御影の家でそんな風に穏やかに過ごせる分、アパートに戻る時は憂鬱《ゆううつ》になってしまう。

その度にこんなことでは傷つかない、こんなことでは負けないと自分に言い聞かせる。

それから一ヶ月ほど経ったが、電話も貼り紙も相変わらず。このまま相手が飽きてやめてくれるのが一番いいのだが、厄介なのはここからエスカレートしてしまう場合だ。

「はぁ……、なんか……最近気を張りすぎて疲れちゃったかも」

温かいお茶を飲みながらそんなことを呟《つぶや》く。さすがに朱利あたりには相談すべきか。

夜の十一時を過ぎ、朱利に暇な日にちを聞くメールをした時、外の廊下で人が歩いている音がした。壁が薄いのもあって、そういった音も聞こえてしまうのだ。その足音は何故か若葉の家の前で止まった。

「……」

唇が震えて息苦しい。両手を握り締めてただじっと玄関を見つめていると——

ガチャガチャガチャガチャッ
「……っ⁉」

声が出そうになり、慌てて口を覆って息を潜《ひそ》める。玄関ドアを開けようとしているのか何度も何度も取っ手が動く。一体誰なのか確認すべきだと思いながらも、身体が硬直して動くことができない。

音が静まってから何とか身体を動かし、玄関の覗《のぞ》き穴で外を見てみるが、すでにそこに人はいなかった。

「……は、はぁっ……はぁ……」

恐怖が身体を支配している。

電話や貼り紙程度ならそこまで怖いとも思わなかった。せいぜい、やっていることは学生のイジメと大差ないと呆れるぐらいで。けれど、こんな時間にこれほど恐怖を煽《あお》られるとは思ってもみなかった。泣き出しそうになるが、必死に深呼吸をして我慢する。

「こ、んな……ことするなんて、ホントに暇なの？」

声が震えてはいるが、どうにか言葉を絞り出すことができた。それも皮肉の言葉を。

大丈夫。まだ頑張れる。

大きく息を吐くと、震える身体をベッドへ投げ出して眠りについた。

次の日の昼は朱利が営業課までやってきて、ランチをしようと誘ってくれた。せっかくだからと聖川や凛子も誘うことになり、四人でランチをしに外に出た。着いたのは、ランチもやっている居酒屋。席のほとんどが個室になっているので、人に聞かれたくない話をするにはちょうど良い。

「それで、若葉がこのタイミングで話をしたいってことは……やっぱり何かあった？」

「若葉ちゃん。言いにくいかもしれないけれど、ちゃんと聞かせて」

「……はい、実は……」

若葉はここ最近起こっている出来事をかいつまんで話した。念のため削除せず取っておいた非通知や公衆電話からの着信履歴に、玄関の貼り紙の写真も一緒に見せる。そして昨夜、ドアを開けようとした何者かの話も。

「思ってたよりひどいわね」

「そうね。呼び出しぐらいなら私達が気をつけていればどうにかなる、と思ってたけど」

凛子と聖川は眉をひそめて言う。朱利もため息をついて同意した。

「自宅への直接攻撃や電話での嫌がらせだと、私達も御影さんも気付きにくいですもんね」

「そうだ、これ御影は知っているの？」

凛子の言葉に、ふるふると首を横に振った。

もしかしたら若葉の態度に違和感は持っているかもしれないが、若葉は会社でもプライベートでも普段通りに振る舞っていた。御影が気付かなくても仕方ない。

御影はいつも手を差し伸べてくれている。事情は知らずとも、心配だからアパートまで送るとか、何かあったらいつでも家に来いなどと話している。ただ若葉が遠慮しているだけだ。

「……言った方がいいんじゃない？」

「今御影さん、数ヶ月かかって口説いてきた大手クライアントとの契約のために動いていて、山場なんです。そんな時に煩《わずら》わせたくないし、話をするにしてもせめて契約の件が落ち着くまでは……」

御影のことだ。仕事も大事だが、若葉のことも大事だと言って何とかしようとするだろう。

毎日忙しくて疲れた顔をしている御影に、これ以上負担をかけることなど若葉にはできなかった。たとえそのせいで、後で御影に怒鳴られる羽目になったとしても。

「確かに今御影は忙しいけど……、鏑木ちゃん。あいつの仕事が一段落したら、必ず今の状況を包み隠さずに伝えることを約束して」

「……わかりました。そうします」

「よし！　若葉、今日一緒に帰ろう！　私、今日から若葉の家に泊まる！」

朱利が決意したようにそう宣言する。

「え!?　でも、そしたら朱利に迷惑かけるかもしれないんだよ!?」

「聞く耳持ちません」

朱利はそう一蹴《いっしゅう》し、聖川と凛子もそうした方がいいと言う。結局、その日から朱利が若葉の家に泊まることになった。申し訳ないとは思ったものの、朱利がいてくれるだけでどれだけ安心か。

仕事帰りに朱利の家に寄って、一週間ほどの荷物をキャリーケースに詰めて若葉の家に向かう。

「今のところ被害なさそうだね」

玄関ドアを慎重に眺めながら朱利は言った。

「多分夜中にやってるんだと思う。大家さんには伝えてあるから、もし犯人を見かけたら教えてくれることになってるの」

「警察に被害届は？」

「まだ……。確か貼り紙だけでも内容によっては、名誉毀損《めいよきそん》とか器物損壊とかにもなるらしいんだけど……」

法律に詳しくないので、どういったことをされると警察が動いてくれるのかがわからない。

それは朱利も同じようで、後で一緒にいろいろと調べてみようと言いながら、家の中へと入る。

お互い部屋着に着替えて、紅茶を飲みながら他愛のない話をする。最近緊張の連続だったので、久々にリラックスできる時間が嬉しい。その間も若葉のスマホは着信を知らせるべく、何度も震えていたけれど。

「……震えるねぇ」

「今日はまだ少ないほうかな」

朱利の眉間に皺《しわ》が寄る。こんなくだらない嫌がらせをすることに、腹を立てているのだろう。

「本当子どもかって感じ。ありえないわ……、何をどう考えたらこんなことしようと思えるのか。いっそ番号変える?」

「そうしたいけど、結構長く使ってるから、変えるとなるといろいろ面倒で……」

「まあ確かに面倒よね……」

その日は幸い、昨夜のように玄関がガチャガチャと鳴ることはなかった。朱利は今日ぐらいはと言って、ベッドに一緒に寝てくれた。

その朱利の温もりとその優しさに、一粒雫《しずく》が枕に染み込んだ。


次の日の朝、二人で朝の支度をしてアパートを出ると、やはり貼り紙がされていた。

「うわー、なにこの陳腐《ちんぷ》な言葉。ブスとか地味とか。じゃあコレ書いてるお前はどんだけ綺麗でどんだけ派手なんだっつぅの」

「朱利、朝から辛辣《しんらつ》……」

朱利は腹立ちを隠すことなく、若葉と一緒に貼り紙を剥《は》ぎ取って家の中へと入れていく。

「てかさ、なんで貼り紙取っておいてるの? 内容なんていつも同じだし写メも撮ってれるんでしょ？」

「何かしらの証拠になるのかなーって。つまり……えっと、被害にあったっていう事実を残しておくべきなのかなって。戦える材料はあるだけあったほうが良いでしょ？」

「なるほどねぇ。何がどう繋がるかわからないもんね」

そんなことを話しながら会社に向かう。普段は一人で向かう道のりに朱利もいてくれるというだけで随分と心強い。

「にしても、いつ貼り紙してるんだろう……」

「んー、それだよねぇ……」

若葉のアパートの大家は、齢《よわい》六十を超えたおじいちゃんだ。大家は若葉の話を聞いてからというもの、夜の七時と十一時にアパートの周りを見回りしてくれている。

ということは、夜の十一時以降から、人が動き出す朝方の間、つまり真夜中に犯人は動いていると思われる。

会社では特に問題はなく過ごすことができていた。聖川達に言われた通りに一人で行動しないようにしたし、やむを得ず一人になる場合は必ずスマホを持ち歩いている。

それから一週間ほどしたある夜、朱利に食事に行こうと誘われた。仕事の都合で一緒には会社を出れなかったので、遅れてお店へと向かう。ビル街の奥まったところにある、焼きたてピザをメインにしているお店。とても狭く四人から六人が座れるテーブルが二つと、カウンターのみ。

ドアがガラスになっていて外から店内が見える。そこで朱利の隣に羽倉がいることに気付いた。恐らく朱利が誘ったか、勝手に付いてきたかしたのだろう。店に入り、二人に声をかける。

「お疲れ様です」

「あ、鏑木ちゃん、お疲れさま」

「お疲れ様ー」

朱利の向かいに座ると、朱利は若葉の後ろ……お店の入り口付近に目を向けていた。

「待たせたな」

「……っ⁉　悠麻さん⁉」

聞き慣れた声に振り返る。何故御影もここにいるのか。いや、羽倉がいる時点で御影が付いてきていてもおかしくはないのだが。

御影に会えたことはとても嬉しい。けれど改めて御影の表情を見た若葉は、顔を強《こわ》張《ば》らせた。御影は笑っている。笑っているが目は笑っていない。その背中からは怒りのオーラが見え隠れしている。

「よぉ、若葉」

「……はい、えっと……あ、あの……ですね。あっ！　な、何飲みますか⁉　ビールですよね！」

　声をかけられたものの、あまりの恐怖で何故か誤魔化《ごまか》すようにビールを勧めていた。御影は眉間に皺《しわ》を寄せたままため息をつき、「生ビール」と答える。そこで若葉は店員を呼んで生ビールとキューバリバーを注文した。

　御影が若葉の隣に腰を下ろすと、朱利は若葉に向かって両手を合わせ、頭を軽く下げてきた。

「ごめんね若葉。バレちゃった！」

「ここ最近、朱利が会ってくれないし、家に行ってもいないしで、いったいどうしたのかって問い詰めたんだ。まぁ、そこでは何も言わなかったんだけどね」

　羽倉が朱利に代わって説明をする。どんな問い詰め方をしたのだろうか、朱利の顔が赤い。考えてはいけないないと、その疑問は頭の隅《すみ》に追いやる。

「それで家まで送っていってゆっくり話を聞こうと思ったんだけど、言葉を濁《にご》すからさ」

　にこにこと笑っている羽倉の顔がとても怖い。むしろ若葉の方が謝るべきだろう。

　そこで御影が話に入ってくる。

「んで、若葉。俺に言うことは？」

「……ごめんなさい……」

「いつからだ」

「悠麻さんとのことがバレた日から」

「チッ、一ヶ月以上前じゃないか」

普段聞いたことがない、低い低い声に、身体がビクッと反応してしまう。怒鳴られることは覚悟していたはずなのに、実際目《ま》の当たりにすると怖い。

「だって、今悠麻さん契約で忙しいから煩《わずら》わせたくなかったし……。そもそも、何度もかかってくる電話も貼り紙も大したことないって思ってたし……」

御影は届いたビールを呷《あお》ってから、深くため息をつく。

「はぁ……、お前にとって俺はそんなに頼りにならないか？　仕事で忙しいからって、お前のこと邪魔だとか煩わしいとか考える男だと思ってたのか？」

思わない、そんなこと絶対に思わない。けれど、だからといって甘えるだけでは本当に御影におんぶに抱っこになってしまう。それは若葉が嫌だった。だから相談するにしてもせめて、御影の仕事に一段落ついた後が良かった。

「言わなかったことは、本当にごめんなさい。でも、これぐらいで傷ついたり負けたりするほど私は弱くないから。悠麻さんに寄りかかって歩くだけになりたくないから」

羽倉が感心したように言う。

「かっこいいねぇ、鏑木ちゃん。俺は男だから悠麻の気持ちの方がよくわかるんだけどさ。男的には好きな女性には寄りかかってほしいし、何かあったなら真っ先に相談してほしい。自分の大事にしたい人が一人で苦しむ姿は見たくない」

「そこは男女の考え方の違いなのかもね。私は若葉の言いたいことわかるもん。寄りかかって、依存するだけなんて嫌。ちゃんと一人で立って歩いて、その隣に寄り添いたい」

朱利はそう弁護してくれるが、羽倉の言いたいこともわかる。御影に話さなかったのは若葉の身勝手な思い。御影のためと言いながら、自分のためだったのかもしれない。

本当なら相談して分かち合うべきだった。何もしないという選択肢を選んだからこそ、この事態がいつまでも続いてしまっている。御影が若葉を見つめてくる。

「若葉」

「……はい」

「俺はお前を守りたい。お前の気持ちはわからないわけじゃないが、こういうことは言ってくれ。これでもし何かあったら、俺は後悔してもし切れない」

そっと手を取られ、強く握られる。御影の言葉を聞いて、若葉は自分を馬鹿だと罵《のの》りたくなった。怒鳴られることぐらい覚悟をしていた。それだけのことをしているとわかっていたから。けれどそれが御影を傷つける結果となってしまった。

もしこれが逆の立場だったら、苦しい。どうして話してくれなかったのと詰《なじ》っただろう。周りは知っているのに、自分だけ何も知らされていなくて。全てが終わってから、本人ではなく他の人間から知らされたらとても辛い。

「これ、からは……絶対言いますから……」

「あぁ……。そうしてくれ」

若葉を指を絡めて強く握り返すと、御影は小さく笑みを浮かべた。

「あーそこの二人、仲直りってことでいいのかな？　俺お腹減っちゃった。朱利、ピザ何食べたい？」

「たっぷりきのこのホワイトソースのピザに、ナスとアボカドトッピング」

「俺の嫌いなものオンパレード！」

「何のことかしら、って、もぉ！　若葉も御影さんもわかりましたから、こっちが恥ずかしくなります！」

朱利の言葉にハッとした。二人の世界に浸《ひた》っていたことに気付き、絡めていた指をさっと離す。御影は面白そうに笑っていたので、怒りを静めてくれたのかもしれない。

「若葉、後でお仕置きな」

「……っ」

ぐいっと顔を近付けてきた御影に、色気のある低音で囁《ささや》かれた。その途端、身体が熱くなる。そして、やはりそうなるのかと頭を抱えたくなるのだった。

食事を終えた後、四人で若葉のアパートへとやってくる。最終的に朱利は自宅に戻り、若葉は御影の家に避難することになった。朱利は自分の荷物をキャリーケースに詰め、若葉も自分の荷物をクローゼットの奥にあったキャリーケースに詰める。

本当は御影の家に避難するつもりなどなかった。けれど御影に、頼むからそうしてくれと懇願《こんがん》されたのだ。心配してもらっているという想いと、何も相談しなかった罪悪感もあって、結局言う通りにすることにした。

「若葉、これがさっき言ってた貼り紙か？」

「はい、そのファイルです」

若葉は証拠として提出しやすいように、玄関に貼られていた白い紙を全て日付順にファイルに入れていた。必要ならスマホで撮った、その時々の玄関の写真を印刷することもできる。

「胸糞《むなくそ》わりぃな……」

「本当、よくもまぁこんだけ書いたもんだよね。白い紙だってペンだって貼り付け用のテープだって、タダじゃないのに」

御影も羽倉も眉間に皺《しわ》を寄せながら、そのファイルを眺めている。

先ほど食事している時に、被害状況は説明してある。電話や貼り紙が毎日のようにあること、一ヶ月ほど経ってから玄関のドアを無理矢理開けようと取っ手をガチャガチャと鳴らされたこと。それは朱利のいる一週間のうちでも、三回ほどあった。

「出る準備できました」

「必要なもん持ったか？」

「だい、じょうぶだと思います！」

着回しのきく服と下着、必要なスキンケア用品や化粧ポーチ。靴も何足か紙袋にいれたし、充電器とパソコンも持った。歯ブラシや洗顔用品などは、普段泊まりに行っているうちに置かせてもらったものがある。今回どのぐらいの間避難することになるかはわからないけれど、後で必要なものができたら取りに来ればいい。

玄関の鍵をしっかりと締めたのを確認して、アパートを出た。明日の昼休みにでも大家にしばらく知り合いの家に泊まることを伝えておこう。その間に貼られる紙はどうしようかと思ったが、そのあたりは御影達がどうにかしてくれるそうだ。

御影に手を繋がれて歩く。その手の温かさが大丈夫だと言ってくれている気がした。辛いことや悲しいこと、苦しいことがあっても、この手が支えてくれる。そう思うだけで、とても慰《なぐさ》められた。

駅までやってくると朱利と羽倉はそのままタクシーで帰ると言うので、若葉達もタクシーに乗って彼のマンションに帰ることにした。朱利が若葉に近付いて声をかけてくる。

「じゃぁ、若葉。また月曜日に。何かあったら連絡して」

「うん。朱利……一週間ありがとうね。大好き」

「ふふ、知ってる！　私も大好きだからね！」

少しの間ぎゅうっと抱き合っていると、痺《しび》れを切らした御影と羽倉にお互い引き離されてしまう。

「あぁ、まだ抱きついていたいのに！」

「そういうのは俺にやろうよ」

「えー……」

朱利と羽倉の会話はテンポがよく、漫才を見ているようでつい笑ってしまう。朱利はまだ話してはくれないが、二人はもう恋人同士に見えた。そんな二人に「それじゃまた」と声をかけて、御影と共にタクシーに乗り込んだ。

御影が若葉の頭を引き寄せたので、そのまま抗《あらが》うことなく彼の肩にもたれる。少しだけ香る煙草《たばこ》の匂いと、御影の匂いが混じり合い、何とも言えず官能的だ。優しく頭を撫《な》でてくれる大きな手に安心して、若葉は目を閉じたまま彼の背中に手を添え、甘えるようにくっついた。

「一ヶ月、頑張ったな」

「そう……ですか？　電話も貼り紙も、そこまで怖いとも苦しいとも感じなかったですけど」

「たとえそうだったとしても、頑張ったよ。お前は一人でいろいろ背負い込むところがあるからな。気付かないうちに心に痛みも溜め込んでいるだろ」

「……」

どうしてわかるのだろうか。どうして気付いてくれるのだろうか。

そこまで痛みは感じたわけではないけれど、明確な悪意は少しずつ精神を削《けず》ってくる。

そしてそれは、気付かないうちに心のうちに蓄積されていく。

言葉で、行動で、優しく労《いたわ》ってくれる。だからこの人に寄りかかってしまいたくなる。

好きで好きで堪《たま》らないと心の奥底から叫びたくなるのだ。

「俺はそんなお前が好きだよ。一人で抱え込もうとするところも、それを隠して笑おうとするところも。けどな、俺にはそんなことしなくていい。怒る顔も泣いた顔も俺の前では素直に見せればいい」

「……っ、な……、泣かせないで……！」

耐え切れなくなって、雫《しずく》が頬を流れていく。髪の毛を優しく梳《す》かれて、額《ひたい》に唇が落ちた。

この人を支えられるぐらいに強くなりたい。そして、支えてもらいたい。

相変わらず自信を持てない弱い自分だけれど、御影の隣にいるためにやれるだけのことをやろう。頑張れることは頑張ろうと改めて自分に誓った。

ぐすぐすと泣きながらタクシーを降りて御影のマンションの部屋に入り、荷物を置かせてもらう。

「たく、泣きすぎだろ」

「うー、悠麻さんのせいですー」

「はいはい。悪かったよ」

言葉は適当なのに、御影は優しい笑みを浮かべながら抱きしめてくれる。若葉はそんな御影の胸に顔をぐりぐりとくっつけて、息をついた。顔中に降り注ぐ甘い口付けを受け入れると、幸せを実感せずにはいられない。

ぽんぽんと頭を軽く撫《な》でられて、御影が離れていく。リビングに向かうその背中を追いかけていけば、御影は楽しそうに「小さな子どもみたいだな」と言う。子ども扱いされて少しむくれたが、優しく笑って振り返る御影の顔を見ると、まあいいかと思ってしまう。

「とりあえず今日は風呂入って寝るか」

「……お仕置きはいいんですか？」

何かしらお仕置きがあると思っていたので、拍子抜けした――がその直後にとてつもなく後悔をした。御影はそれはもう、嬉しそうな、いい笑顔をしている。悪魔の笑みだと思った。

「冗談だったんだけどな、アレ」

「え⁉　え、っと、はい、そうですね！　それなら、お風呂入って寝ましょうか！」

何とか言葉を取り繕《つくろ》おうとするが意味はなかった。

「若葉がそんなにお仕置きされたかったとは知らなかったな。それなら、ご希望通りにお仕置きしてやるよ」

ネクタイを緩《ゆる》めながら若葉へと近寄ってくる。思わず一歩下がったが、逃げ場はないので無駄な足掻《あが》きだった。

腕を取られて、寝室へと連れてこられる。電気も点《つ》けず、御影は若葉と正面から向き合う。

「脱がして」

「えっ⁉　脱がすって……わ、私が？」

「お前以外にいないだろ。ほら、はやく」

これがお仕置きなのか。若葉はとりあえず、緩められたネクタイをするりと引っ張ってみる。

この後はどうすればいいのか。恥ずかしいが悩みながらも続ける。

震える指で御影の着ているジャケットを脱がす。ハンガーを用意していなかったのでクローゼットへと向かおうするも、止められた。

「あ、あの……。皺《しわ》になっちゃうので……」

「別にいいから」

「……は、い……」

ジャケットをベッドの上に置いてシャツのボタンを外していくが、指がうまく動かず時間がかかってしまう。自分で脱いだ方が早いのに、御影はただ若葉をじっと見下ろしているだけだ。

自分の耳が赤くなっているのがわかる。浅く息をしながら、何とかボタンを外し終えてインナーをたくし上げる。引き締まった体躯《たいく》が目の前に晒《さら》された。この身体にいつも抱かれているのかと思うと、ひどく気恥ずかしくなってくる。

上半身は脱がせた。もしや下も脱がさなければならないのかと御影の顔に視線をやると、彼は口端を上げて目を細めている。相手の服を脱がすという行為が、これほどまでに羞恥心《しゅうちしん》を煽《あお》ることだとは思わなかった。情欲を含んだ息が部屋の中から漏れ出しそうで、身体は沸騰《ふっとう》寸前だ。

静かに息を吐いてから、ガチャガチャと音を鳴らしてベルトを外し、トラウザーの前を寛《くつろ》がせる。心臓がばくばくと大きな音を立てて弾《はず》む。

「ゆ、悠麻さん……も、もう……」

これ以上は無理だと、涙目に訴えながらふるふると首を振った。

「駄目だ。ほら、ちゃんと脱がせろって」

若葉の手を取って、トラウザーと肌の境目部分に触れさせる。あまりの恥ずかしさで、顔が熱くて堪《たま》らない。

深呼吸を数度する。立ったままでは脱がせにくいため、ゆっくりとした動作で膝立《ひざだ》ちになった。

目の前にすでに熱を持って膨れている御影の欲望があり、若葉は息を呑む。恥ずかしいことこの上ないが、御影は若葉が手をかけるまで待ち続けるだろう。その無言のプレッシャーが重く、トラウザーを下ろすことができない。とりあえず気持ちを落ち着かせるために、彼の靴下を先に脱がせる。

そうすれば後はもうトラウザーと、そこからちらりと見える下着だけとなる。意を決して、トラウザーを引き下ろした。下着も一緒に下ろしてしまえばよかったのだが、無理だった。

「ま、とりあえずはいいか」

お許しを得たことで安堵《あんど》し、へなへなと床に座り込んでしまう。御影が今日着ていた服一式が目の前に散らばっている光景は、ひどく生々しく感じられる。

続いて御影はベッドに腰掛け、若葉をじっと見つめながら――

「俺の目の前で脱いでみな。ゆっくり、一枚ずつ」

「……ま、まだ……終わらないんです、か……」

「何言ってんだよ、始まったばかりだろ？　ほら、俺を誘惑するみたいにして脱いでみろ」

誘惑など一度もしたことはない。いつも御影に翻弄《ほんろう》されるばかり。いったいどうすれば誘惑できるのか、若葉には見当もつかない。ただ言われた通りに、一枚ずつゆっくりと脱ぐしかなかった。

カーディガン、そしてカットソーも脱げば、光沢のあるキャミソールが御影の前でゆらゆら揺れる。羞恥心《しゅうちしん》を煽《あお》られながら、御影を見上げる。御影は頬杖をつきながら、真剣な顔で若葉を視姦《しかん》していた。その視線は獰猛《どうもう》な獣を思わせる。

きゅっと唇を噛んで、黒のレーススカートのホックを外せば、それはパサッと音を立てて床に落ちる。残っているのはキャミソールに下着、ストッキングだけ。腰を曲げてストッキングに手をかけて、ゆっくりとした動作で脱ぐ。

けれどこのままでは決して御影を誘惑したことにはならないだろう。ただ恥ずかしがりながら、必死に脱いでいるだけだ。御影はきっと満足などしてくれない。

どうすればいいのかわからない。わからないけれど若葉は御影に歩み寄り、その片膝を跨《また》ぐようにベッドに膝立ちする。そして大きくて熱い掌《てのひら》を自分の太ももに誘導して、キャミソールの裾《すそ》を持たせる。そして御影の腕を押し上げながらキャミソールを脱いでみせた。

今の若葉にできる最大の誘惑。

これで駄目だった場合の案などない。けれど御影の瞳の奥に情欲がちらついているのが見て取れた。この行為が有効なのだと安堵《あんど》して、同じようにブラのホックへと手を誘導して外してもらう。するとブラはするりと落ちた。御影の目の前にふるりとした胸が捧げるように晒《さら》される。

胸の頂《いただき》はすでに快楽を拾っていることを主張するように、尖《とが》り出している。

「駄目……、ですか？」

「とりあえずは合格だ」

真剣な顔から一転、御影の口端が上がりいやらしい笑みを零《こぼ》す。

御影は若葉を一度立たせてから自ら下着を脱ぎ、若葉の最後に残っていたショーツを剥《は》ぎ取った。

そして自分に背中を向けるようにして若葉を膝《ひざ》の上に座らせる。若葉の背中にぴったりとくっついた御影の胸が、ひどく熱く感じられた。臀部《でんぶ》に当てられるものは、御影の欲望だと気付く。

若葉はあることを思いついた。今ここで求められたわけではないが、いつも御影ににたくさん愛撫《あいぶ》され、至るところを舐め回されているのだ。今日ぐらいは、という気持ちになった。それにこれなら大いに誘惑になるのではないか。

御影の膝から下りて、床にぺたんと座りこめば、目の前に御影の滾《たぎ》った肉棒がそそり立っている。

「おい、若葉？」

「悠麻さんは、じっとしてて」

じっくりと観察したことなどなかったが、こうして見るとよく自分の中にこれが全部収まるものだなと、感心するほどに太くて長い。じっと見つめていただけだが、膨張した肉茎は突然びくんと動く。そろりと軽く握り締めて、さすってみれば御影の口から低い呻《うめ》きが漏れた。

ちらりと目線を上げると、彼は眉間に皺《しわ》を寄せながら熱い息を吐いている。嫌ではないようだ。安堵の息を漏らした若葉は、先端の窪《くぼ》んだ部分にちろちろと舌を這《は》わせる。すると先ほどよりもぐっと反《そ》りかえったので、今度は竿の部分に口付けを落としぺろりと舐める。

「くっ、おま、どこでこんなこと覚えたんだよっ……」

「ん、はむ、悠麻さんがいつもしてくれるから……。それをまねてみた、けど……違う？　駄目？」

頬ですりすりと熱い肉棒をさすりながら、御影を見つめる。と、御影は頭を乱雑に掻いた後に、若葉の髪の毛を優しく梳《と》いた。

「そのまま、先端咥《くわ》えられるか？　歯、たてんなよ」

御影に促《うなが》されるまま口を開けて、先端の傘がついた部分を咥え込む。濃厚な男の匂いが鼻腔をくすぐり、目眩《めまい》がしそうになる。先端を円を描くように舐めてみれば、御影がいい子という風に頭を撫《な》でてくれて嬉しくなった。

心臓がばくばくと鳴っている。自分でもこんな大それたことができるとは思いもしなかった。

それでも、大好きな御影が少しでも気持ち良くなってくれるなら、やれることは何でもやりたいとすら思う。だが、当の御影は特に何も言わずに、若葉が一生懸命に奉仕する姿を見つめるだけ。

拙《つたな》い愛撫《あいぶ》ではなかなか達してはくれないのか。不安になった若葉はじゅるりと肉棒に纏《まと》わりついた唾液を啜《すす》ってから、ぷちゅっと口を離す。

「もういい、ほら……」

御影に腕を引っ張られて、先ほどと同じ体勢に持ち込まれてしまう。耳元に何度も口付けされる。

「気持ち良かった、ありがとな」

嬉しそうな声音が、耳をくすぐる。最後まで気持ち良くはさせてあげられなかったが、こうして喜んでくれたので良しとしよう。そんな風に安堵《あんど》していると、後ろから身体のラインに沿って御影の手が這《は》い、若葉の手を絡め取る。そうしてそのまま若葉の秘所へと導いた。

「え、ゆー、ま……さん？」

「一人でしたことは？」

それは、自分で自分を慰《なぐさ》めたことがあるかということか。あまりの質問に思考が飛んでしまう。

「答えろ、したことないのか？」

「あ……え、っと……あ、の……」

「その反応からするにあるんだな。何考えて自分のここ触ってんだ？」

「やぁっ、やだ……。そ、んなこと聞かないでください」

すでに滑っている秘所を自分の指で触らされる。どうにか手を引こうにも強い力に阻《はば》まれてしまう。御影とともに指を動かせば、そこからくちゅくちゅと水音が溢れた。

「若葉、ほら……言ってみろって」

「……、ゆーま……さんに触られてるの……思い出し、ながら……」

「へぇ、俺のこと考えてんのか。お前の頭の中の俺はどんなことしてくれんだ？」

もう言いたくない、嫌だと首を横に振る。だが御影はその返答を無視するつもりのようだ。

顎《あご》を掴まれて頬を撫《な》でられ、指で唇をぷにぷにと触られる。耳朶《みみたぶ》を甘噛みされ、耳穴に舌を侵入されると、頭に直接ぴちゃぴちゃと淫《みだ》らな音が響き、若葉は軽く痙攣《けいれん》しそうになった。

「何も言わないなら、今日はここまでだな」

「やっ！　それは、いやぁ」

やはりとても意地悪な人だと若葉は拗《す》ねたくなる。

こんな風に身体が高まってしまった以上、最後までしてもらわないと収まらない。下腹部の奥からは催促するように、どろどろと蜜が溢れてきている。

それなのに放置されてしまったら、頭がおかしくなってしまう。こんなにそそり立っているものが自分に密着しているのに。若葉は、腰を動かして無意識にそれをすり上げる。

自らの淫《みだ》らな行為に頭の中はどろどろと蕩《とろ》け出し、若葉は震える唇で言葉を紡《つむ》いだ。

「……、ゆーまさんの大きい手、が……。私の身体を弄《いじ》るの、は、ずかしくてヤダっていうのに……やめてくれなくて。いろんな、とこに……キスされちゃって……頭、溶けちゃうぐらい愛してもらうの……」

「恥ずかしくて嫌がってるのに、いろんなところにキスされたいのか？」

確かにしつこく愛撫《あいぶ》はしているけどな、と御影は笑いながら呟《つぶや》く。その間、指がぬぷぬぷと膣内を犯し始める。二人の指が絡み合い、どちらの指が中に沈んでいるのかはわからない。

「あ、あっ……っ」

「愛してもらったら、どうすんだ？　それで終わりか？」

「んー、……さ、いごに……ゆーまさんの……熱いのでいっぱいにしてもらうの。ゆーまさんが……いっぱいになると、幸せなの」

自分がどれほど恥ずかしい台詞《せりふ》を発してるか、今の若葉にはわからない。だが、御影には大いに功を奏したようだ。

「は、くそ……。破壊力ありすぎ。若葉可愛すぎ、お仕置きなんてどうでも良くなりそうだ。お前の中に早く挿《い》れて、突き上げてやりたい。何度も擦《こす》り上げて、最後にお前の一番奥に出したい」

腰を持ち上げられ、秘所に御影の熱い熱い肉棒をぴったりと当てられる。愛液で滑りやすくなった肉棒で花芯をぬるぬると擦られると、甘い嬌声《きょうせい》が止まらなくなる。

「んぁ、あ、うぁっ……！　ま、まだだめぇ……なかは……んっ」

「わかってる。いつか、な」

「あ、あ、あっ、ゆーまさん……、ゆーまさん、きもちいぃよぉ」

「くっ、はぁ……我慢できるかよ」

身体を反転させられ、強く抱きしめられながら唇を何度も貪《むさぼ》られる。

「ん、ん、ふあぁ、んぁ」

若葉は酸素を求めて何度も短く息を吸うが、そのたびに御影の舌が口蓋《こうがい》や頬裏を丹念に舐めてくる。

やがて御影は自分のそそり立った熱い肉棒に避妊具をつけ、亀頭を秘所にあてがう。

それから若葉の腰を抱えて、急《せ》かされるように膣内へと肉棒を沈み込ませた。

「ふぁあああっ、あぁっあ、あ、あ」

待ちに待っていた熱さに、若葉の身体が弓なりになる。そのまま息を何度も吐き、突き上げてくれるのを待つが、御影からは何の反応もない。見れば、何かを思いついたように笑っている。御影は身体を反転させると、上半身をベッドに沈み込ませ、にやにやと若葉のことを見上げてきた。

「俺は動かないから、好きに動いてみな」

「うあっ、あ、やぁ……」

「だーめ。これが最後のお仕置きな。うまくやれたら今度こそご褒美やるよ」

「うー……」

このままではとても辛い。御影のことだ。若葉が動かなければ絶対に動かない。

頭も身体も中も溶けそうで、自然と目尻に涙が溜まっていく。若葉はゆるゆると御影の硬いお腹に手を置いた。すると普段とは違う刺激に甘い声が漏れる。

膣内を擦《こす》るたびに下腹部の奥から愉悦《ゆえつ》が広がっていく。今自分の下で御影が眉間に皺《しわ》を寄せながら、熱い息を吐いている。その様子が堪《たま》らなく愛おしい。

繋がっている部分から溶けて混ざり合って、一つになってしまえばいいのに。そうすれば、怖がったりしなくて済む。ずっと傍《そば》にいられる。そんな馬鹿なことを考える。

「ふぅっ、ゆーま、さん……すきぃ……」

感情が水のように零《こぼ》れ落ちていく。ぼろぼろと涙が頬を伝う。好きで好きで堪らないと、全身で訴える。

「若葉、俺も好きだ。お前を閉じ込めて、俺しか見られないようにしたいぐらいに」

上半身を曲げて御影の胸に顔を埋めると、御影が優しく頭を撫《な》でてくれる。すんっと鼻を啜《すす》りながら顔を上げると、鼻にちゅっと口付けされた。頬や額《ひたい》、そして唇にも。突然泣き出した若葉を、御影は優しく抱きしめ慰《なぐさ》めてくれる。

息を吐きながら、御影の厚い胸板に唇を寄せた。ちゅっと小さく音を立てると、それを合図に御影は若葉の腰を掴み、勢いよく突き上げた。

「ふぁああああっ、あ、あっ」

「悪い。だが、焦《じ》らしすぎだ。もう我慢できるかよっ」

「じら、じらしてないぃぃっ」

ぐちゅぐちゅと粘着質で淫猥《いんわい》な水音が響く。何度も突き上げられ、打ち付けられる速度が速くなっていく。ガツガツ抉《えぐ》られるたびに快楽に犯され、もっともっとと締め上げてしまう。

結合部分のぐちゅんぐちゅんという音と、二人分の熱い息遣いが部屋に響く。

「ゆーまさ、っ！　ゆーまさんっ、あ、あ、だめ、あ、あぁああ」

「若葉、若葉っ！」

熱く猛《たけ》った肉棒でぐりっと奥を穿《うが》たれた瞬間、目の前が真っ白に飛び散って、仰《の》け反《ぞ》りながら達してしまう。

と同時に若葉の膣壁も激しく収縮し、一際膨張した御影の肉棒が薄い膜越しに爆《は》ぜるのを感じた。


情事の後、御影が後始末をしてくれたようで、若葉は毛布にくるまって眠っていた。

ただいつもなら近くにあるはずの温もりが感じられない。視線を彷徨《さまよ》わせるとベッドに腰掛けている御影の背中が見えた。

ずりずりと身体を動かして御影の腰に両腕を巻きつけると、優しく頭を撫《な》でられる。

「あぁ、よろしく頼む。あ？　ああ、わかってる」

どうやら電話をしていたらしい。相手は何やら電話越しに叫んでいるようだったが、御影は構わず切ってしまう。

「良かったんですか？　邪魔しちゃいました？」

「いや、もう切るとこだったから構わない。このまま寝るか？　起きるなら、今後のことで少し話をするが」

「起きる」

この温もりに寄り添ってもう一度眠りたい気もしたが、話をするのなら早い方がいいだろう。少し寝たことで頭も冴えた。起き上がってベッドに座り、御影と向き合う。御影は若葉の頭を軽く撫でてから話し始めた。

「俺の知り合いにちょっと頼みごとしてな。一週間ぐらいで貼り紙の犯人はわかると思う。そしたら……お前はどうしたい？」

「……どうって？」

「犯人がわかったら警察に突き出すという手もあるし、話をつけて二度とやらないようにすることもできる。若葉がどうしたいかで、どう解決するかが変わる」

そう言われてしまうと、小心者である若葉としてはあまり大事《おおごと》にはしたくない。

「私……は、ただ電話と貼り紙、あとドアを開けようとするのをやめてくれればそれで」

「……そうか。でも会社の人間だった場合、会社には報告させてもらう。これは決定事項だ」

「会社、に……ですか」

会社の人間でなくても、今回のことは上に話すべきだと言われた。

本当は会社にも話さず、何事もなかったかのように過ごしたい。けれど、それはきっと無理なのだろう。こんなことを実行する人間を、会社としてもそのまま置いておくわけにはいかないらしい。

「わかりました。……あの、ありがとう悠麻さん」

「これぐらい、当たり前だろ。……ふぁっ」

御影が大きなあくびをしたのを見て、つられて若葉もあくびをしてしまう。

「寝るか」

「はーい」

御影が布団に入り、掛け布団を捲《めく》って誘ってきたので、若葉は素直にその胸にすり寄る。そうすると、いつものように腕を腰に絡めて抱きしめてくれた。

それだけで、沈み込んでいた心が少し浮上した。

御影の家に避難してから一週間。金曜の昼休みの社員食堂。昼休憩に入り五分もすれば、食堂は席の争奪戦状態となる。今日は嬉しいことに、すぐ席を確保することができた。

いろいろと悩んだ結果、たぬきうどんを選択し、聖川や沙織と共にお昼を食べる。

「あ、凛子！　こっち空いてるわよ」

「助かった。ありがとう」

ちょうど出入り口付近で辺りを見渡していた凛子と朱利に気付き、聖川が手招きする。

多少狭くはなるが、五人座れないわけではない。

「鏑木さんと宮野さん、なんだか双子みたいですね」

ふと漏らした沙織の言葉に、朱里と若葉はお互いを見てから「あぁ」と同時に呟《つぶや》いた。

そのタイミングがまた絶妙だったため、凛子達まで「本当ね」などと笑う始末。

何故そんなことを言われたのか。それは今日の若葉と朱利の格好が理由だろう。二人ともブラウスに薄手のカーディガン、膝《ひざ》下のフレアスカートという出で立ち。そして髪の毛も、後頭部で一つに纏《まと》めている。色味や柄は違うものの、シルエットだけ見れば双子と言われてもおかしくはない。

若葉と朱利はお互いの顔を見て、笑い合う。約束していないのに、不思議なものだねと。

午後の業務を終えた後、若葉は聖川や沙織達と連れ立って、ある居酒屋へと向かう。

店に入ると、すでに営業課の人間が数人座って待っていた。

今日は、御影がかねてから進めていた大手クライアントとの契約成立を祝う集まりだ。ただ主役である御影は他の仕事の都合で遅れてくるので、とりあえず主役不在で飲み会は開始された。

大川の乾杯の音頭《おんど》からすでに四十分。未だ御影が来る気配はない。

「御影課長、遅いですねー。まだ仕事片付かないんでしょうかね?」

「ね、御影さん来る頃には、結構出来上がっている人多そう」

「あら、もう出来上がってるのが何人かいるわよー」

聖川の言葉で辺りを見渡せば、男性社員数人が大いに盛り上がっている。

若葉もあそこまでではないが、生ビールを片手にコースで出てきた揚げ物をちまちまと食べていた。そうして今度は御影に揚げ物を食べさせてあげようと頭の中で献立《こんだて》を考える。目の前に御影がいなくても、若葉の中は御影でいっぱいだった。

そこで、もしかしたら何時に着くなどといった御影からの連絡が来ているかもと、スマホを探すために鞄《かばん》の中をごそごそする。

「あ……れ?」

鞄の中身を少し出してみても、スマホは出てきてくれない。最後に触ったのはいつだったか、記憶を辿る。思い出せるのは、会社を出る支度をしている時に机の上に置いたということ。

「どうしたんですか？」

「私、会社にスマホを置いてきたっぽい」

沙織の問いかけに、小さな声で返す。他のものならともかく、スマホはないと困る。しかも今日は金曜日で、明日からは休日。面倒くさいけれど、一度取りに戻るしかない。沙織達にちょっと会社に戻ると告《つ》げ、店を出ようと廊下を歩いていると、トイレから戻ってきた中田と鉢合わせした。

「どうしたんですか？」

「え、……あー、スマホ忘れたから会社に行こうかと」

「そうなんですか」

「……えっと、どうしたの？」

話はそれで終わりのはずだが、何故か中田は若葉の後に付いてきた。

「いえ、ちょっと電話したくて」

「そうなんだ」

普通の会話のはずなのに、どこか冷たいものが背中を這《は》った。中田に対する苦手意識のせいなのか。以前のトラブルから、中田との関係があまり良くないことは自覚しているので余計にそう思う。

居酒屋を出て「それじゃぁ」と中田に一声かけてから、会社へと向かった。

定時から大分時間は経っているし金曜日なこともあって、会社のエントランスは薄暗くシーンとしている。

「幽霊とか信じてないけど、出てきそう……」

暗くて人の気配がないとなると、ちょっとした音に過剰に反応しそうになる。

「おい」

「ひぁあああっ！」

突然後ろから声をかけられ、驚いた若葉は変な声を出しながら駆け出しそうになる。それをさらに力強い腕で阻《はば》まれると、余計にパニックになった。

「若葉、俺だ！」

なんとそこにいたのは御影だった。ちょうど仕事を終えて、居酒屋へ向かおうとしていたらしい。

「うぇ……、ゆ、ゆ、悠麻さぁん」

聞き慣れた声を聞き、抱きしめられたことで、安堵《あんど》のあまり半泣きになってしまった。

「驚かさないでくださいぃっ……」

「悪い、まさかあそこまで驚くとは思わなかったんだよ。つぅか、普通に声かけただけなんだが」

「だ、だって……びっくりしちゃったんだもん」

御影からすれば何故そこまで、と思ったことだろう。けれどこんな状況で同じことをされたら、多くの人間が同じ反応をするはず。

御影が何故ここにいるのかを聞いてきたので、素直にスマホを忘れたことを話す。すると呆れた顔をされてしまった。

「ならさっさと取ってくるか」

「え、一人で行けますよ。ここにいてください」

「大丈夫か？　幽霊怖くないか？」

先ほどあれだけ驚いたので子ども扱いされるのはわかるが、これぐらい一人で行ける。そもそも幽霊を怖がると思われるのは心外だ。

「大丈夫！」

「そうか、ならさっさと行ってこい」

「はーい」

鞄《かばん》は持っていてくれると言うので、素直に御影に渡す。エントランスに御影を残し、エレベーターに乗り込んで営業課のフロアへと向かう。

昼間と夜とでは会社は全く違う顔を見せるな、と改めて実感する。広くて真っ暗な社内に自分一人。誰もいるわけがないのに、何度も後ろを振り返ってしまう。やはり、御影に付いてきてもらうべきだった。

フロアの電気を探すのが面倒で、窓から入ってくるかすかな月明かりを頼りに、早足で自分の席に向かう。そこで机の上に置き去りにされたスマホを発見して安堵《あんど》する。と、その時何か音がした。ＦＡＸなどの機械音ではなく、何かがぶつかる音。

怖くてとにかく御影のもとへと戻ろうと一歩踏み出した瞬間、口を塞《ふさ》がれた。

「んんっ⁉」

もしかして御影の悪ふざけかと思ったが、顔に触れる手が違う、香りが違う、息遣いが違う。これは御影じゃない。別の男だ。

「ずっと、狙ってたんだ。前は受付で毎日会えたのに、秘書課に移っちゃったから」

その言葉で気付いたのは、朱利と間違われているということ。今日の若葉の格好や髪型は朱利とよく似ていた。この薄暗い中ならば朱利と思われた可能性は大いにある。

けれど朱利なら営業課に用事などない。そんなこともわからないのか。

恐怖で鈍《にぶ》りそうになる思考をどうにか動かして、逃げる方法を懸命に探す。

強い力で腰を掴まれて、身体を密着させられる。首筋に顔が近付き、匂いを嗅《か》がれた。

「はぁ……これは、堪《たま》らない」

男が声を漏らす。御影だったら感じられたはずの甘い痺《しび》れは一切ない。あるのは嫌悪感だけ。

（何か、何か、何かっ）

御影に助けを求めたいが、この状態でスマホを使えばすぐに取り上げられてしまう。スマホを握り締めたまま、空いている手で机の上を探す。すると何か硬いものが手に触れた。

多分これは、大量の資料が挟んであるファイル。

「んぐっ！」

心を奮い立たせて、まずは口を塞いでる手に思い切り噛み付いた。

「ギャァア」

まさか反撃してくるとは思わなかったのか、男は驚きと痛さで離れる。

「私に！　触らないで！」

「ぐわっ」

そこでぶ厚いファイルを掴み、男の顔を目掛けて叩きつける。そして相手が痛みに顔を押さえている間に走り出した。

「ま、待て！」

後ろから声が聞こえてきたが、待つわけがない。今のうちに逃げなければ、きっと逃げられない。一度あんな攻撃をしたのだ。次は警戒されて問答無用で組み敷かれてしまう。

エレベーターのボタンを押したが、すぐに来る気配はない。若葉は後ろから迫る恐怖に追い立てられるように非常階段を駆け下りた。

靴音がうるさい。走りにくさもあってパンプスを脱いで手に持ち、そのままた駆け下りる。一階まで辿りついたところでエントランスにいる御影が視界に入る。

「ゆうっ……んー！」

「捕まえた！」

声を出そうとしたが、後ろから髪の毛を引っ張られて口を塞《ふさ》がれてしまい、手に持っていたパンプスがカラン——と落ちた。そのまま非常階段の方に引きずられ、御影の姿が見えなくなる。すぐそこに御影がいるのに、目の前が真っ暗になりそうだった。その時——

「若葉⁉」

思わず瞑《つむ》りかけた目を見開くと、御影が走ってくるのが見えた。彼は左手で若葉の腕を取り、右手には拳《こぶし》を作って若葉を拘束していた男の顔へと叩き込む。

「人の女に何してんだ！　あぁ⁉」

御影に腰を強く抱き寄せられた。若葉は足から力が抜けそうになるが、必死に御影の服を掴んで耐える。躊躇《ためら》いながらも振り返ると、そこには御影に殴られて倒れ込む警備員がいた。

女性社員を舐めるような目つきで見て、仕事もサボりがち、と評判の悪い警備員。

警備員は逃げようとしたが、その途端、御影の蹴りが腹部に入って咳《せ》き込む。驚いて御影に視線をやると、彼は今まで見たことないような冷たい顔で警備員を見下ろしていた。

再度御影の足が上がるのを見て、若葉は慌てて止めにはいる。

「だ、駄目！　これ以上やったら過剰防衛になる！」

「……チッ」

実際どこまでが正当防衛で、どこからが過剰防衛に当たるかはわからない。それでももし、警備員が警察で何かおかしなことを言えば、嫌な噂が立つ可能性は十分にあった。

「どうしました⁉」

その時、若葉を襲った犯人とは違う警備員が駆けつけてきた。

その警備員に犯人の拘束を頼み、御影はどこかに電話をしている。十分もすると、凛子と副社長の相馬《そうま》がやってきた。社長の息子で、御影と同じくらいに若いが有能と評判の人物だ。

「若葉ちゃん！」

凛子は若葉を見ると綺麗な顔を歪《ゆが》め、御影から奪うようにして抱きしめてきた。そうして背中を撫《な》でて、地面に落ちていた靴を拾い、履かせてくれる。

「野々宮、ここ頼んでいいか？　相馬、とりあえず、二度とこいつが俺達の目の前に現れないようにしてくれれば良い」

「わかった。こっちで後は全部やっておくよ」

御影はその言葉を聞くと、凛子から若葉を引き剥《は》がし、そのまま抱き上げる。

「ゆ、悠麻さん!?」

「帰るぞ」

「若葉ちゃん、月曜日、気持ち的に無理そうだったら休んでね」

凛子がそう叫んだのに対し、小さな頷《うなず》きで返す。子どものように抱き上げられたまま、若葉は御影の首に腕を回して大人しくする。正直きちんと歩けるかもわからなかったので、恥ずかしいとはいえありがたい。

通りでタクシーを拾って乗り込む。お互い無言のまま御影の家に帰宅して、そのまま脱衣所へと連れていかれた。

「とりあえず、シャワー浴びろ」

御影はそう言うと、ドアを閉めてしまう。

本当は、御影に抱きついて大泣きしてしまいたい。ただ、今の自分は化粧もボロボロで、走ったせいで汗もかいている。泣くにしても、とにかく身体を綺麗にしたかった。

髪や身体をいつもより念入りに洗い、リビングへと行く。促《うなが》されるままにソファーに座ると、目の前に冷たい水が置かれた。

「ありがとうございます」

「ん、」

とても短い返事が彼らしいと思う。御影はソファーの後ろに回るとドライヤーを取り出して、髪の毛を優しく乾かし始める。労《いたわ》るように、優しく、癒《い》やしてくれる。

髪の毛が乾くと、御影が隣に座って無言で手を広げたので、躊躇《ちゅうちょ》なくその胸に飛び込んだ。彼の胸に顔を寄せて、大きな身体に守られるように抱きしめられていると、胸の底にあったいろいろなものが込み上げてくる。

「泣いていいぞ」

「うぅっ……」

「助けるのが遅くて悪かった」

助けるのが遅かったわけではない。ちゃんと助けてくれた。気付いてくれた。それで十分だ。

〝ありがとう〟——そう伝えたいのに、涙が止まらず、言葉にならない。

こんなに声を出して泣いたのは久しぶりだ。

怖かった。もしこのまま気付かれずにいたらと思うと、死にたくなるほど怖かった。

十分も泣いていたらだんだんと落ち着いてきて、若葉は鼻を啜《すす》りながら顔を上げる。

すると温かい唇が目尻に落ちてきた。

御影に抱き上げられて寝室に運ばれ、ベッドの上に下ろされる。

御影が若葉を置いて離れようとしたので、その服の端を掴んで、子どものような駄々《だだ》をこねる。

「だめ、やだ、どこにも行かないで」

「若葉、着替えて顔洗ってくるだけだ。すぐに戻る」

「すぐ戻ってきて、すぐ」

「わかった」

自分でも子どものようだと思う。けれど、こんな時ぐらい許してほしい。無条件で甘やかしてほしい、優しくしてほしい。なんて我儘《わがまま》なのだろう。それでも、そう願う。

五分もしないうちに、着替えを済ませ、顔を洗った御影が戻ってきた。そして若葉の隣に寝転がる。若葉は即座にその身体に抱きついた。

「んー」

ぐりぐりと御影の胸に顔を押し付けて、身体に腕を絡めるようにしてすり寄った。

御影は嫌がることもなく、ただ背中を撫《な》でてくれる。その穏やかな優しさが眠気を誘う。

いろいろと考えるべきことはあるけれど、全部明日でいいやと思考を投げ出し、若葉は深い眠りの中に落ちていく。


朝日が覚めると、頭がズキズキと痛んだ。きっと、大泣きしたせいだ。

隣の御影はぐっすりと眠っている。そのあどけない寝顔を見ていると、何故だか泣きたくなった。

やがて、切れ長の目がうっすらと開く。そして若葉の顔を認めると、口元が穏やかに弧を描いた。

朝からなんとも破壊力のある笑みを見せられて、逆にこちらが目を閉じてしまった。

「はよ、若葉」

「……おはよう、悠麻さん」

御影が若葉を抱き寄せて、髪の毛に顔を埋めてくる。それがとてもくすぐったい。

「そういえば、昨日よく私があそこで襲われているのに気付きましたね」

あの時、一瞬声は出たけれど、すぐに口を塞《ふさ》がれてしまった。御影が気付かなくても、仕方ないと思えるほどに素早く。

すると御影は、若葉を抱きしめる腕に力を込めた。

彼はどこか震えるような、掠《かす》れた声で答える。それは寝起きだからという理由ではないだろう。

「若葉の声と何かが落ちる音が聞こえた気がして、気のせいかもとは思ったんだ。それでも一応確認しようと、な……」

そうしたら本当に若葉がいて、拘束され襲われていたのだ。きっと驚いただろう。

「お前に何かあったらと思うと、自分でも驚くほど怖くなった。何で一緒に行かなかったんだと、自分を殴りたくなった。あんな思い、二度とごめんだ」

「悠麻さん……」

思わず〝ごめんなさい〟と口にしそうになったが、口を閉じて呑み込む。

そんなことを言えば、余計に御影が苦しむ。彼が若葉に謝ってほしくないのはわかっている。

そもそも、御影は悪くない。一緒に行くと言ってくれたのに、それを断ったのは若葉自身だ。

だから、違う言葉を言おう。

そっと顔を上げて、顔を歪《ゆが》めている御影の唇に、触れるだけの口付けをして笑みを零《こぼ》す。

「助けてくれてありがとう。気付いてくれてありがとう。泣かせてくれてありがとう。傍《そば》に……いてくれて、ありがとう」

最後は若葉が泣きそうになってしまい、声が震えた。もう一度触れるだけの優しい口付けをする。見つめ合って笑って、その日の午前中はただ身体を寄せ合いながら何もせずに過ごした。

午後になればお腹も空く。手間をかけて何か作るのは面倒くさかったので、有り合わせのものとお茶漬けでお昼にした。お昼を食べた後も二人で引き続きソファーに並んで座り、ぼんやりと過ごす。そのうち、御影のスマホが鳴った。

「あぁ、そうか。わかった。若葉には俺から説明しとく」

御影は電話を切ると、若葉へと向き直る。

「昨日の話、しても平気か？」

「大丈夫です」

「多分あの男は警備会社を解雇されるだろうって。んで、二度と近寄らないようにいろいろやったそうだ」

「……いろいろ、ですか」

なんだろうか、その〝いろいろ〟というのは。気になってしまうが、きっと知らない方が身のためだ。

「一応若葉にも話を聞きたいって。俺と野々宮も同席する」

「わかりました。とにかく、二度と会わないなら問題ないです。ただ一つ気になることがあって」

「気になること？」

「私のことを朱利だと勘違いしてたんです。昨日の格好、シルエットが一緒だったので間違われたのかなって」

御影は眉間に皺《しわ》を寄せて、新たな事実を教えてくれる。どうもあの警備員は朱利に邪《よこしま》な思いを抱いていて、あの夜電話で誰かから『営業課にお前が狙っている女がいる』と言われたらしい。その言葉を真に受けて、営業課に向かったら本当に女がいたから襲ったと。

電話と聞いて、一瞬頭を過《よ》ぎったことがあった。けれど、たったそれだけで疑うのはどうなのか。一応御影にも一言伝えておいた方がいいのか。

「あ、の……ね……」

きっと、自分の勘違いである可能性の方が高いということを言っておく。その上で先ほど浮かんだ記憶を御影に伝えた。

そうして昨日のことを思い出しているうちに、ふと疑問が浮かんだので口にしてみる。

「あの、悠麻さん。相馬副社長と知り合いなんですか？」

「ん？　あぁ、あいつとは大学からの友人。入社してしばらく……一年ぐらい経ってから、あいつが社長の跡取り息子だって知ったんだけどな」

思えば昨日、相馬と凜子が駆けつけた時、御影の相馬への対応が妙に気安かったのだ。今の話を聞いて、納得した。

それから二人は昨日の話は一切やめ、ただ何もせずに過ごした。

そして月曜日。凜子は休んでいいと言ってくれたが結局出社して、相馬達に状況説明をした。今回のことは当事者である若葉、そして助けてくれた御影に相馬副社長、凜子、もう一人の警備員だけが知っていることだ。

だというのに、社内で噂が立った。ある女性社員が会社で警備員を誘っているところを見つかって、言い訳に警備員を悪役にして辞めさせたらしいという噂。

なんとねじ曲げられた噂なのかと、聞いた時は唖然とした。

ただそんな噂を流せるのは、若葉が襲われたことを知っている人間だけだ。たとえその場面を見ていなかったとしても、警備員が辞めさせられたことから真相を察することができる人間。その観点から噂を流した人間を探すことになった。

一番疑わしいのは、あの日若葉が中座して会社に行き、そのまま戻ってこなかったことを知っている営業課の面々。が、それについては御影がうまく言い訳をしてくれたらしいし、何よりそれなりにうまくやってきた同僚の人達をあまり疑いたくない。若葉が直接動けば、噂の女性社員本人だと思われる可能性があるため、若葉は普段通りに仕事をこなした。

それから一週間。噂の出所がわかり、どうやって調べたものか、警備員に電話をしたのもその噂を流した人間だとわかった。

御影は、まず自分達でその人に話をして、埒《らち》が明かない場合は法的手段も考えるということにしたらしい。最初に若葉が、大事《おおごと》にしたくはないと言ったからだろう。御影は、若葉は話し合いに来なくてもいいと言ってくれたが、自分のことだ。ケジメをつけるためにも、自分が出向きたかった。

怖くないと言ったら嘘になる。それでもこれは、若葉がつけなければならないケジメだ。

金曜日の会社帰り。御影はその人物を会社近くのファミレスへと呼び出した。

どうやって話し出そうかと思ったが、相手が先に口を開く。

「それで、私に何の用なんですか？　お二人揃って」

「何の用かどうかは、お前が一番よくわかってるんじゃないのか？　中田」

今回の一連の犯人は中田だった。

もしかして、と思っていた中田が、本当に犯人だったことに何ともいえない気持ちになる。

それほどまでに若葉のことが気に入らなかったのか、はたまた御影のことが好きだったのか。

中田の表情は不機嫌そのものだ。いったい何を考えているのだろうか。

「それで？　もし私が、何か呼び出されるようなことをしてたら、どうだって言うんです？」

「お前がどうしてあんなことをしたのかは知らん。だが、これ以上嫌がらせ行為が続くようなら法的処置も考える」

「……もししてたら、って言ったじゃない。ほん、っとありえない。てかさ、何で男に言わせてアンタは何も言わないわけ？　黙ってれば誰かが助けてくれるとでも思ってんの？」

中田が若葉に矛先《ほこさき》を向けてきた。普段の甘ったるい調子が消えている。こちらが中田の本来の口調なのか。若葉は口を開こうとした御影を止めて、言葉を発する。

「……別に思ってないよ。黙ってて助けてもらったことの方が少ないし」

今回は御影や朱利が、表立って守ってくれた。助けてくれた。

けれど、それ以外のトラブルの際に、黙っているだけで助けられたことなどほとんどなかった。理不尽に傷つけられたことだってたくさんあった。

ただ自分は、波風を立てないように、様々なことを無言で受け止めてきただけだ。

「その！　傷ついてますっていう顔が嫌いなのよ！　腹立つのよ！　そもそも地味でダサくて、〝お母さん〟とかあだ名ついててさ。大学時代に〝家政婦〟とか言われたような女が！　なんで私が持っている物よりも良い物を持ってんのよ！」

やはりそれが本音か。

若葉のようなタイプは下に見られがちだ。彼女達――中田のような人達にとってオフィスカーストでも下位か、良くて中の下あたりの女が、最上位クラスの男と付き合うことはありえないのだ。だが若葉はそんな格付けに囚われ、誰かを見下し、男性を物扱いし、優越感に浸《ひた》るのは嫌だった。

だから真っ直ぐに中田を見て、言葉を紡《つむ》ぐ。

「それはあなたより性格がマシだからじゃない？　そもそも、悠麻さんは物ではないし、私は悠麻さんをブランド品代わりに傍《そば》に置きたいわけでもない」

「……は、ぁ？」

中田は何を言っているのかわからないという顔で若葉を見ている。

その間、御影が口を挟むことはない。若葉に任せているようだ。

本来若葉は誰かと争うことを好まない。攻撃的な言葉を吐くのも精神を削《けず》られる。それでも、自分に守りたいものがあるのなら、戦わなければならない。

今の若葉にとって守りたいものとは、自分と御影が笑って歩いていける平穏だ。

「別に私の性格が良いとは思ってないけど、少なくともあなたみたいに卑怯ではないつもりだよ。裏で陰険《いんけん》なことをしたり、他の人を使って誰かを襲わせたりはしない」

若葉が何をどう言ったところで、それが中田の心に響くとは限らない。そもそも中田は、自分が世界の中心と考えて生きているタイプのようだ。だから、格下認定した女が自分に楯突《たてつ》くなどもってのほか。自分より明らかに格上の女に言われない限りは何も変わらないだろう。

中田は案の定、若葉の言葉を鼻で笑って見せる。

「あぁ、警備員に襲われたってやつ？　未遂だったんだし、いいじゃない」

「未遂か未遂じゃないかの問題じゃないってことぐらいわかるよね？　第一会社で流れてる噂では、女性社員が誘ったってなってるのに、何で襲われて未遂だったって知ってるの？　それに警備員をどうやって唆《そそのか》したの？　私のことを朱利と勘違いしていたけれど」

「……別に、朝見た宮野さんの格好とアンタの格好が似てるって思ったわけ。そうしたらアンタが一人で会社戻るっていうから、ちょーっと宮野さんが営業課にいるらしいって冗談で言っただけよ。まさか本気で襲うなんて思わなかったわよ」

警備員に電話したことを認めた。ということは噂を流したのも中田で決定だ。だが中田は、自分は何も悪いことはしていないとばかりに笑う。冗談だと言うけれど、それを聞いたあの警備員が実行に移さないわけがない。

「そう、冗談だったの。それじゃあなたが私の家の前でこそこそやってたことも冗談？

私達、法的手段はそっちの方で取ろうと思っているんだけど」

「そっちも私がやったなんて言ってないじゃん……ていうかイタ電と貼り紙ぐらいで何そこまで本気になってんだか」

「私達、あなたが何をしたのかは言わなかったんだけど」

「……っ」

中田は手で自分の口を覆った。自分の失言に気付いたのだろう。まさかこんな簡単な誘導に引っかかるとは思ってもいなかった。

恐らく中田は、本当に若葉を追いつめようとしてあんなことをしたわけではないのだろう。

単に若葉が気に入らないからやった。ただそれだけ。

「ここにあなたが私の住んでいるアパートの玄関に貼り紙をしている証拠の写真があるの。あと、セロハンテープに指紋残ってたから、あなたのものと照合すれば一致するんじゃない？　まぁ、他にもいろいろと証拠はあるんだけど」

「なっ⁉」

御影が持ってきた茶色の封筒から、中田が貼り紙をしている写真などを見せてやる。みるみる中田の顔色が青くなっていく。その唇はわなわなと震えていた。

「改めて言うけど、あなたのやったことは法律違反になるの。まだ警察には言ってないけど。これらを持って警察に行ってもいいし、弁護士でも構わないけど……それとも中田さんのご両親に話す？」

「や、やめて！　それは……本当にやめて！」

〝法律違反〟、〝警察〟、〝弁護士〟の言葉にも、中田は唇を震わせながら若葉を睨《にら》んでいただけだというのに、〝両親〟という言葉が出てきた瞬間、一気に態度が変わった。

何ともあっけなく降参したものだ。てっきり何かしらの暴挙に出るかと思っていた。

けれど中田は観念したかのように頭を下げている。

この茶色の封筒の中身は、御影が友人に頼んだものだという。その友人とは探偵らしく、この写真を撮るために夜間の張り込みをしていたそうだ。今度改めてお礼を言いたい。

封筒には写真やそれ以外の証拠と一緒に、中田についての詳細資料も入っていた。

中田はそれなりに裕福な家の末娘として生まれたらしい。散々甘やかされた挙句、高校時代に友人に唆《そそのか》され悪い遊びに加わって補導されたこともあるようだ。

その後中田から話を聞いたところ、もし警察沙汰にでもなれば両親にバレる、これまであまりにも好き勝手に遊び過ぎたせいか、これ以上家に迷惑をかけるのなら縁を切ると言われているそうだ。そこまで言われているのなら最初からこんなことしなければいいのに、そういったことにまで頭が回らないのか。

なお貼り紙やドアをガチャガチャ鳴らしていたのは中田だけで、電話は昔からの友達などに手伝ってもらったのだという。だから着信がすごかったのか。一人だけならともかく、数人からそれをやられたのだから当然か。

御影が隣にいてくれるからだろう、中田の所業を知っても怖いとは思わなかったし、傷つきもしなかった。悪意を受けるのは確かに辛いけれど、これぐらいのことで泣いて傷ついて殻《から》に閉じこもるほど弱くもない。御影の隣を歩いていくためには、これぐらいの強さは持っていないとやっていけないかもしれない。

落ち着いたことで、耳に辺りの声が入ってきた。気が付けば夕食時で店内が混み始めたので、三人は連れ立って外に出る。すると中田はまた悔しそうな顔をして若葉を睨《にら》みつけてきた。

「私、別にアンタに悪いことしたとか思ってないから。私の世界に必要なかっただけ」

「そう、それは別に構わないけど。だからといって排除しようとすると、結局自分の首を絞める結果になるから気をつけたほうがいいよ」

「……っ」

言い返してはこなかった。鞄《かばん》の持ち手を強く握り締めているところを見ると、悔しくて悔しくて堪《たま》らないのだろう。それでも、これで今後は嫌がらせをしてこないはずだ。

今まで黙っていた御影が言葉を発する。

「中田。イタ電手伝ってもらった連中にもう電話すんなって伝えろ。あと、若葉が大事《おおごと》にはしたくないというから警察には言わない。けどな、このことは会社には伝える」

「……」

「いつまでもガキのまんまでいるな。いつか本当に悪い大人ってやつに騙《だま》されるぞ」

きっと中田のような子は至るところにいるのだろう。自分が世界の中心にいると思っていて、自分より下だと思っている女が自分以上のものを持つと嫉妬《しっと》する。ただそれだけで終わるのか、中田のように一線を踏み越えてしまうのか。それによってその人の人生は大きく変わる。

「あ、電話。ちょっとごめんなさい」

朱利から電話がかかってきた。ここに来る前に話し合いのことを伝えているから、きっとどうなったのか気になったんだろう。若葉はスマホを取り、大好きな親友に今日のことを伝えた。

御影は若葉が電話をするため少し離れたのを見届けてから、中田へと振り返る。

「会社がお前をどう処分するのかはわからない。たとえ若葉にしていた嫌がらせを言わなかったとしても、警備員のことはすでに上は知ってるからな。どちらにせよ呼び出しはあるだろう」

「……なんで、あの人なんですか？　地味で服装だってダサいし、取り柄《え》も魅力もあるように思えない。大人しくて基本的に何も言わないからですか？」

中田はどこか拗《す》ねた子供のように見上げてくる。

「あいつはな、嫌なことも辛いことも苦しいことも、自分の中でしまい込んで笑うんだよ。今回みたいに理不尽なことがあってもな。やられたらやり返すなんて精神じゃなく、これ以上周りに被害が出ないならそれで構わないってスタンスだ」

そんな女はなかなかいない。やられた分やり返すことだってできるくせに、それをしないのは後のことを考えているからだ。やり返せば、それが終わらないループになる可能性だってある。単純に面倒くさいから、というのもあるかもしれないが、それでも、やらないという手段を選ぶことができる女だ。万人にわかる魅力ではない。それでも御影にとっては、心臓の真ん中を貫かれるほどの魅力だった。

「……全然、理解できない」

「別に理解してくれなくても構わない。ただ俺が若葉に心底惚れてる……それだけだからな」

中田はやはり納得できないのか、眉間に皺《しわ》を寄せた。

それからというもの、通常の業務をこなしながら、助けてくれた人達へ報告したり副社長達に嫌がらせのことを説明したりと慌《あわ》ただしく日々を過ごした。

会社としても基本的には警察沙汰にせずに、社内のみの対処で収めることとしたらしい。それについては特に異論はない。

結局中田は解雇されずに、地方への異動となった。異動までは自宅謹慎とのことで、今後若葉が中田に会うことはまずないとのことだ。御影が言うには、異動という対処に留《とど》めたのは、会社に置いておいた方が監視がきくかららしい。それに今年入ったばかりの新入社員を半年ほどで解雇するのは、会社のイメージダウンに繋がるという考えのようだ。

また中田は家の方でもいろいろあったらしく、何やら大変という話も聞いたが、その詳細は若葉には知るべくもなかった。

二週間ほど経ってやっと今回の件が一段落ついた。けれど、若葉はいまだに御影の家にいる。

御影としては防犯面に不安のあるあのアパートに若葉を帰すのが嫌らしい。

若葉もそんな御影を振り切って帰るとは言えず、流されるままに住み着いている。

だが、さすがにそろそろケジメをつけなければならない。一緒に住むにしても、若葉が別のアパートに引っ越すにしても、このまま元のアパートを放置するわけにはいかないのだ。その辺りのことを、いつ御影に相談しようかと考えていた。

この日は朱利とカジュアルレストランで夕食をとった後に、御影と待ち合わせをしていた。人通りの多い道を進み、やがてあるビルの前までやってくると、すでにそこには御影が待っている。

「悠麻さん」

声をかけて近寄れば、御影は笑みを浮かべて片手を上げる。

「久しぶりですねー、ここのバー」

やってきたのは、以前二人で来たことがあるバー。若葉にとって全てが始まったのはこのバーだった。そう思うと感慨深い。あの日、御影に誘われるままにこのバーにやってきた。あの日から数ヶ月しか経っていないはずなのに、随分昔のことのようだ。

「いらっしゃい、あの席空いてますよ」

「どうも」

マスターは若葉と御影を見て、なるほどという顔をしながら席を勧めてくれる。御影はまた眉間に皺《しわ》を寄せながら、言葉を返した。

あの席とは、窓に向かって横並びに座る、シックなカップルシートのことだ。以前は本当にここに座るのかと、恥ずかしさで座るのを躊躇《ためら》っていたというのに、今では全く抵抗がない。

自ら詰めるように御影に寄り添って座る。この温もりに触れることが当たり前になったのはいつの頃からだったか。

「いつものと、若葉は？」

「じゃぁ、ラーチモントで」

御影が〝いつもの〟を頼んだということは、バーボンのロックがやってくるのだろう。この人がバーボンを飲む横顔は、見惚れるほどにかっこいい。

しばらくして、頼んだお酒とミックスナッツ、チーズの盛り合わせが届く。

小さく乾杯をして、若葉はラーチモントで喉《のど》を潤《うるお》す。柑橘《かんきつ》風味の爽《さわ》やかで飲みやすい口当たりだというのに、アルコール度数は高めで、キンキンに冷やして飲むのが堪《たま》らなく美味《おい》しい。

ふと窓の外を眺めれば、そこから見える夜のネオンは変わらずキラキラと輝いている。

「なんだか不思議な気分です」

「そうか？」

「はい、あの頃の私は自分に自信なんてなくて。このままずっと一人で、何も変わらない風景を眺めながら日々を過ごすんだろうなって思ってたのに、まさか悠麻さんと付き合うようになるなんて、思いも寄らなかった」

「俺としては、あの頃からずっと、はやくお前を俺のものにしたいと思っていたけどな」

恥ずかしげもなくそんな言葉が言えるなんて、さすがだ。まさしく物語のヒーロー級。

これぞイケメンだからこそ許されるというものだ。

対して若葉は、見た目は少し変わったかもしれないが、今でも自分に自信が持てるようになったとは言いがたい。うっかりすると、「自分なんか」とまた自分を卑下《ひげ》してしまう。けれどそれは改めなければならないと自分に言い聞かせている。

この性分を完全に変えることはできないだろう。だからといって、そうすることで御影を苦しめたくも悲しませたくもないのだ。

御影が安心できるように最善を尽くすこと。御影のためにも自分のことを大事にしていきたい。それが若葉にとっての今後の課題となるだろう。

「そういえば、この間友達から聞いたんですけど。茂が浮気して恋人にそれがバレて、その恋人が上司か何かの娘だったのもあって、地方に左遷《させん》させられるとか何とか……。あれ？　今までの悪行がバレてクビになったんだったかな？　ちょっと曖昧《あいまい》というか、噂に尾ひれが付きまくってて何が本当なのかわからないんですけどね」

「ふぅん、いいんじゃねぇか？　どっちにしろ罰がくだったんだろ」

そう言いながら口端を上げた御影を見て、若葉は一つの可能性を考える。もしかしたら御影が人脈を使って何かしたのかもしれない。あの中田についてもその後、実は両親に今回のことがバレて縁を切られる寸前という話を聖川から聞いている。もしかしたらそれも、御影がバラしたのか――

若葉はそれ以上考えることを放棄した。自分にはもう関係のないことだ。

それにしても本当にいろいろあった数ヶ月だった。御影と関係を持ったあの日から、本来なら数年かけて体験するようなことを一年未満で体験している気がする。

酔った勢いで抱いてもらったり、御影の行動理由がわからなくて不安定に揺れたり、茂と再会したり、嫌がらせを受けたり。たった数秒で説明できることではあるが、なんとも濃い内容である。笑い事ではないけど、きっと数年も経てばあんなこともあったよねと笑えるだろう。

そこまで考えて若葉は、御影と二人で飲みに行ったら、一度やってみたいことがあったのを思い出した。若葉も御影も手元のグラスを空《から》にしたところなので、ちょうどいいだろう。

「悠麻さん。私今日ちょっと酔いたいので、シェリー酒が飲みたいです」

高鳴る胸の鼓動を押し隠しながら、笑みを浮かべて。

御影はその言葉に一瞬驚いた顔を見せたが、その意味を理解したのか、「そうか」と呟《つぶや》き、頼んでくれる。その直後御影の指が若葉の耳を擦《こす》り、うなじに回る。そして次の瞬間、唇を塞《ふさ》がれた。

「んんっ」

「……っ、はぁ……。誘惑がうまくなったな」

それもこれも全部御影のせいだと思うが、褒められれば悪い気はしなかった。

シェリー酒。酒精《しゅせい》強化ワインで、アルコール度数が普通のワインよりも高くなっている。

そしてそのシェリー酒を女性が男性に向かって飲みたいと告《つ》げるのは、今夜は帰りたくないという愛の告白となる。男性がシェリー酒を奢《おご》ってくれたら、受け入れたという意味。

以前御影がポートワインを薦《すす》めてくれたので、今回は若葉がシェリー酒をねだってみたのだ。きっと御影ならその意味を正しく理解してくれるとわかっていたから。

運ばれてきたシェリー酒を飲み、残りのおつまみを口にしながらゆったりとした時間を過ごす。

もうそろそろ終電も近いという時刻になり、どうするかと視線で問いかけると、御影もじっと若葉を見つめていた。

その瞳が情欲を孕《はら》んでいるのが見て取れて、ぞくりと背中が痺《しび》れた。

「駄目だ、我慢できない。行くぞ」

促《うなが》されるままに御影の後を追う。マンションに戻るのかと思ったのだが、気付けばホテルに連れ込まれ、部屋の入口の壁に押し付けられるようにしてキスをされていた。

「んんっ、あ……」

「あんな誘惑されて、家まで持つかよ」

貪《むさぼ》られるようにまた唇を塞《ふさ》がれ、熱い舌を絡められる。何度したかわからない、官能を誘われる口付け。御影の腕が若葉の腰を抱き寄せ、後頭部に手を添えて、ますます口付けを深める。そうされると御影の息を呑み込んでいる錯覚に陥《おちい》る。

腰が震え、縋《すが》るように御影の背中に腕を回し、スーツを握り締める。口蓋《こうがい》や頬裏を舐められ、舌をすり合わせられ、舌先を吸い上げられると、下腹部がじんじんと熱くなる。自分の身体なのに、御影の意のままに操られている。

身体を反転させられ、御影に背中を向けさせられる。そのまま性急にスカートに入っていたシャツを抜き取られ、裾《すそ》から馴染《なじ》んだ手が素肌を撫《な》でる。ブラのホックを外され、その隙間から御影の指が頂《いただき》を探すように動いた。

「んっ……」

「本当感じやすい身体になったな。キスだけで、すげぇ身体熱くなってる。ここも触ってほしそうに主張してるな」

「ひぁっ」

片手で胸をぐにぐにと揉まれ、痛いほどに尖《とが》り出した頂を指の腹でぐりぐりと捏《こ》ねられる。

そして首筋に舌を這《は》わされ、ちゅっちゅっと音を立てながらキスをされる。時折ピリッとした痛みを感じるので、また赤い痕《あと》がついているのだろう。

耳の裏も舐められて、匂いを嗅《か》がれる。くすぐったくて首を振るがやめてはくれない。やめるどころか、ぬるりとした舌が耳を舐め尽くし、最後には耳の中へと入ってきて、我慢し切れず声が漏れる。

こんな風に御影に耳を愛撫《あいぶ》されるだけで理性などどこか行きそうだというのに、もう片方の手は服の上から若葉の腰や臀部《でんぶ》を撫《な》で、ひらひらとしたスカートの中に侵入してくる。太ももをねっとりとした手つきで撫で、脚の付け根部分を焦《じ》らすように指で辿られれば、若葉はもう我慢ができなくなってくる。

「ゆ、まさん……ちゃん、と、さわってぇ」

甘い声が漏れて、ねだるように腰を御影の膨らんだ欲望に擦《こす》りつけてしまう。

「はっ、本当、お前のおねだりはキくな」

どこか嬉しそうに言われ、熱い息が耳にかかる。

片足だけ脱がされたストッキングは、中途半端に足首で丸まっている。下着越しに数度指で擦《こす》られ、疼《うず》く入口を隙間からゆるゆると弄《いじ》られる。まだまだ焦らすのかと、潤《うる》んだ瞳で後ろの御影を睨《にら》むが、彼は笑うだけだ。指の先端だけをぬぷりと秘所に沈められ、じわじわとした刺激だけを与えられれば、若葉の奥は切なくうねる。

「若葉、どうしてほしい？」

「お、く……もっと奥にほしい……です」

「奥な」

「んぁあぁっ、んんっ」

その言葉と共に御影の指が直接、奥深くへと入ってくる。すると膣壁をぐりぐりと容《よう》赦《しゃ》なく擦られ、若葉は背中を反《そ》らして軽く達してしまう。

御影に抱かれるたびに、たちまち意識はぐずぐずに溶け出してしまう。何も考えられなくて、御影から与えられる意地悪で優しい愛撫をもっともっととねだりたくなる。

震える足をどうにか踏ん張って立たせながら息を整える。するとまたも身体をぐるりと半回転させられ、前からキツく抱きしめられた。そして息を乱したまま口付けを落とされ、唇を舐められた。

「悪い、この体勢のまま良いか」

「……はい」

若葉もベッドまでの短い距離ですら我慢できなかった。蜜で濡れた下着を下げられ、腰を支えられ片脚を御影の腕に大きく持ち上げられるという、どうしようもなく恥ずかしい体勢となる。

それでも早く彼の熱が欲しくて堪《たま》らない。避妊具を被りながら臍《へそ》まで届くほどにそそり勃《た》った肉棒が若葉の秘所を擦る。それから蜜が溢れてひくつく媚肉に誘われるように膣内へ侵入してきた。

さすがにもう痛みは感じないが、圧迫されるような苦しさは今もある。ただ、それを感じるたびに御影を受け入れたことを実感することができた。数度抽挿《ちゅうそう》が繰り返され、やがて地面についていた方の足も宙に浮く。パンプスが脱げ、カツンと音を立てて落ちた。すると自《おの》ずと若葉自身の重みで肉棒がさらに奥へと入ってきた。

「やっ、悠麻さん、こわいっ」

御影に抱えられているだけの、バランスの悪い体位に若葉は不安になってしまう。

「大丈夫だ。俺の首に手を回せ」

言われた通り御影の首に手を回し、落ちないようにと両脚も彼の腰に絡めて強く抱きつく。その直後、下から激しい突き上げが始まった。

「あ、あ、あぁぁあ」

「普段しない体位だからな。より奥にいって気持ち良いだろ」

最奥をぐりぐりと穿《うが》たれ、あまりの快楽に目尻に涙を溜めたまま何度も頷《うなず》いた。

もはや御影にならば何をされても感じてしまう身体になったような気がする。

律動に合わせて身体が跳ね、普段とは違う部分に擦《こす》りつけられて快感が全身を駆け巡る。

ガツガツと抉《えぐ》られるたびに、目の奥がチカチカと光った。イきそうになるのを我慢できず、バチンと目の前が弾《はじ》けると同時に、御影の身体を強く抱き込みながら達してしまう。

「あぁああ、あ、ああっ！」

「くっ……」

脱力し、崩れ落ちそうになるのを御影の腕が支えてくれる。

「はっ、良すぎて頭ん中もっていかれそうになった……。いい加減ベッドに行くか」

若葉を抱えながらベッドへと移動するが、未だに身体は繋がったままだ。だから御影が歩くたびに膣壁を刺激され、甘い喘《あえ》ぎを漏らしてしまう。御影は整えられたベッドに優しく若葉を横たえる。

「んっ」

ずるりと熱い肉棒が抜けて、敏感になった身体が反応してしまう。

まだ達してはいない御影の膨張した肉棒が、意思を持ったようにびくりと動いた。

御影は髪の毛をかき上げて息を吐き、若葉を見下ろす。お互いまだ服を着たままで動きにくい。若葉も汗でぴったりと張りついているシャツを脱ぎたいが、うまく身体が動いてくれない。

「ゆーまさん……、あつい……」

「そうだな。いま涼しくしてやる」

若葉の意図を汲《く》み取り、御影は先ほどの性急さとは打って変わって優しい手つきでボタンを外していく。腕からシャツやブラを抜き取り、そしてスカートも取り払って床へと落とす。御影もジャケットやシャツを脱ぎ、前だけを寛《くつろ》がせていたスラックスも脱いでいく。相変わらず男らしい身体をしていて、その質感にとても異性を感じた。

そっと髪を梳《と》かれて、頬を撫《な》でられながら触れるだけの口付けを落とされる。触れ合う素肌が気持ち良い。

「やっぱり服越しより、直接の方が気持ちが良いな」

御影の言葉に驚いて軽く目を見開く。同じことを同じタイミングで考えていたことが嬉しくて、笑みを零《こぼ》した。

唇から、頬、耳、顎《あご》、首筋と上から順に口付けされ、ぬるりとした舌がマーキングするように這《は》っていく。尖《とが》った胸の頂《いただき》も舐《ねぶ》られ、吸われる。嬌声《きょうせい》がいっそう高くなって恥ずかしい。

漏れる声をどうにか我慢したいというのに、御影はそれを許さずなおも若葉を刺激する。

片方の胸を舐めながら、もう片方の胸の頂を指で挟んで擦《こす》る。逃げ出したくなるような快楽に、胸に埋まる御影の髪を無意識に掴んでしまう。御影が笑ったのか、舌で濡らされた場所がすうすうする。舌先を尖らせて、頂をつつかれぐりぐりと押しつけられた。

「あぁあっ、も、やぁ、じんじんする……っ」

先ほどまでお腹を圧迫していたものが欲しい、また奥までいっぱいにしてほしい。こんなことを考えるようになったのも、全部御影のせいだ。そんな彼と何度でも交わって、快楽を、意識を溶け合わせたくなる。感情をともなって肌を触れ合わせることが、幸せで仕方がない。いろいろな感情が交じり合って、弾《はじ》けそうだ。

至るところに口付けを落とされ、臍《へそ》周りをぐるりと舐められる。

下へ下へとおりていった御影の頭が、脚の付け根へとやってきて丹念にそこを舐める。

「んんっ」

直接触れられたわけではないのに、秘所にどぷりと蜜が溢れるのがわかってしまう。

「いつも以上に濡れてんな。ひくついて、俺を誘ってやがる」

「は、は、んっ、だって……悠麻さんと身体合わせると、気持ちよくて、嬉しい……」

「……っ、くぅ……はー」

御影は息を詰めてから、長く吐き出す。不思議に思って見つめると、ガシガシと頭を掻いて困ったように笑った。

「んなこと言われると、またすぐに挿《い》れたくなんだろ」

それでも〝まだだ〟と言うように、ちゅうっと花芯を吸われてしまう。若葉はシーツを足で掻き、身体から快楽を逃がそうとするが、腰を掴まれて逃げられない。御影がむしゃぶりつくように舌を秘所へ埋め、じゅるじゅると蜜を吸い上げたり、花芯を咥《くわ》えて舐《ねぶ》ったりする。

頭を振りながら、甘い声を上げる。逃れようのない快楽に、また達してしまった。休む間もなく与えられる愛撫《あいぶ》に、理性も意識も途切れてしまいそう。

下腹部から頭を上げた御影が、唇を手の甲で拭《ぬぐ》う。相変わらずその姿には色気が溢れている。

若葉の蜜で濡れぼそった肉棒をぬちゃぬちゃと蜜口に擦りつけながら、赤く膨れた花芯を優しく捏《こ》ねる。途端に若葉の腰が跳ねた。

「ひあぁああっ、それ、それ、だめっ」

そこを触られると、すぐにまた意識が飛びそうになってしまう。嫌だと首を横に振るが、それを見た御影は、楽しそうに笑みを零《こぼ》すだけでやめようとはしない。

まだ御影は達していないというのに、自分ばかり気持ち良くなっていて悔しいとすら感じる。

「んっ、悠麻さん……は、きもちいい？」

「当たり前。結構我慢したが、これ以上は無理」

そう言うや否《いな》や、猛《たけ》ったものがゆっくりとした動作で挿入されて、根元まで埋められる。

そのまま御影が若葉に覆いかぶさると、素肌がぴったりとくっついた。尖《とが》った胸の頂《いただき》が御影の肌に擦《こす》れて、痺《しび》れてしまう。ゆるゆると膣壁も擦られ、奥を穿《うが》たれ、そこに響く振動で全身が甘いうずきに満たされる。腰を小刻みに動かされ、回されて、どうしようもないほどに身悶《みもだ》える。

「そんなに締めつけて、気持ちいいのか？」

「はぁっ、う、ん……、苦しいぐらい、気持ちがいい」

蕩《とろ》けた顔で甘い声を出す若葉に、御影は耐え切れないといった様子で唸《うな》った。荒い息が耳元にかかり、太い先端が壁を擦り、蜜がかき出されるように流れていく。何度か達しているため、少しのことで背中から快楽がせり上がる。

「あ、あ、またきちゃう、あぁあああっ」

全身を痺れが駆け巡る。背中を反《そ》らし、びくびくと痙攣《けいれん》しながらまた達してしまう。若葉の身体は無意識に熱く滾《たぎ》る肉棒を締めつけた。

痙攣が少し収まり、身体の力が抜ける。と同時に、またも御影の腰が動き出す。

「ひぁっ、まって、まってっ！」

「はっ、今度は俺の番な」

若葉の静止も聞かず、先ほどよりも激しく突き上げる。シーツを掴んでいた手を解《ほど》かれ、指を絡ませながら御影が若葉を見下ろした。潤《うる》んだ瞳で見上げれば、御影は苦しそうに眉間に皺《しわ》を寄せていて、その額《ひたい》からはぽたりと汗が落ちてくる。

「ゆーまさん、好き、好きっ」

「く、っそ……！　若葉っ、んっ」

「んん、んぁ」

貪《むさぼ》るように口付けされ、舌を絡められながら、奥をぐりぐりと刺激されたり、浅い部分を擦られたりと緩急をつけて攻められる。若葉は身体ごと食べられているような錯覚に陥《おちい》った。

激しく肌がぶつかる音がして、二人の汗や涙が飛び散り落ちていく。

「若葉、……好きだ、好きだ」

甘い言葉が身体に浸透し溶かしていく。よりいっそう奥深くを抉《えぐ》られて、揺さぶる動きが速まり、離さないというほどきつく抱きしめられた瞬間、御影の身体が強張《こわば》った。

膣内の滾《たぎ》る肉棒が弾《はじ》け、若葉も何度目かの絶頂を味わった。

御影は身体の力が抜けたのか、若葉の上に倒れこみながら顔中に口付けをしてくる。

それから休憩をしつつも朝方まで貪られ続け、最後には二人とも意識を失うように眠りについた。


チェックアウトの時間が近付いたのか、御影に揺り起こされる。若葉は筋肉痛になりそうな身体を動かしシャワーを浴びた。

全身を鏡で見れば、いたるところに所有物の証だとかマーキングだとかいう赤い痕《あと》がついていた。

「うわぁ……」

これを誰かに見られたら、引かれること間違いなしだろう。だというのに、若葉はそれを嬉しく感じてしまう。

支度をしてホテルをチェックアウトし、手を繋ぎながら家路につく。

「悠麻さん、今日の夕飯何食べたい？」

「んー……、魚食いたい」

「そうしたら、美味《おい》しい魚屋さん寄って帰りましょ！」

こんな風に相談しながら献立《こんだて》を決めて、一緒に買い物をして——まるで新婚のようだ。

いろいろなことが終わり、気持ちも晴れやかなせいもある。

買い物を終えて御影のマンションへと戻り、買ったものを片付けたり着替えをしたりした後、ソファーで御影の膝《ひざ》に乗せられて抱きしめられる。朝方まであれだけ身体を重ねたのに、飽きもせずにこうしてくっついている。

御影は若葉の頬を撫《な》でながら、口を開く。その目は妙に真剣だ。

「なぁ……。若葉、あのアパート引き払ってこのマンションに一緒に住まないか？」

「え？」

「俺としては、ずっと傍《そば》にいてほしい。帰った先に若葉がいてくれたら嬉しい」

「ふふ、まるでプロポーズみたい」

「言っただろ？　将来のこともちゃんと考えていると。正式なプロポーズはまた別の日にちゃんとな」

その言葉を聞いて、若葉の頬にぽろりと雫が零《こぼ》れ落ちる。

「わ、たしも、ゆーま……さんと、一緒にいたい……」

「……ありがとう」

頭を抱き寄せられ、若葉はその胸に縋《すが》りついて涙を零した。

きっとこの日のことは忘れないだろう。

この人と少しでも長く寄り添っていければ良い。

この先の人生、辛いことが多かったとしても、前を向いて笑って歩いて行ける気がする。

御影のおかげで、成長できた。前に進めた。

この人に出会わなかった人生など、もう思い描くことはできない。

本当の意味で愛おしいと思える人に出会えたことに感謝をした。

書き下ろし番外編

キールとモスコミュール

とある金曜日のランチ時。その日若葉は、親友の朱利と昼食を取っていた。

「ここ一週間ぐらいピリピリしてるけど、御影さんと何かあった？」

思わぬ朱利の言葉に、若葉はぐっと息を詰まらせた。普段通りにしているつもりだったが、朱利にはお見通しらしい。

「……喧嘩《けんか》した」

「若葉が？　珍しい」

朱利が目を見開いて驚く。彼女が驚くのも無理はないだろう。若葉は基本的に辛いことや腹立たしいことがあっても、その感情を表に出すことはない。ましてや、それを相手にぶつけることもない。

誰かに怒りを覚えても、それを引きずれば精神は疲弊する。それに、そういった空気は周りに伝染し、雰囲気を悪くする。

そこまで考えると、胸中で思うことはあっても押し黙ってしまうのだ。

最近では、理不尽なことやどうしても引けないことに関してだけは言葉にするようにしている。けれど、喧嘩などはほとんどしない。

「だから、御影さんもここ最近ピリピリしてたんだ。ってことは、その喧嘩一週間ぐらい続いてる？」

「そんなにわかりやすい？」

「うーん。若葉は私だからわかるって感じだけど、御影さんは露骨《ろこつ》だよねぇ。『俺に話しかけてくるんじゃねーぞ』っていうオーラがすさまじいもん」

確かに最近の御影は部署内でも不機嫌なオーラをだしている。そのせいで、他の社員が若葉をじっと見てくる。あれは「どうにかなりませんか」という視線だ。

御影がピリピリしている原因をつくっているのが若葉なので、どうにかなるわけもないのだが。

「それで？　原因は？」

「……先週の金曜日から日曜日に悠麻さんのところに泊まってたの」

襲われたり陰湿《いんしつ》な嫌がらせを受けたりしてから、しばらく経っていた。

御影から一緒に暮らそうと言われているが、若葉はいまだ一人暮らしをしている。それでも、ほとんどの時間は御影のマンションで過ごしているので、いい加減アパートを解約しなければと思ってはいるのだ。

ただ解約するにしても、家の中の整理など何かと時間とお金がかかる。なので、ゆっくりと進めていこうと話し合って決めた。

故に今はまだ御影のマンションに泊まりに行っている状態なのだ。先週末もいつものように泊まりに行ったのだが――

「土曜日の夜に、私が楽しみにしていたアイスを食べちゃったの」

「それだけ？」

「ううん、どちらかというと次の日の方が問題！　デートだから折角《せっかく》はりきって可愛い服着て化粧もいつもと雰囲気を変えたのに、見た瞬間『似合わない』って言うんだよ⁉」

「なるほどなー。惚気《のろけ》か」

朱利は若葉を見ながら、呆れたように笑う。

「でも、アイスはともかく、似合わないって言葉はいけないよねー。絶対もう少し言いようがあったって」

「アイスも重要は重要なんだよ。あのアイス、コンビニの限定品で何軒かコンビニを梯《はし》子《ご》してやっと一つ買えたんだよ。悠麻さんと一緒に食べようと思ってたのに、一人で全部食べちゃったんだから！」

若葉からすれば、同じ努力をして目の前に差し出してもらわねば気が済まない話だ。

「だから、いつもは金曜の夜から悠麻さんの家に行っているけど、今回はぜーったいに行かないんだから」

「あらら。それなら、今日一緒にご飯食べに行こうよ。それで、時間とノリでどっちかの家に泊まるってパターン。久しぶりにどう？」

「のった！」

その後、定時後の待ち合わせについて決めて、二人は食堂を後にした。


仕事を終えた二人は、よく行くお店で食事を済ませ、お茶を飲みながら話をしていた。

すると、若葉のスマホがぶーぶーっと震える。御影からだ。

ディスプレイに出た名前をじっとみた若葉は、電源ボタンを押した。

「いいの？」

「……いーの、今日は電話出ないの」

「会いたくなっちゃうから？」

朱利が目を細めて柔らかく笑った。何でもお見通しな朱利を若葉は軽く睨《にら》む。

「かーわいー」

「可愛くないよ。ちょっとしたことで一週間も怒って、電話も出ないんだから。それに、これはただの甘えだよ」

普段、若葉が怒ることはほとんどない。

そのため御影相手にも怒ることはまずないのだ。単純に彼が、若葉を怒らせることをしないというのもあるが。だが、仮に若葉が御影に対して怒っても、彼はきっとそれを許してくれるのもわかっている。

理不尽な八つ当たり、彼に対して甘えている証拠だ。

電話に出ないのは、正直今どうやって御影と話をすればいいのかわからないからだ。御影が謝ってくれればいいのか、若葉が何も無かったように話をすればいいのか。

タイミングが掴めない。

「いいんじゃない？　喧嘩《けんか》って言っても、初めてみたいなもんなんでしょ。そもそも、若葉は我慢しすぎなの」

「そんなつもりはないんだけどねぇ」

怒ったのは本当だが、別に今も持続しているわけではない。朱利と出かけることが決まった後も、若葉は【今日は、朱利とデートします】と連絡をいれている。

心配をかけたいわけではないのだ。

お店を出て、これからどうしようかと朱利へ視線を向けると、朱利は何故かあたりを見回していた。すると、後方から知っている声が聞こえてきた。

「あ、いたいた。御影、いたよ」

「若葉」

「な、なんで⁉」

振り向いた先にはスーツ姿の御影と羽倉がいた。

若葉が思わず朱利を見ると、いたずらが成功したような顔をしている。やられた。

若葉は、どうすればいいのかわからず、視線を彷徨《さまよ》わせる。

「おい、若葉？」

黙り込んだ若葉を心配そうに御影が覗《のぞ》き込んできたので、若葉は思わず逃げ出してしまった。

後ろから御影の声がしたが、立ち止まることもなく早足で人混みを抜ける。

金曜日だからか、人が多いし酔っ払いの笑い声も響いている。

すぐ後ろに御影がいるのがわかって、若葉は目に入ったバーの扉を開く。

息を乱しながらカウンターに座ると、当たり前のように御影が隣に座った。

「こいつに、キール」

キール。冷えた辛口の白ワインをカシスリキュールと割ったお酒。日本ではバーよりもレストランが先に取り入れた食前酒として有名らしい。若葉が生まれる以前の話のため、詳しくは知らないけれど。

お酒の意味は〝最高の巡り会い〟だ。

「彼には、モスコミュールを」

若葉がバーテンダーに告《つ》げ、隣にいる御影へと視線をやると、彼の口端は笑みを浮かべていた。頼んだカクテルの意味を理解したようだ。

若葉と御影の始まりはお酒——カクテル言葉。あれからたくさんの意味を覚えた。こうして、素直になれない時のために。

普段はカクテルの意味など気にもしないけれど、こういった時だけ頼ってしまう。

「モスコミュールか」

「悠麻さんには、物足りないかもしれませんけど」

「いや、好きだよ」

御影が若葉の頭を優しく撫《な》でる。若葉は、小さく息を吐いてから御影のほうへと身体を向けた。

同じ部署で働いているため、毎日のように彼のことは見ている。けれど、やはり職場とプライベートは違うのだと、思い知らされた。

御影の纏《まと》う雰囲気がガラリと変わる。同じ人物だというのに不思議だ。

バーテンダーが若葉の前にグラスを置いた。透き通った赤い色を、グラスをくるくると回しながら眺める。

少しすると、御影にもモスコミュールが出された。無言のままグラスを少し傾けあい、乾杯をする。

「〝その日のうちに仲直り〟……か。すでに一週間経っているけどな」

「悠麻さんこそ。最高の巡り会いとかって、相変わらずキザなんだから」

「お前限定だよ」

御影が足を組み替え、カクテルを喉《のど》へと通す。モスコミュールは癖のないウォッカをベースにジンジャエールとライムが入った飲みやすいカクテルだ。

ウォッカを使用してはいるが、度数自体はそこまで高くない。そのため、普段ウィスキーをロックで飲む御影には、物足りないだろう。

「若葉」

「んー？」

「先週、お前に『似合わない』って言っただろう。……悪かった」

「……」

なんと答えればいいのか、わからなかった。確かに傷ついた。けれど、本当に似合わなかったのかもしれない。

それなら、彼は率直に意見をくれただけだ。若葉が、似合わない服に似合わない化粧をして外で笑われないために。

「言葉の途中だったとはいえ、失言だったよな」

「へ？」

御影の言葉に、若葉は首を傾《かし》げた。あの時、『似合わない』という言葉に過剰反応してしまった。なので、彼がその後に何かを言ったのかは聞いていなかったのだ。

「似合わない……って、言いたいぐらいに似合ってる。外に出したくねぇなって」

「えー!? 怒ってたとはいえ、ちゃんと聞いておけばよかったー！ 失敗したー！」

「なんだよ、失敗って」

「だって、悠麻さんからの甘い言葉は聞き逃したくないんだもん」

口を尖《とが》らせながら御影を見つめる。あの時もう少し落ち着いていれば、普段見られない少し余裕の無い御影の顔が見られたのに。それを見逃してしまった。

何事においても余裕に振るまう彼が、時折見せる焦った表情や照れた顔がとても好きだ。自分だけにしか見せない顔は、特別なのだと思わせてくれる。いわば優越感だ。

女性は〝特別〟という言葉に弱い。

自分だけが手にできる何かというものは、気持ちを満たしてくれる。

それはお金や地位、宝飾品など様々だ。若葉にとってそれが御影だったということ。

しばらく二人でお酒を楽しみ、御影のマンションへと移動した。一週間でも来ないと久しぶりだなと思えてしまうから不思議だ。

若葉は荷物を部屋へと置いて、洗面所で顔を洗う。

そこには若葉が買ってきたクレンジングなどの洗顔用品が置いてある。風呂場の中にも若葉のシャンプーとコンディショナーがある。

このマンションの中には、若葉の存在がそこかしこに感じられる。

改めて思うと変だなと思えた。ここは若葉の自宅ではない、恋人の自宅。

「所有物の痕《あと》を残すのと一緒で、独占欲なのかな」

「なんだ？　痕を付けて欲しいっていう催促か？」

「ひゃっ!?」

洗面所でぼんやりしていたため、扉に寄りかかりながらこちらを見る御影に気づかなかった。服越しに背中を撫《な》でられて、ぞくりと全身が戦慄《わなな》く。

「一週間前だからな。もう痕は薄くなってるな」

「ちょ、ちょっ、悠麻さん！　捲《めく》らないでっ」

御影が若葉のブラウスを背中から捲り、背中の素肌が晒《さら》される。そこにはすでに薄くはなっているが、赤い痕がちりばめられていた。

「んもうっ、寝る支度が終わるの待って」

「無理だな。この一週間少しも触れることができなかったんだ。我慢ができるわけない」

「んっ……、背中、舐めちゃだめっ」

熱い御影の舌が若葉の背中をねっとりと舐めあげる。びくんと肩が跳ね、洗面台に両手を付き背中を丸めてしまう。

「ここではいやっ！」

若葉は快感に流されそうになるのを必死にとどめ、ブラウスの裾《すそ》を引っ張って下げた。

「ここ、じゃなかったらいいわけか」

「そ、そうとも……言える……。お風呂に入ってくるので、ちょっと待っててください」

「若葉、風呂場とベッド……どっちがいいんだ？」

「……ベッドで、お願いします」

身長差もあるので、威圧感を持って見られると逆らえる気がしない。逆らう気もないけれど。

御影が歩き出したので、追いかけて背中に抱きつきながら部屋へと向かう。

「歩きにくい」

「知ってます。ひっつき虫なのでお気にせず」

「たくっ、何をやっても可愛いと思うのは、お前だからなんだろうな」

部屋へと入り、御影がベッドの縁へと腰かける。若葉は、その隣に座った。

御影の手が若葉の肩に回り、ぐっと引き寄せられて唇を吸われた。

ちゅっ、と小さな音を立てながら唇を弄《いじ》る。久しぶりの口付けは優しく、気持ちを徐々に高ぶらせてくれる。

「ふぁっ」

「まだだ」

体温が上がり、熱さと息苦しさで少し唇を離したが、御影が追いかけてきて再び口づけられた。思わず身体をよじると、ぽすんとベッドの上に押し倒される。

御影は若葉を組み敷いて、見下ろしながら艶《あで》やかに笑う。若葉は直感的に「食べられる」と思った。

指先一本残らず、彼に食べられ蕩《とろ》かされる。それを期待してか、若葉の唇から甘い息が漏れた。

彼の手がブラウスの中へと入り、ブラと一緒に捲《まく》り上げる。ぷるんと震えた胸が御影の視線を受け、頂《いただき》を尖《とが》らせていく。

何度も彼に抱かれているのに、いつでも肌を晒すときは恥ずかしい。いい加減慣れてもいいと思うのだが、これぱかりは難しい。

御影の骨張った手が若葉の腰を撫《な》で、太い指が尖った頂をつつく。指の腹で軽く押されたり、指と指と挟まれ扱《しご》かれたりした。

「ん、んっ」

「相変わらず柔らかいな。触っているだけで気持ちが良い」

御影は楽しそうに口端をあげ、舌舐めずりをした。そして、身体を屈《かが》ませて若葉の頬を舐める。

頬にあたる彼の髪や伝わる体温に、若葉の頭がさらに熱くなっていった。いつも翻弄《ほんろう》され、最後には何も考えられなくなるほどの快楽に落とされるのだ。

それを思い出すだけで、下腹部がじゅんとして愛液が下着を湿らせる。

御影に頬や耳朶《じだ》を舐められた。彼の舌は耳の穴にも入り込んできて、ぬぷぬぷとした音を頭に響かせる。これをされると、頭の中も全て犯されている気がしてしまう。

御影は、若葉の顔を舐めながら胸の頂《いただき》を扱《しご》き、軽く引っ張る。そのたびに震える胸は扇情的《せんじょうてき》だ。

片方の手で若葉のお腹を撫《な》で、さらに少し捲《めく》れていたスカートの裾《すそ》から手を差し込んで太ももを撫でる。

「なんだ、生足じゃないのか」

「生足なんて、自信がないとできないよ」

少しざらついた手触りに、御影はつまらなそうに息を吐いた。そんな御影は子どものようで少し可愛い。

「これは破いてもいいやつか？」

「ひぇっ、すぐに破くって発想しないで……！　消耗品とはいえ、まだ穿《は》けっ」

若葉の言葉を遮《さえぎ》って、御影はストッキングに爪を立ててぐっと引っ張った。小さく切れ目が入り、そこから力任せに破られる。

「あぁ……、もうっ」

若葉が頬を膨らませながら、御影を睨《にら》み付ける。

目元を潤《うる》ませ、上気した頬で睨んでも、煽《あお》っているようにしか見えないことに気づきもせず。

破けてしまったのだからいいだろうと言わんばかりに、御影はストッキングをビリビリにしていき、露《あら》わになった肌を堪能する。

しかし御影の手は太ももから根元へと向かっていき、また太ももへと戻っていくのを繰り返すだけ。

若葉は愛液で濡れた場所に刺激を与えてもらえず、焦《じ》れったくなっていく。足の根元を指で摩《さす》られているのに、直接的なものはもらえない。

若葉は短い息を吐き出しながら、片手を御影へと回しその頬に触れる。すると、彼は若葉の指を口の中へと入れ、その舌で指先を愛撫《あいぶ》する。ぬるぬるとした舌が、指を這《は》い回り歯が軽く当てられる。

全身に毒が回るように快楽が巡り、若葉は絶えきれずに身体を捻《ひね》り御影の上に乗った。

「なんだ？　攻守交代か？」

「……意地悪」

若葉は面白がるように手を止めた御影の顎《あご》に口付けを落とし、ぺろりと舐めた。そして首筋へと移動しながら、シャツのボタンを外していく。最初の頃は震えてうまくできなかったのに、今では簡単にできてしまう。

未だに慣れない部分と、慣れてしまった部分があった。

シャツのボタンを途中まで外してから、その中に手を忍び込ませる。彼の身体には熱がこもり、興奮しているのがわかる。

彼の胸に口付けをし、ちゅうっと強く吸う。

唇を離すと、そこには赤い痕《あと》が残る。若葉は満足気に笑った。

「楽しそうだな」

「うん。悠麻さんとこうしてると、気持ちよくて嬉しくて幸せな気持ちになる。それに、こういった行為は恥ずかしいけど、悠麻さんとだと……なんだろう。……うん、思いを分かち合う手段の一つなのかなって、思ったりもするの」

「……そうか。なら、もっと俺の気持ちをわかってもらおうか」

「きゃっ」

御影は若葉の臀部《でんぶ》を持ち上げ、自分の腰部分へと座らせる。そして、すでに大きく膨れ上がった自身をわざとらしく、ぐりぐりと擦《こす》りつけた。

若葉が思わず引きそうになった腰を、ぐっと力を込めて止まらせ彼女の下腹部に合わせ、下から突き上げる真似事をした。

「ん、んぁっ、あんっあ……っ」

下から何度も突き上げられると、まるで挿入されているような快感が若葉を襲う。下着を着けたままだというのに、若葉の秘処はぐちょぐちょに濡れていたし、彼のものもとても大きくなっていた。

「若葉、付けて」

御影が若葉の胸を弄《いじ》りながら、耳元で囁く。その、低く艶《つや》のある声に若葉はくらくらしそうだった。

ベルトを外し、トラウザーをくつろがせる。彼の下着をずらすと、ぶるりと欲望が目の前にあらわれる。

手渡された避妊具のパッケージを破き、赤黒く勃ち上がった肉棒に手を添えた。ゆるゆると上下に扱《しご》き、鈴口にちゅっと口付けをしてから避妊具を付けていく。

「はぁ……」

頭上から彼の甘い声が聞こえ、若葉は嬉しくなる。彼が喜んでくれると、それだけで幸せになれるなんて、なんとも安上がりだ。

御影に誘導され、うつ伏せに寝転がると、臀部《でんぶ》をぐにぐにと揉まれる。

「んっ」

そして、下着越しに秘処に触れられた。愛液でしとどに濡れたそこから、ぐちゅぐちゅと淫猥《いんわい》な音が漏れる。

「凄いな」

小さく零《こぼ》れた彼の言葉に、羞恥心《しゅうちしん》が湧き上がる。

下着をずらし、御影の指が秘唇を割り膣内へと入り込む。中を確認するように、指が膣壁を擦《こす》っていく。

「あ、あっ、んんっ、……っあぁ」

一週間ぶりの愛撫《あいぶ》は、思っていた以上に身体を火照《ほて》らせる。

彼の指がちゅぽっと膣内から抜けたと思ったら、ぷっくりと膨れた花芯に愛液を塗りたくるように触れてきた。

「ひぁあっ」

「相変わらず、ここは敏感だな。こうして指で弾《はじ》いたり扱《しご》いたりすれば、あっという間にイクもんな」

「やぁっ、わ、わかってるならっ、あぁん、あん、あ、ふぅっ、あっ」

それを理解しているのなら、執拗《しつよう》なまでにそこを弄《いじ》らないで欲しい。そんな願いは彼に届くことはなく、御影はますます若葉を追い詰める。少し強く指で挟まれるたびに肩がびくんと跳ねる。

足先から快楽の波が迫りくるのがわかる。達しそうになったところで、彼の指が止まった。

「うぁあ、あうっ、なんでぇ……」

中途半端に達することができず、泣きたくなった。後ろを振り返ると、御影が色気を纏《まと》いながら笑みを浮かべている。まるで、黒い羽が生えた悪魔のようだ。

彼から与えられる快楽は、身を滅ぼすのではないかと不安になるほどに気持ちが良い。これを知ってしまうと、知らなかった生活には戻れない。

「一週間ぶりなんだ。俺ので……っ、イこうか」

そう言って御影は、下着の機能を失ったそれを脱がせた。濡れそぼったそこにぐちゅぐちゅと竿の部分を擦りつけ、ゆっくりと亀頭を膣内へと挿入していく。

その緩慢さに、自分のものをちゃんと覚えているかと問われているような気分になる。浅い部分で何度も抜き差しされると、甘い嬌声《きょうせい》が止まらない。けれど奥にも剛直が欲しいと強請《ねだ》りたくもなる。

目の前のシーツを強く握りしめていると、彼の両手が若葉の手に重なり握りしめられる。若葉の背中と御影の胸板がぴったりとくっついた。

背中から感じる彼の熱さ。

耳元に聞こえる掠《かす》れた声。

どちらも若葉の脳髄《のうずい》を悦楽へと堕としていく。

重なる体重は少し重く、どれだけ若葉が身体を動かしたとしても逃げることはできない。彼に捕らわれている。

逃げたいわけでないのに、強すぎる快感のせいで無意識に身体が動いてしまう。

思わず身体を捻《ひね》ると、より御影が体重を乗せてきた。

「逃げたいのか？」

「んぁっ、ちが、ん、ん」

「そうか。まぁ、逃がすつもりはないけどな」

若葉の頬に口付けをし、うなじを舐めながら若葉がより感じる場所に肉棒を擦《こす》りつけられる。

ぽたぽたとシーツに涙や汗が落ちて、染みていく。

彼の抽挿《ちゅうそう》が激しくなるにつれて、また快楽の波が若葉を襲う。迫《せ》り上がる快感のせいで、目の前が真っ白になっていく。

「あ、んあぁあ、あ、あ、あっ、あぁあああっ」

ぐちゅんと膣奥を刺激された瞬間に、達してしまう。うまく動かない足がピンと伸び、身体が痙攣《けいれん》した。

膣内が蠢《うごめ》いて御影の肉茎を締め付ける。すると耳元で彼の短い息が聞こえ、ぐっとより深く肉棒が挿入してきた。

「あうっ」

さらに膨張した熱棒が動いた瞬間、びゅるびゅると白濁《はくだく》が爆《は》ぜたことを薄い膜越しに感じた。

若葉はシーツに頬を付けて、短く息を吐く。御影もしばらく同じように息を整えたあと若葉の上からどいた。

やっと全身を自由に動かせるようになったはずなのに、だるくて動いてくれない。

御影が若葉の頭に口付けを落としてから、部屋を出て行く。遠くから聞こえる水の音から、彼が風呂場に行ったのがわかった。

ぐっと身体に力を入れて、身体を回転させ仰向けになる。

「熱い……疲れた……だるい……寝たい」

シーツがひんやりしていて気持ちがいいが、このシーツはいろいろな水分を吸い込んでしまっているので、取り替えなければならない。

シャワーも浴びたいし、喉《のど》が渇いたので水も飲みたい。

欲求だらけである。

下着だけはいた御影が部屋へと戻ってきて、若葉に冷えた水を手渡した。

「喉《のど》が嗄《か》れてるだろ？　飲みな」

「ん……」

ゆるゆるとなんとか起き上がり、水を飲む。ペットボトルの中身が半分ほどになってから、やっと喉が潤《うるお》った気がした。

「風呂を沸かしたから入れ。風呂場まで連れてくか？　それとも自力で歩くか？　いや、連れていく」

「拒否権はありますか？」

「あると思うのか？」

御影が真顔で返してきたので、若葉は苦笑した。そうですよねとしか言い様がない。大人しく御影に抱っこされ、風呂場へと連れて行ってもらう。流れ的に御影も一緒に入ると思ったのだが、そうではないようだ。

少し珍しいなと思ったが、今日はなんだか疲れてしまっているのでありがたい。

お風呂からあがると、シーツは綺麗に交換されていた。

「俺も入ってくるから、風邪引く前に髪の毛を乾かしておけよ」

「はーい」

リビングのソファーに座り、ドライヤーで髪の毛を乾かす。しばらくすると御影もお風呂からあがってきて、髪の毛を乾かした。その後、ドライヤーを片付けにバスルームに向かう。

その間、若葉がソファーでくつろいでいると、御影が冷凍庫から何かを取り出してやってくる。

「ほら」

「……あ、アイス」

「これも、一人で食って悪かったな」

「ううん。私も怒りすぎちゃったし、……ありがとう」

「ん」

御影は目を細め、穏やかに微笑《ほほえ》んだ。その笑顔に若葉も笑みを零《こぼ》す。

手渡された限定アイスを二人で頬張りながら、ゆったりとした時間を過ごす。

これからも多少の喧嘩《けんか》はするだろうけれど、何度でもこうやって仲直りをしよう。

若葉は御影の肩口に頭をぐりぐりとくっつけて、幸せを噛みしめた。

家庭的で気遣い屋の若葉《わかば》は、周りから“お母さん”と呼ばれる地味系ＯＬ。そんな彼女が突然、イケメン上司・御影《みかげ》にお持ち帰りされちゃった⁉　強引で俺様な性格の彼なのに、若葉に対してはなぜか熱愛モード。脇役気質の若葉は、そんな彼の溺愛ぶりに戸惑うばかりで――⁉

B6判　定価：640円＋税　ISBN 978-4-434-23567-2

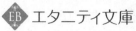

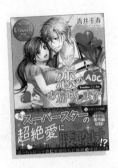

NB ノーチェ文庫

凍った心を溶かす灼熱の情事

漆黒の王は銀の乙女に囚われる

雪村《ゆきむら》亜《あ》輝《き》　イラスト：大橋キッカ

価格：本体 640 円+税

恋人と引き裂かれ、政略結婚させられた王女リリーシャ。式の直前、彼女は、結婚相手である同盟国の王ロイダーに無理やり純潔を奪われてしまう。その上、彼はなぜかリリーシャを憎んでいて……？　仕組まれた結婚からはじまる、エロティック・ラブストーリー！

詳しくは公式サイトにてご確認ください

http://www.noche-books.com/

携帯サイトはこちらから！

ノーチェ文庫

迎えた初夜は甘くて淫ら♥

蛇王さまは休暇中

小桜《こざくら》けい　イラスト：瀧順子

価格：本体 640 円+税

薬草園《ハーブガーデン》を営むメリッサのもとに、隣国の蛇王さまが休暇にやってきた！　たちまち彼と恋に落ちるメリッサ。だけど魔物の彼と結ばれるためには、一週間、身体を愛撫で慣らさなければならず……絶え間なく続く快楽に、息も絶え絶え!?　伝説の王と初心者妻の、とびきり甘〜い蜜月生活！

詳しくは公式サイトにてご確認ください

http://www.noche-books.com/

携帯サイトはこちらから！

本書は、2015年10月当社より単行本として刊行されたものに書き下ろしを加えて文庫化したものです。

エタニティ文庫

わたしがヒロインになる方法《ほうほう》

有涼《うりょう》 汐《せき》

2017年9月15日初版発行

文庫編集ー西澤英美・塙綾子
発行者ー梶本雄介
発行所ー株式会社アルファポリス
〒150-6005 東京都渋谷区恵比寿4-20-3 恵比寿ガーデンプレイスタワー5階
TEL 03-6277-1601（営業） 03-6277-1602（編集）
URL http://www.alphapolis.co.jp/
発売元ー株式会社星雲社
〒112-0005東京都文京区水道1-3-30
TEL 03-3868-3275
装丁イラストー日向ろこ
装丁デザインーansyyqdesign
印刷ー大日本印刷株式会社

価格はカバーに表示されてあります。
落丁乱丁の場合はアルファポリスまでご連絡ください。
送料は小社負担でお取り替えします。

ISBN978-4-434-23704-1 C0193